GEORGES COULONGES

Romancier, Georges Coulonges a d'abord écrit pour les plus grandes figures de la chanson française parmi lesquelles Jean Ferrat, Nana Mouskouri et Juliette Gréco. Il a également laissé son nom à *Paris populi*, une grande fresque musicale qui, sur une musique de Francis Lemarque, raconte l'histoire de la capitale de 1789 à 1944. Après avoir reçu en 1964 le grand prix de l'Humour pour son premier roman, *Le général et son train*, il signe deux essais très remarqués, *La commune en chantant* et *La chanson en son temps*. Véritable « baladin de l'écriture », il met ses talents au service de la télévision (*Pause-Café ; Joëlle Mazart ; La terre et le moulin*) et du théâtre, en écrivant d'après Voltaire un *Zadig* qui, mis en scène par Jean-Louis Barrault, obtient le Prix plaisir du théâtre en 1979. À partir de 1984, il se consacre au roman. Il publie, entre autres, la série des *Chemins de nos pères* (1984-1994), *Les terres gelées* (1994), *La Madelon de l'an 40* (1995), *L'enfant sous les étoiles* (1996), une autobiographie, *Ma communale avait raison* (1998), et *L'été du grand bonheur* (prix Maison de la presse, 2000), enrichissant d'année en année une œuvre qui invite à revivre quelques grands moments de l'histoire de la France au XXe siècle.

Georges Coulonges est décédé le 12 juin 2003 à l'âge de 80 ans.

LA LIBERTÉ SUR LA MONTAGNE

DU MÊME AUTEUR
CHEZ POCKET

LA TERRE ET LE MOULIN
LES SABOTS D'ANGÈLE
LA FÊTE DES ÉCOLES
LES BLÉS DEVIENNENT PAILLE
L'ÉTÉ DU GRAND BONHEUR
LES BOULETS ROUGES DE LA COMMUNE
LA LIBERTÉ SUR LA MONTAGNE

GEORGES COULONGES

LA LIBERTÉ SUR LA MONTAGNE

PRESSES DE LA CITÉ

MIXTE
Papier issu de sources responsables
FSC® C003309
FSC www.fsc.org

Pocket, une marque d'Univers Poche, est un éditeur qui s'engage pour la préservation de son environnement et qui utilise du papier fabriqué à partir de bois provenant de forêts gérées de manière responsable.

ISBN 978-2-266-16208-1

Pourtant, que la montagne est belle
Comment peut-on s'imaginer
En voyant un vol d'hirondelles
Que l'automne vient d'arriver ?

À toi, Jean
qui, mieux que
personne,
chanta la Montagne.

Aux amis du Musée paysan de Niaux
qui en font vivre les traditions.

1

Le grand Bartholomé, ici, tout le monde le connaît. D'abord parce que, ici, tout le monde connaît tout le monde. Ensuite parce que, ses soixante-dix années énergiquement portées sur ses larges épaules, Bartholomé-lou-pastoureau semble avoir toujours été là. Enfin parce que, berger savant et chrétien sans défaillance, chantant la messe aussi bien que le branle sur lequel on fait danser la fête, connaissant la montagne aux mille sources comme il connaît l'Ariège aux mille chansons, Bartholomé Hourcade, à dix lieues à la ronde, paraît à tous irremplaçable : c'est l'un de ces êtres qui, fils d'une terre, semblent en être l'âme.

La petite-fille de Bartholomé Hourcade s'appelle Margalide. Cela signifie que, loin des Pyrénées, on l'appellerait Marguerite.

Margalide n'a jamais quitté les Pyrénées ; dès l'enfance, elle a cru que le monde était fait de prairies et de forêts en pente, de boules de buis et de boules de neige, d'orages et de chardons bleus, de roches, de cailloux montant vers les sommets ou en descendant lorsque, selon l'heure du soleil chauffant ou du soleil dormant, on va vers le champ ou la maison, vers la grange, l'église ou le quillier : là, de jeunes hommes, parfois de jeunes femmes, lancent la boule à deux trous qu'ils ont taillée dans l'aulne ; appuyés sur le bâton de néflier lustré par les ans puisque déjà il servait de canne à leur père, les vieux les regardent. Leurs yeux disent des malices. Leurs lèvres rabâchent des souvenirs. Ils vivent de comparaisons. Hier. Aujourd'hui.

Longtemps, très longtemps Margalide a cru que partout les chemins bordent des torrents, tracés seulement pour laisser le passage de l'homme et de l'âne, du facteur apportant une fois par semaine le courrier sur son mulet ; que partout les villages sont faits d'une ruelle aux dalles épaisses formant des escaliers maladroits, disjoints, bordés de maisons pauvres. Moussues. A la vérité, Margalide ne savait pas que les maisons entre lesquelles elle grandissait étaient pauvres : elles étaient ainsi ; faites de galets des montagnes traversés par de grosses poutres de bois ; coiffées d'un toit de chaume ou d'aisseaux, de rondes plaques de lauze ; parées d'un long balcon aux planches dentelées. Là, Margalide a commencé à marcher ; plus tard, ses petits mollets tendus, elle a, sur un fil, mis le linge à sécher ; surtout, regardant avec son grand-père les crêtes blanches, elle a appris à dire si demain le temps sera de nuages ou de froid, de grêlons ou de pluie.

Aujourd'hui sur le balcon, sur les étages du champ, à l'église suivant l'office, Margalide pense à demain. A sa vie. A son âge. A l'inconnu. Des rêves de fille coupés de jeux d'enfant courent devant ses yeux en amande de trace sarrasine, sur sa peau brune de vent et de soleil, sous sa tignasse noire aux boucles rebelles comme, ici, toutes les traditions.

Elle est jeune puisqu'elle n'a pas quinze ans. Elle est jolie puisqu'elle est jeune. Elle est vive car elle est jeune et jolie.

Cette assurance, chacun dans le hameau en est conscient, elle la doit à Bartholomé ou, si l'on préfère, à son *pépi*. Cela plaît à certains qui, dans les yeux de ceux qui arrivent, aiment retrouver déjà la vertu de ceux qui s'en vont, le courage d'un aïeul, la belle fierté du montagnard. Cela plaît moins à d'autres pour lesquels il n'est pas bon que les jeunesses sachent trop de choses trop tôt. Et surtout aient l'air de les savoir.

A cet avis se range volontiers la *tatéi* Jeannette, plus connue de tous, pour son travail et son sens de l'économie, sous le nom de la Fourmigo. Avec son père et sa nièce, elle habite au centre du hameau la pièce noire dont parfois on ouvre la porte de bois pour laisser partir la fumée sous la galerie. C'est ce que, ailleurs, on appelle la maison de famille, ici la maison-souche. La Fourmigo n'avait pas d'autres possibilités : lorsqu'en 1854 le choléra a emporté sa mère, sa sœur, son beau-frère, il a bien fallu qu'elle « se fasse tante » comme disent les gens. Qui aurait fait aller le ménage de Bartholomé et, surtout, se serait occupé de Margalide : la Perlote avait deux ans…

Et pour s'en occuper, elle s'en est occupée, on ne peut pas dire le contraire !

Lary Morère qui est colporteur et cousin de la famille sait l'affirmer :

— Sa tête bien remplie, Margalide la doit à Bartholomé mais son corps de bonne force, la Perlote le doit à la Fourmigo qui ne lui a jamais mesuré le manger.

Ne lésinant pas sur sa peine mais sachant son mérite, la Fourmigo se permet de glisser son mot dans ce que le grand-père considérerait volontiers comme son domaine réservé : l'éducation de la petite.

— Ce qui est bon pour les garçons n'est pas bon pour les filles ! lance la tante.

— Peut-on savoir pourquoi ? demande Bertrande Morère, épouse de Lary et marraine de Margalide.

— La femme doit rester à sa place, répond la Fourmigo.

— Où est sa place ? insiste Bertrande qui ne renonce pas facilement.

La tante Jeannette ne veut pas poursuivre. Elle connaît sa cousine : parce que suivant son mari dans le colportage elle a lu des livres et vu des pays, elle est toujours prête à vous en remontrer.

— Ce n'est pas parce que j'ai vu des pays ! proteste Bertrande : c'est parce que je connais le mien ! Et je n'ai pas eu besoin de lire des livres pour le comprendre : je n'ai qu'à regarder ce qui se passe autour de moi.

Ces mots, ces discussions vives entre sa marraine et sa tante, Margalide voudrait en connaître les causes.

Elle les devine lourdes, profondes, lorsque sur le visage de la *tatéi* elle lit un instant la haine pour Bertrande. L'hiver surtout, quand la neige ou la pluie obligent avant l'heure à fermer les volets. Activant l'âtre ou filant la quenouille, aidant le *pépi* à tresser des torons de paille qui deviendront un silo, la Fourmigo a des gestes muets. Elle vit dans le silence des rancœurs. Enfermée par la froidure du temps présent et les souvenirs du temps passé. Un soupir parfois vient de loin. Comme une plainte. Vite réprimé par un « tsstt, tsstt » du *pépi* : il est des choses dont on ne parle pas. Dehors, la nuit gèle la pierre. La pluie est faite d'épines de glace déchirant la peau de qui se risquerait à l'affronter.

— On est mieux ici, dit la *tatéi* pour croire à son bonheur.

La neige, sous le volet, avance son ourlet blanc. Face au mur, Margalide lave la vaisselle. Elle pense : « L'hiver ne finira donc jamais ? »

Petite, déjà elle vivait janvier en attendant avril. Venant de chaude Espagne, les serins aux mille cri-cri chantaient : « Demain, le joli mai ! Voici la transhumance ! »

Depuis toujours, ses meilleurs moments ont été à l'estive lorsque, avec le *pépi*, elle s'asseyait devant l'*orri* [1] ou devant la grange qui, comme toutes les granges de montagne, fait face à la vallée : la porte large ouverte sur le piémont, le mur arrière enfoncé jusqu'au toit comme si, dans la pente, la grange était entrée à reculons. Là, devant le soleil regardant brouter vaches et moutons, devant la nuit mille fois allumée, le grand-père parlait.

Ailleurs, l'histoire commence par : « Il était une fois. » Ici, attendant le moment propice des

1. Petite cabane de pierres sèches destinée à l'abri du berger. Ce que Rouergue et Quercy appellent la *gariotte* (encore qu'on puisse noter des différences de forme et de toiture) et le Limousin les *bories*.

broutements et des chants d'oiseaux, Hourcade Bartholomé murmurait : « *Jou sabi un counte* [1]. »

Ces mots le lançaient. Margalide savait qu'il ne s'arrêterait plus avant la fin du récit lorsque, tuant le loup, le berger a protégé ses moutons ; lorsque, sorties des grottes, les lavandières aux battoirs d'or s'en vont en paradis, emportant les draps blancs pour coiffer les sommets ; lorsque l'isard devient prince agile enlevant la pastourette pour la conduire dans le plus beau château des Pyrénées.

Le grand-père inventait-il ? Répétait-il ce qu'on lui avait conté ?... Margalide ne le savait pas. Ce qu'elle savait, c'est que Hourcade Bartholomé son grand-père avait une voix magnifique, capable aussi bien de briser les pierres que de les attendrir. Une voix tellement belle que sa petite-fille parfois se demandait s'il parlait ou s'il chantait. C'est pour cela sans doute que son histoire préférée était celle de Gaston Phébus, comte de Foix et seigneur de Béarn qui, guerroyant loin de ses terres, se languissait de la belle Agnès. Le grand-père disait avec tant d'émotion l'horreur des guerres et la beauté des amours que, bientôt, il voyait les larmes monter dans les yeux emplis de lune de Margalide. Alors, attirant sa Perlote contre lui, suivant la musique et les mots, il modulait la chanson composée par Gaston Phébus pour sa belle éloignée :

Aquèros mou-ountanios
Qué tant hautes soun
M'empatchoun de bére
Mies amours ount soun !

1. « Je sais un conte. »

Il y avait dans les phrases et dans l'idée de ces montagnes si hautes qu'elles empêchaient le seigneur de voir ses amours tant de force limpide que la cascatelle chantant à deux pas semblait, elle aussi, dire la peine de Phébus.

Pour la vaincre, le grand-père lançait en frémissant la mélodie de l'espérance :

Hautes, be soun hautes
Mes s'abecheran
Las mies amourettes
Que s'approcheran

C'était le miracle. Venant de mille gorges, l'écho magnifiait la chanson et Margalide voyait, voyait vraiment les hautes montagnes s'abaisser pour permettre à Phébus de retrouver ses amours.

Près de son grand-père, la Perlote s'endormait. Les étoiles, pour autant, ne la quittaient pas. Elles illuminaient sa nuit.

Comme elles, le conte ne finissait qu'au hameau où, retrouvant les vieilles aux muscles brisés, les moins vieilles pliant sous le poids d'une charge de bois, les goitreuses cassées par ce mal qui, avec des voix d'outre-tombe leur fait dire des mots sans suite, elle se demandait comment toutes ces pastourettes enlevées jadis par des princes et des seigneurs montraient aujourd'hui tant de visages marqués par la douleur.

Elle se disait : « L'hiver va revenir. La neige va étouffer la terre. Ma vie sur cette terre. » En grandissant, elle pensait : « Les hivers sont de plus en plus longs. »

Ce soir, bêtes et gens n'ont pas besoin de regarder le ciel pour dire le temps venant au-dessus des Trois-Seigneurs. Par là-bas, l'orage « se forge ». Bientôt, il sera là. On le comprend au vol écrasé des hirondelles, au premier souffle chaud du printemps ici balayant les maigres pacages, là faisant siffler les hêtres. Les moutons se pressent de rentrer, heureux de mettre à l'abri leurs frissons de laine. Les chiens trottinant n'ont pas à les pousser. Ayant enfoui sa quenouille dans la poche profonde de sa vaste jupe de cadis, la bergère suivant son troupeau se retourne fréquemment, craignant le maléfice.

Il vient à l'heure de la soupe chaude, rasant le toit, menaçant l'ardoise. Une porte se plaint. Sur leur paille, les vaches meuglent leur angoisse, effrayées par le bourdonnement, le craquement, l'éclatement de ce « tambour des escargots », comme disent les gens : il approche plus vite que les escargots, plus fort que les tambours.

Ayant vidé son écuelle de bouillie de millet, Bartholomé avale un gobelet de petit-lait :

— Il faut y aller.

Sa fille s'inquiète :

— La Perlote n'est pas rentrée.

— Ne te tracasse pas pour elle. Elle connaît le chemin. Nous la trouverons à l'église.

La Fourmigo n'est pas tranquille : la Perlote est vive, c'est vrai mais elle est bien jeunette. On ne sait jamais ce qui peut arriver.

Dans l'embrasement d'un éclair, les branches maigres des arbres dessinent des grimaces ridées, fulgurantes.

Fané sous toutes les intempéries, le béret vert de Bartholomé Hourcade a maintenant la couleur de la grande cape grise qui bat ses flancs.

Le pied enfoncé dans les hautes chaussettes que lui tricota « l'une de ses femmes » ou que, à l'occasion, il tricota lui-même, le mollet enserré dans des lanières croisées qu'il porte depuis toujours, préférant, même en cette saison, même par ce temps, l'espadrille au sabot, le pastoureau court plus qu'il ne marche. Les cailloux du chemin ? Il les connaît tous. La nuit ? Il n'a pas besoin de voir pour savoir. Il descend. Quand il aura passé le replat de Soula, vainqueur de toutes les herbes et de toutes les ténèbres, le blanc calcaire le guidera de sa muraille de nature. Tournant à droite, le *pépi* aura alors à franchir l'obstacle le plus dangereux : la planche du Machant, redevable de son nom à ce « méchant » qui, depuis des temps, fait glisser les pieds pour expédier les corps dans le vide avant de les voir s'affaler sur la roche toujours lavée par la cascade.

Dans la nuit, Margalide devra faire attention. Son pas est agile mais lorsqu'elle est en bande, la jeunesse a vite fait d'aller vers l'imprudence.

Elle est radieuse, Margalide. N'imaginant pas, en cette heure de fête, que pour elle on puisse avoir une inquiétude.

Françoise Dauzades se marie dans un mois. Toutes les filles sont venues coudre sa robe à son domicile.

C'est la coutume du pays. Ça n'est pas l'habitude de Margalide. Bien sûr, à la maison, chez les voisins, depuis toujours elle a participé aux longues soirées de teillage du lin, de dépouillement du maïs, à ces rencontres de travail à la chandelle de résine où les langues vont aussi vite que les doigts. Là, les contes du *pépi*, les devinettes de l'un ou de l'autre, les chants de tous, parfois même le tambourin à cordes rythmant la mélodie de la flûte à trois trous faisaient merveille : c'étaient joies familiales, plaisirs de la maisonnée. Ce soir, pour la première fois Margalide vit à l'heure des « grands », admise à sa place : parmi cette jeunesse responsable de ses actes, organisatrice des festivités votives et surtout dépositaire du bon renom de la commune qu'il importe de défendre contre les attaques insupportables des villages voisins. Pas plus tard qu'à la Chandeleur, armés de bâtons les garçons sont allés régler leur compte aux insulteurs qui, un mois auparavant, les avaient appelés broute-chardons.

Ils sont là, les garçons ; arrivés voici une heure avec Antoine, le cadet des Lamourous qui aujourd'hui porte bien son nom : il est le promis de Françoise, accepté par les Dauzades chez lesquels dans un mois il viendra en gendrille [1]. A ses côtés, se tient un dangereux jeune homme : Victor Dufourcq que déjà, comme ceux de sa famille, on appelle *lou Courbas*, le corbeau. Le père est un homme noir de peau qui a fait de la prison. Il est marié à une Espagnole ; autant dire à rien de bien propre : presque une bohémienne. Victor est brun lui aussi. L'une de ces peaux que le soleil ne touche pas.

1. En gendre s'établissant dans la maison de l'épousée.

Des yeux mobiles. Qui savent voir ce que l'on aimerait cacher :

— C'est drôle que vous m'ayez dit de venir. D'ordinaire, vous me tenez à l'écart.

— Tu es là, de quoi te plains-tu ? demande Françoise.

— A notre âge, vous voulez paraître meilleurs que les vieux mais bientôt vous serez heureux de trouver un prétexte pour me rejeter.

C'est cela, Victor Dufourcq : un lucide heureux de l'être. Un banni qui, de son bannissement, veut se faire un bâton pour frapper ceux qui le bannissent. C'est-à-dire tout le monde. Lorsque la Fourmigo parle des Dufourcq, elle prend une voix de rancune : « Des gens sans honneur. Ils ramassent leur meilleure récolte dans le champ des voisins. »

Ces mots, Margalide les a toujours entendus. Elle les entend plus encore depuis que, face à elle, Victor s'est installé, se balançant avec satisfaction sur un escabeau à trois pieds. Il ne cesse de la regarder. A-t-il l'intention de peindre son portrait ? Dès qu'on a commencé le jeu des devinettes c'est à elle qu'il a posé sa question. Avec un air de sous-entendu bien fait pour déplaire :

— Mon personnage a un œil au bout de la queue. Qui est-ce ?

Margalide avait baissé la tête, s'absorbant sur son ouvrage. Les grands s'amusaient de la voir. Filles et garçons.

Brimbalant ses boucles brunes et les grands anneaux qu'il porte aux oreilles au rythme de son tabouret, Victor finit par dire :

— C'est la poêle.

Comme les rires éclataient, il avait demandé :

— A quoi pensais-tu ?

Elle était furieuse. Contre lui. Contre les autres. Contre elle aussi qui maintenant restait seule à coudre. Mal. D'une aiguille trop vive.

Cela stimulait le taquin :

— Elle a des trous tièdes dans lesquels je ne mettrai jamais mes doigts. C'est qui ?

Il y avait de quoi faire redoubler les rires.

Victor précisait :

— C'est la ruche.

Les rires montaient encore. Victor était impassible. Comme étranger à la moquerie.

Il regarde sa victime :

— Plus elle pousse moins il rentre. C'est qui ?

Margalide se lève. Blanche. Rouge. Nette :

— Je m'en fous de tes devinettes !

— Je comprends bien ! approuve Victor calmement... mais celle-là tu devrais la trouver : plus elle pousse moins il rentre.

Elle lui tourne le dos. Va vers la cheminée.

Il lance :

— C'est la poule qui pond !

Elle se sent écarlate. Se dit que si elle se retourne tout le monde va s'en apercevoir. Elle se dit aussi que le feu lui servira d'excuse. Elle l'attise. Dans son dos, elle entend des ricanements. C'est ça une soirée de jeunesse dont elle a tant rêvé ?

Et l'autre imbécile continue. Hypocrite. Il semble la plaindre :

— C'est un bébé. Vous n'allez pas la faire pleurer !

Pleurer ? Ça leur ferait trop plaisir !

L'âtre brûle ses paupières. Et la cendre qui vole.

Victor fait mine de comprendre :

— Elle cherche un charbon ! Parbleu ! Elle veut jouer au *coucaril*[1], comme tous les gosses !

La compagnie approuve. Réclame :

— Au *coucaril* ! Au *coucaril* !

Victor se montre bienveillant :

— Trouvons-lui un adversaire de son âge ! Sans ça, il y aurait injustice !

Les rieurs réagissent à chaque moquerie. C'en est trop. Il est temps de faire face. Margalide se tourne d'un coup. Elle plante son regard dans celui de ce Courbas qui, si bien, marche sur les traces de son père :

— C'est contre toi que je veux jouer.

S'amusant plus que jamais, Victor Dufourcq argue de sa taille, de son souffle...

Margalide ne le quitte pas des yeux :

— Tu as peur ?

Vite un balai est posé sur le toit du bahut, allant jusqu'au fusil allongé sur le haut de la cheminée. On y pend un fil terminé d'un anneau. Dans l'anneau, une braise. Elle se balance entre Victor qui ne semble pas pressé d'entrer dans l'arène et Margalide montrant son impatience mais qui, honnête, ne veut pas entamer le combat avant son adversaire.

Antoine donne le signal :

— A l'attaque ! Feu !

Les deux adversaires soufflent, gonflent les joues, les dégonflent. Leur regard et leur haleine visent le même point : ce bout de charbon qu'il convient d'envoyer sur le visage de l'autre et qui, sous les

1. Charbon incandescent.

pressions contraires de ces deux Vulcain, devient braise ardente, pour l'instant immobile.

— Ça va faire mal ! lancent les spectateurs.

— Pour les brûlures, j'apporte une pomme de terre ! dit Françoise Dauzades.

Margalide n'entend pas. Ne veut pas entendre. Elle n'a que des yeux, des poumons et une force cruelle qui surprend les uns et les autres. Sûr de lui, Victor prend une seconde le temps de s'en amuser. Il a tort : Margalide souffle avec plus d'énergie. Victor n'a que le temps d'esquiver le charbon rougissant, grésillant, menaçant.

C'est le moment que les garçons choisissent pour éteindre la lampe à huile qui avait éclairé la couture des filles. Voilà la pièce dans le noir, les visages des deux adversaires brillant sous l'incandescence du *coucaril* devenu plus rouge, plus blanc, plus dangereux.

— Je parie pour Victor ! lâche le frère de la fiancée.

— Moi pour Margalide ! dit une fille.

Cela devrait encourager la combattante. Au contraire, elle suffoque : sans qu'on s'y attende, Victor a envoyé le charbon de côté et pendant son court voyage, prompt comme l'éclair il a posé ses lèvres sur la joue transpirante de Margalide. Elle a voulu l'insulter, le battre. La raison lui est revenue avec le charbon retombant.

Victor recommence son jeu. Elle retire sa joue, ne dit pas un mot mais, comme ce Courbas de malheur savoure bêtement le succès remporté par ses facéties, elle vise mieux que jamais et rassemblant toutes ses énergies, elle expédie le charbon sur le nez du prétentieux.

— Aïe !

Les bravos crépitent. Victor Dufourcq porte la main à son visage. Françoise lui tend une tranche de pomme de terre. Il se donne le ridicule de la placer sur son nez. Les garçons rient aussi fort que les filles. Il est très vexé. Se tourne vers Margalide :

— Tu me paieras ça !

Elle ne l'entend pas. Ne peut plus l'entendre : elle est entrée dans la vie. Par la grande porte de la victoire.

L'orage tonne.

La cloche sonne. Lointaine. Ayant de la peine à monter jusqu'ici, à vaincre tous les cris de la tempête, les avertissements du tonnerre, de la première pluie dont les grosses gouttes battent les lauzes de la vieille maison.

— Mes parents sont déjà partis. Il faut y aller. Sans ça, nous serons en retard, dit Françoise.

Dans un coffret de bruyère à son poste sur la poutre de la cheminée, elle prend quelques feuilles de laurier séché, les broie, les lance dans le foyer où elles deviennent gerbes d'étincelles qui chasseront l'orage et éviteront l'incendie : le feu protège du feu.

Lary et Bertrande sont venus prendre la Fourmigo pour faire route avec elle. Ils sont devant l'âtre activé par la *tatéi*.

Assis sur le *caixabanc* [1] qui est à la fois banc et coffre à sel, Lary espérait que « ça allait s'arrêter », « qu'on n'aurait pas à y aller ».

1. On dit aussi l'*archibanc*.

La cloche brise cet espoir :

— Le père est arrivé.

— S'il tire la corde, c'est que ça ne s'arrangera pas.

Acceptant son sort, Lary remet son bonnet de laine, son chapeau par-dessus. Il serre sa large ceinture de flanelle bleue qu'il avait quelque peu relâchée devant les flammes léchant les deux landiers souvenirs de mariage : à gauche, celui du mari ; à droite, plus petit, celui de l'épousée. D'un même mouvement, les trois capes volent sur les épaules de l'homme, des femmes. Les sabots pointus frappent les marches de granit.

Sous l'escalier, la Fourmigo entre dans la pièce noire, nauséabonde où, sur leur perchoir, les poules protestent contre ce dérangement. Les lapins tendent leurs grandes oreilles. Le porc ne bouge pas. Les brebis sont nerveuses. La Fourmigo trempe sa main dans le seau d'eau bénite qui ne quitte jamais l'étable, pendu au plafond pour éviter les buveurs sans religion. Elle en asperge les bêtes, se signe, vérifie que, sur la poutre sale, la croix de la Saint-Jean est toujours à sa place. Protectrice.

Le trio se met en route.

Une zébrure grandiose vrille le ciel, brûle la neige, semble l'ouvrir : on dirait qu'elle a fendu la montagne.

Maniée par Bartholomé, la cloche sonne fort. Chargée d'affronter les éléments. De les détourner. De sauver les grains, les germes, les premières pousses. Branle contre tonnerre. Bronze contre foudre.

A son appel, les paroissiens gagnent l'église, gagnent leur place dans l'église : les hommes sur les bancs de la galerie de bois qui ceinture la nef ; les femmes en bas, sur leur chaise portant une initiale, un dessin : le glyphe de la famille tel qu'on le retrouve sur la porte de la maison, de l'étable : comme ce H des Hourcade inscrit dans un cercle ; Bartholomé l'a gravé sur tous ses outils, sur sa cuillère de bois qui le suit partout, à l'estive, au champ où, sur trois bouts de hêtre, il fait chauffer sa soupe.

Le nouveau rituel à la main, monsieur le curé Lahondes a commencé ses invocations. D'un ton rogue.

La Fourmigo est nerveuse : près du chœur, les bancs réservés aux filles sont vides. C'est peut-être ce qui chagrine monsieur le curé Lahondes toujours inquiet pour le salut fragile de ses paroissiennes. Cependant que la cloche pourfendeuse d'orage poursuit sa mélopée, il part vers l'autel de la Vierge, suivi des enfants de chœur, de la vieille Mélanie Cartailhac qui est là au titre de chaisière bénévole chargée de l'époussetage des autels. Les fidèles terminent les prières du prêtre avec la ferveur des terriens demandant au ciel de pousser la grêle hors de leur lopin.

La procession est arrêtée devant le deuxième tableau du chemin de croix lorsque, entrant leurs galoches à la main, par l'allée centrale ou par les plus discrètes allées latérales, Margalide, Françoise, toutes les filles gagnent leur place. Cela provoque dans l'assistance des remous, des soupirs, des réprobations suffisamment sensibles pour aggraver la mauvaise humeur de monsieur le curé. Il attaque un Pater d'une voix tremblante. De la voûte, parviennent des bruits qui n'ont rien de céleste : butant sur une marche, l'un des garçons a dû s'étaler. Au vacarme du corps tombant, succèdent des gloussements sans retenue, l'hilarité de compagnons manquant de charité chrétienne. Margalide cache son rire dans ses mains.

Monsieur le curé n'y tient plus. Relevant sa soutane avec la chasuble qui la recouvre, en trois secondes il escalade les dix marches qui le conduisent à la chaire. Là, il rappelle à tous qu'ici c'est la maison de Dieu ; le désordre qui s'y installe ce soir n'est que la conséquence du désordre des mœurs de cette jeunesse qui est arrivée en retard à l'office parce que, sans surveillance aucune, garçons et filles mêlés, elle se livrait à ces jeux conduisant au péché mortel.

La Fourmigo se signe. Bertrande Morère lui pousse le coude, s'impatientant de cette culpabilité.

Là-haut, un homme s'impatiente aussi :

— L'orage, Lahondes ! Pense à l'orage !

Le prêtre fait face :

— Ne voyez-vous pas, malheureux, que l'orage vous menace parce que vous bafouez les principes sacrés de notre religion ?... Ne voyez-vous pas que vos garçons et surtout vos filles...

— On s'occupera des drôlettes plus tard ! lance la voix avec entêtement. Pour l'heure, écarte l'orage !

La Fourmigo est outrée par ce manque de respect, ce tutoiement, ces ordres quasiment donnés à un quasi-prince de l'Eglise.

L'orage terminé, le cantique d'action de grâce lancé pour remercier le Créateur, maître de la nature, ne la calme pas.

Escaladant de ses jambes maigres le chemin du retour, elle parle pour ceux, pour celles qui l'entourent :

— Un blâme pareil ! Du haut de la chaire ! La première fois où tu sors seule ! Nous voilà humiliés ! En public !

Suivant son pépi, qui en chef souverain marche devant tout le monde, Margalide ne dit pas un mot.

Frémissante comme les noisetiers tordus au vent de nuit, Bertrande à son habitude affronte sa cousine :

— Le curé n'a qu'à dire les prières au lieu de s'occuper des filles et des garçons !

— Si les filles se tenaient mieux, il n'aurait pas à en parler !

Bertrande n'accepte pas :

— Pourquoi les filles ? Ce sont les garçons qui ont fait du bruit !

— Il ne s'agit pas du bruit, tu le sais très bien ! Mais toi, dès qu'il s'agit des filles, tu fermes les yeux !... D'ailleurs, on sait comment tu as élevé la tienne !

Bertrande se redresse : elle a élevé Catinette dans l'honneur.

La Fourmigo glousse :

— Parlons-en de son honneur : il n'a pas duré longtemps ! A quatorze ans, elle...

Le vent siffle. Bertrande Morère coupe la parole à sa cousine. Péremptoire :

— Ça ne l'a pas empêchée de se marier à un portail [1] ! Il a vu qu'elle était libre avant lui : c'est un bien. C'est une très honnête femme. Et maintenant, elle dort dans la plume [2].

1. Dans la plaine fertile et notamment dans les villes, les « grandes maisons » s'ornaient volontiers d'un portail décoré avec quelque ostentation. D'où l'expression « se marier à un portail » : épouser l'héritier d'une riche famille.

2. Contrairement aux plus pauvres dormant sur les paillasses de maïs.

La Fourmigo frémit d'horreur, de crainte, d'indignation :

— Tu n'as pas de croyance.

Le mot est écrasé par les gouttes épaisses tombant sur « la table du mort » : longue pierre plate ayant pour mission, en cet abrupt où le char n'accède pas, de recevoir quelques instants le défunt pour reposer le porteur le convoyant sur son dos.

Tout au fond, loin sous les pas, les âmes des disparus ici passées font sur les tourbières autant de feux follets.

Les deux femmes sentent un froid se glissant sous leur cape, leur robe :

— S'il n'y avait pas de paradis d'où viendraient ces flammes implorant nos prières ? murmure la Fourmigo, la voix troublée.

Bertrande va se fâcher : elle n'a jamais nié l'existence du Tout-Puissant. Quel être s'il n'était infiniment supérieur aurait pu conduire ici tant de rochers, les élever jusqu'à en faire des barrières de géants ? D'où viendraient ces fées sortant des grottes, cette dame blanche au voile bleu que les jeunes Pyrénéennes aperçoivent parfois en gardant leurs troupeaux et qui, il n'y a pas dix ans, a choisi d'apparaître avec éclat devant la petite Bernadette Soubirous ? Qui aurait parsemé la montagne de bonnes sources soulageant les maux des bonnes gens : celle-ci ne guérit-elle pas des rhumatismes et celle-là ne fait-elle pas disparaître les verrues ? Oui, Bertrande Morère est croyante.

Cela ne l'empêche pas d'observer :

— Qu'a fait ton curé depuis qu'il est là ? Il a placé des croix sur les rochers miraculeux, sur les fontaines guérisseuses. Il a transformé les menhirs en oratoires où l'on se rend en pèlerinage… tous ensemble ! Il accapare tout !

— Les miracles des fontaines et des menhirs sont voulus par Dieu ! clame la Fourmigo, il est juste que nous lui en rendions grâce !

— Peut-être mais comme il l'a fait ce soir, ton Lahondes profite de tous ces rassemblements pour nous répéter la loi de Dieu… Et il a beau nous la dire en patois, il se trouve que cette loi de Dieu est la loi de l'homme qui veut nous prendre seulement pour son plaisir et, en plus, nous en rendre responsables !

Margalide ralentit le pas. Elle voudrait entendre. La Fourmigo ne la voit pas. Elle se signe. Se déchaîne :

— Tu dis toujours « les hommes ! » mais je pourrais te rappeler ce que font les femmes, ce que tu as fait, toi la première !… Tu te souviens de ce que tu as fait ?

Bertrande va répondre. Lary la prend par le bras, l'entraîne.

— Tu n'as pas d'honneur ! jette encore la Fourmigo en poussant sa porte.

Cachée derrière la grosse bosse du four à pain, Margalide regarde partir son oncle, sa marraine. Une fois encore, elle s'interroge sur ces reproches mystérieux, féroces. Elle se demande ce qu'en aurait dit sa mère. De quel côté serait-elle ?

Depuis toujours, la Perlote essaie d'imaginer ce visage qu'elle n'a pas connu.

Le sourire, les larmes, les réprimandes, les encouragements d'une mère placent à jamais son portrait dans le regard d'un enfant ; devant ses yeux, Margalide n'a jamais eu de portrait. Et voilà que ce soir elle a celui de Victor Dufourcq. Un être insupportable. Lui aussi, sans honneur.

Lorsque, quittant son abri de pierre elle se décide à entrer, elle trouve sa *tatéi* à genoux sur la chaise tressée de seigle que Bartholomé bâtit pour la prière avec l'aulne longtemps séché dans les râteliers de l'étable, sous l'haleine de l'âne et des brebis. Ses lèvres à peine remuées remercient le ciel d'avoir détourné l'orage que l'inconduite des uns attire sur la récolte de tous.

Lorsqu'elle a terminé, elle embrasse la croix qui dansait au bout de son chapelet et, enlevant sans dire un mot sa robe mouillée, en jupons elle se glisse sous la couverture de laine bourrue, vieillie, « *coulou* de la bête [1] ». Son corps sec fait craquer la sèche paillasse de maïs. Il laisse près d'elle la place de Margalide. Du coin de la *litoche* [2] surmontée d'un rustique baldaquin, elle tire son rideau, ayant l'air de dire à sa nièce : « Ne tarde pas, tu m'en as assez fait pour aujourd'hui. »

Margalide ne bouge pas : le lit du *pépi* est vide. Espérant le sommeil prochain de la Fourmigo, elle attend.

Ses yeux volent au plafond noir, considérant les jambons dans leur drap collant, le lard, les écheveaux de lin s'alignant à leur suite, les fuseaux fichés dans leur triangle de bois, au-dessus du four. N'épargnant ni le crucifix de fer forgé, ni les images pieuses qui parsèment les murs, les mouches partout, sur tout, ont laissé des marques indécentes.

1. Couleur de la bête.
2. Lit pyrénéen d'un confort un peu précaire.

Près de l'âtre paisible, la chatte allongée sur un fatras de chiffons caresse de sa langue rose ses quatre chatons aux yeux fermés. Est-ce elle ? Est-ce la Fourmigo en se couchant qui écrasa une bête ? Monte dans la pièce l'odeur épouvantable de la punaise des bois.

Sous la galerie, Bartholomé regarde la nuit. Bleue là-haut. Sans un souffle maintenant. Aussi immobile que la masse aveugle des Trois-Seigneurs.

Phébus voulait faire abaisser les montagnes pour voir ses amours : est-ce Dieu qui au contraire a voulu cette muraille dressée pour assurer la paix entre les vents du nord et les vents du sud toujours prêts à se battre ?

Jusque-là aussi calme, aussi silencieuse que la nuit venant des cimes, Margalide pose la question longuement préparée :

— *Pépi*... l'honneur dont tu parles souvent... dont parlent ma marraine et ma *tatéi*... l'honneur, *pépi*... c'est quoi ?

Bartholomé Hourcade est grave. Comme si sa réponse engageait l'avenir ; sachant qu'elle l'engage.

Il cherche ses mots. Comme on le fait lorsqu'un enfant vous fait confiance.

Il parle. Lentement. Paisible :

— Ton honneur... celui des autres... je ne les connais pas. Le mien... je l'ai rencontré, il y a bien longtemps. Depuis, je vis à ses côtés. Il me guide, me prévient. Il me gronde à l'occasion. C'est là tout ce que je peux dire car si je l'ai entendu souvent, la vérité m'oblige à dire que je ne l'ai jamais vu.

Bartholomé Hourcade prend un temps.

Il murmure :

— Non… Je ne sais pas ce qu'est l'honneur des hommes. Ce que je sais seulement, c'est que leur déshonneur s'appelle le mensonge.

Margalide se tait. Le regarde.

Pensif, le *pépi* conclut :

— Tant qu'on n'aura pas tordu le cou au mensonge, le monde ira dans le malheur.

2

Bartholomé a placé sur le traîneau d'osier qui l'été sert à rentrer le fourrage un fond et des montants de bois.

Aidé de Lary, depuis ce matin à petits coups de pelle il charge de terre ce tombereau improvisé. Arc-boutés sous la sangle, tous les deux remontent leur fardeau au plus haut de la parcelle. Ils le vident, ratissent, meublent les trous, s'efforçant de refaire de ces pierres mises à nu par les pluies un champ qui sera fournisseur de maïs ou de blé noir, un carré de haricots. Pendant qu'ils s'affairent, Margalide restée en bas prépare le prochain voyage, allant chercher l'humus jusqu'au creux du muret où les neiges fondantes l'ont entraîné.

— C'est drôle de voir cette montagne si dure avec cette glèbe si légère. Comment veux-tu que ça tienne ?

— Ce sont les racines qui manquent, dit Lary : dans la forêt, chacun coupe à son gré. Comment fixer le sol dans ces conditions ?

Bartholomé ne répond pas. La vérité c'est que, sur leurs pentes, les neiges et les terres, les cailloux et les eaux ne peuvent que descendre. Accroché à sa montagne, seul l'homme se fixe pour mission impossible de lutter contre la nature.

Qui dit l'homme dit aussi la femme : à moins d'un quart de lieue de là, la Fourmigo et Bertrande font même besogne avec l'aide de Gaspenha, l'âne des Morère chargé aujourd'hui de deux *caïchos*, deux caisses qui bordent ses flancs.

Lary profite de cet éloignement pour, une fois encore, raconter sa guerre d'Algérie vieille de trente ans, l'occupation de Tlemcen, les femmes qu'on devait prendre de force tant elles se refusaient aux vainqueurs, les hommes aussi jaloux de leurs sœurs ou de leurs filles que de leur épouse : ce sont les pères qui, au lendemain des noces, installaient à la fenêtre le drap taché du sang de la mariée pour preuve de sa bonne conduite. Sang de poule ou jus de tomate permettaient parfois de passer dans le village la tête haute, affirme Lary en riant.

Encore une question d'honneur ! pense Margalide qui écoute sans en avoir l'air.

Le *pépi*, comme souvent, ne parle pas. Lui le conteur, on le dirait à l'aise seulement dans les histoires du pays. Des gens d'ici. Prenant vie avec les mots d'ici.

Un bruit infime vient d'arrêter son geste. Il lève la tête. Là-haut, loin sur le clos Barreyre, Victor Dufourcq fuit à toutes jambes.

— Il est bien pressé, dit Lary ; sûrement, il ne va pas au travail !

Margalide regarde. Impressionnée par les bonds souples de ce garçon faisant penser à l'isard aux pattes légères.

— Un vert ! s'exclame le *pépi* qui, du doigt, montre un garde sortant du bois.

L'homme galope de son mieux. Il crie, appelle, se dirigeant vers ce Dufourcq qui ne cesse de le distancer.

Arrivé au bout du plateau, le fugitif à nouveau va entrer dans la forêt. Un obstacle sans doute s'est dressé devant lui : il revient sur ses pas. Il se trouve au bord de l'à-pic. Il se couche et soudain on le voit agrippé par les mains aux aspérités du roc, pendu dans le vide. Le corps se balance une fois, deux fois pour, d'un élan sec, se jeter sur une plate-forme exiguë, sous la terre qu'il vient de quitter : la grotte étriquée contient à peine sa silhouette.

Sorti du bois où il y a un instant Victor Dufourcq allait entrer, un deuxième « vert » a rejoint son collègue. Tous les deux considèrent la gorge profonde, dangereuse, presque menaçante qui s'ouvre à leurs pieds. Ils ne comprennent pas.

Margalide avait baissé la tête, n'osant plus regarder. La voix des forestiers la ramène aux réalités :

— Vous n'avez vu personne ?

— Si ! dit Lary.

Lui coupant la parole, de sa belle voix forte, calme, Bartholomé lance :

— Vous ! Je vous vois.

— Quoi ? demandent les gardes qui ne sont pas sûrs d'avoir bien entendu.

— Vous ! Je vous vois ! répète placidement le *pépi*.

— Nous ?

Visiblement, ils s'interrogent. Sur cette disparition, ce témoignage, ce mystère aussi grandiose que la montagne répétant :

— Je vous vois, vous vois, vois, vois…

Margalide se demande comment Victor Dufourcq va pouvoir remonter sur la corniche.

Pas longtemps. Pour une caïche qui, ouverte trop tôt, déverse sa terre sur un tas de cailloux, Bertrande crie, la Fourmigo hurle, les deux femmes s'affrontent, la colère monte :

— Bonne à rien !

— Bonne au mal !

On en vient aux injures, on en viendrait peut-être aux mains si de loin Bartholomé ne lançait sa grande voix :

— Les femmes ! On n'ouvre pas les fenêtres quand il y a le feu à la maison !

La montagne répète le mot.

Inutilement : les belligérantes ont arrêté le combat.

Bertrande reprend seule le travail ; expédiant sa pelle sur un muret, la Fourmigo rentre à la maison.

— Plus le chien enragé vient de loin, plus il a envie de mordre, dit Lary la regardant partir.

Le *pépi*, lui aussi, reprend son travail :

— On ôte plus facilement un nœud au fuseau qu'une blessure au cœur.

Lary se tait : comme quelqu'un qui ne tient pas à poursuivre.

Les deux gardes passent le long de la haie. Ils tiennent à la main l'un une hache, l'autre une cognée.

— Vous emportez les outils ? demande Bartholomé en fronçant les sourcils.

— Vous savez à qui ils appartiennent ?

A la surprise de Margalide, le *pépi* répond :

— Evidemment, je le sais.

— A qui ?

A la satisfaction de Margalide, le *pépi* affirme :

— A quelqu'un qui en a besoin.

L'un des forestiers fait mine de s'en aller :

— Celui-là viendra les demander chez nous.

Bartholomé Hourcade regarde ce gras représentant de l'autorité :

— L'outil, on le laisse à qui doit travailler.

Tous les traits du forestier disent la rancune ; sa respiration, son képi, sa dignité, sa veste verte ont souffert de cette course dans les buissons. Un bouton s'est perdu. Une égratignure fait saigner la joue replète :

— On ne coupe pas le bois dans la forêt. C'est interdit.

— Je sais bien, fait le *pépi*.

Il montre une grande conviction. Il soupire. Se fait bon enfant :

— Vous mangerez bien la soupe avant de repartir ? Ça vous remettra.

Des combats importants s'engagent sous l'uniforme : code contre estomac, appétit contre dignité, corruption de fonctionnaire contre parfum de garbure.

La raison l'emporte :

— C'est pas de refus.

Margalide voit le regard du *pépi* inspectant les toits alentour. On dirait qu'il fait un choix.

Il se tourne vers elle :

— Perlote, va dire aux amis que nous sommes chez l'Antonia.

L'Antonia, l'invitation, cette commission aux amis, tout est surprenant : Margalide ne bouge pas.

Le *pépi* confirme :

— Tu leur racontes. Ils comprendront.

Elle s'en va.

Antonia Sajus est chez elle, la quarantaine fixée dans sa robe de veuve, au deuil fané, les rides creusées avant l'âge par les travaux sans répit, la fatigue sans espoir.

La soupe est prête. Posée dans sa marmite noire devant l'âtre vide.

Antonia tend à ses hôtes l'écuelle de bois.

Le gros forestier hésite :

— Vous... vous ne la chauffez pas ?

Bartholomé Hourcade ne laisse pas à la femme le temps de répondre. Il lève les bras au ciel :

— Avec quel feu ? Où prendrions-nous le bois ? Vous savez bien que dans la forêt c'est interdit.

Le gros forestier se rembrunit. Il ne mange pas. Soupire.

L'autre trempe l'écuelle. Goûte. Peut-être pour prouver son éducation : chez les autres, on prend ce qu'on vous donne.

Quelques secondes passent dans les « chup ! chup ! » de cet avaleur sans appétit.

Le gros forestier se lève, agacé par son compagnon :

— Ça va, Jules. On rentre.

Jules abandonne sa soupe. Peut-être à regret. Peut-être soulagé.

Les deux sylvicoles gagnent la porte.

Bartholomé les suit.

Les voilà en haut des marches d'ardoise.

Chacun pourrait voir toutes les cheminées fumant. Nul n'en a le temps : une dizaine d'hommes forment un cercle au bas des marches. A côté de Margalide.

Les deux gardes hésitent. Se demandent ce qui se passe.

Les hommes sont sans menace. Sans impatience. Leurs jambes fermes, droites sur le roc où depuis toujours elles savent se tenir.

Le gros vigile descend une marche. Mal assuré :

— Laissez-nous passer.

— Tu passes tant que tu veux. Qu'est-ce qu'on ferait de toi ? Ici, on chasse l'isard et l'ours. Pas les humains.

Les hommes s'écartent. Les deux compères s'engagent dans la petite allée ouverte devant eux. Barrant la bedaine du premier, deux bras se tendent à l'horizontale :

— Pas les outils.

— Mais…

La voix calme répète :

— Pas les outils.

Le forestier veut parlementer : il a des ordres. Ce bûcheron a enfreint la loi. Confisquer sa hache, sa cognée, c'est la certitude de le revoir.

L'autre s'en tient à sa propre règle : les outils ne quittent pas le pays.

Le forestier résiste.

Il se rend compte que le groupe s'est refermé autour de lui, de son *compain*. Ils sont enserrés, leurs épaules poussées par d'autres épaules, leurs pieds ne pouvant pas bouger, route fermée devant eux, derrière eux, sur leurs flancs, par des sabots énormes.

Le plus petit tend la cognée.

On le laisse partir. Après des palabres inutiles, l'autre croit avoir trouvé :

— Pourquoi je vous remettrais ça ? Qui me dit que vous n'allez pas garder l'outil pour votre usage ?

Bartholomé était resté sur le haut de l'escalier :

— La hache viendra chez moi. Elle y restera. A la disposition de son propriétaire.

Le bouffi veut sauver la face :

— Quand il viendra... vous me ferez savoir son nom ?...

Il n'y a même pas un sourire.

C'est Bartholomé qui répond :

— Bien sûr, je vous le dirai... à moins qu'il vienne la nuit, évidemment.

Le garde est battu, il le sait. Il remet la hache à Bartholomé, s'en va, jurant qu'on aura bientôt de ses nouvelles.

Margalide considère son grand-père, la hache, la cognée, l'histoire de la soupe froide que déjà colporte l'Antonia. Elle contemple les fumées bleues qui, des toits de lauzes ou d'ardoises, s'échappent.

De leur auréole légère, elles renforcent la confiance que depuis toujours la Perlote porte à son *pépi*.

Elle ne sait pas pourquoi sa *tatéi* et sa marraine étaient prêtes à se battre.

La hache et la cognée sont sous l'escalier.

Victor Dufourcq aurait pu venir les prendre à n'importe quelle heure du jour, il le sait. Il a choisi de venir la nuit. Comme aurait fait son père, accusé, bien que corbeau, de vivre comme les hiboux, les chats : d'y voir mieux aux ténèbres qu'à l'aurore.

Il avance, ayant bien soin de ne pas faire rouler un caillou, de ne pas écraser une feuille, une branchette séchées par le soleil.

Le premier outil est dans sa main. Il va saisir le second. Une voix lui parvient :

— C'est mon *pépi* qui a sauvé ton bien.

Il a sursauté. Se ressaisit. Finit par dire, déjà hargneux :

— Tu crois que je ne le sais pas ?

Margalide ne se laisse pas démonter :

— Toi aussi, il t'a sauvé. Il aurait pu dire que tu étais caché sous le rocher.

— Qu'est-ce que tu veux ? Une récompense ?

— Je veux que tu saches. C'est tout.

Victor Dufourcq est plus narquois que jamais :

— Et peut-être que j'aille remercier le Bartholomé ?

— Non. Que tu saches.

Maintenant, il la voit bien. Sortie de l'ombre pour avoir, sans le savoir peut-être, sa nuque et ses épaules, sa poitrine et ses cheveux dessinés par la lune.

Il s'approche :

— Tu n'as pas peur ?

— De quoi ?

— Chez les Dauzades, je t'ai dit que tu me paierais l'offense…

Elle a un petit rire pas fini : adolescent. Plus brusque qu'elle voudrait.

— Tu ne sais pas que ma mère est espagnole ?

— Non !… Si ! Je le sais.

— Elle s'appelle Azucena.

— C'est joli.

— Joli, oui… Mais pas chrétien.

Il fait encore un pas :

— Ce que tu ne sais pas c'est que les Espagnols n'ont qu'une parole : quand ils promettent, ils tiennent.

— Toi, tu n'es pas espa…

Elle n'a pas pu finir. Ses lèvres sont bloquées par les lèvres de ce Courbas malappris. Désagréables. Chaudes. Violentes.

Elle se débat. Sent, en tenaille, la force du garçon. Le baiser plus pénétrant. Son ventre contre le sien, appuyé malgré elle par deux bras qui broient sa taille, la cambrent, la rompent, lui donne l'impression qu'elle est prisonnière, que ce moment ne finira jamais. Epouvantable. Convaincant. Créateur de convulsions, de rage, d'indignation. Tous les troubles.

Un bruit dans la maison fait lâcher prise au téméraire. Margalide s'enfuit, courant, escaladant les marches avec une trop vive promptitude ; le martèlement rapide des sabots pointus suffit à dire l'inhabituel. Et aussi cette révolte dix fois répétée :

— Bandit !

Elle est entrée. S'appuie à la porte déjà fermée derrière elle. Lampes et torches sont éteintes. Cela ne l'empêche pas de voir l'interrogation inquiète de la *tatéi*. Son air réprobateur. Tout de suite flairant le péril :

— Qu'est-ce qu'il se passe ?

— Rien. Ce n'est rien.

— Pourquoi courais-tu ?

— J'ai eu peur.

— De quoi ?

— Je ne sais pas. Une bête.

La *tatéi* se dresse sur son lit :

— Je les connais les bêtes qu'on rencontre à ton âge !

Ses yeux montrent tous les soupçons.

Margalide ne répond pas. Elle passe sur la galerie. Le seul baiser qu'elle ait reçu à ce jour lui avait été donné par Fernand Sajus, le fils d'Antonia. Sans insistance : au coin de ses lèvres, deux lèvres qui lui semblaient pleines d'affection.

Ce Victor Dufourcq est une brute. Digne de sa famille. Comme on dit : « Les chats ne font pas des chiens. »

La semaine sainte interdit la viande dans l'écuelle, la graisse dans la poêle. En ce quatrième jour, elle interdit même de « joindre » ou, pour être clair, de travailler.

Les cloches de l'église étant muettes, les enfants ce matin ont parcouru les chemins. Les uns agitaient une clochette de brebis. D'autres faisaient tourner les crécelles confectionnées par le père dans une branche de sureau. Les plus petits soufflaient dans un oiseau de terre cuite dont l'eau tournant à l'intérieur chantait comme un rossignol amoureux. Leurs litanies disaient : « Les cloches sont à Rome et nous les remplaçons. A l'office ! A l'office, il est l'heure ! » Ou encore : « Nous sommes les oiseaux du Bon Dieu. Nous invitons à la messe tous les chrétiens ! »

Dans l'église après le psaume de la Pénitence, à nouveau ils ont fait aller les crécelles et siffler les pipeaux de châtaignier : évocation enfantine de la tempête déchaînée par les esprits saints à l'heure où Jésus meurt sur la Croix. Le tumulte apaisé, les adultes ont répondu en frappant de la main leur missel. Ensemble. Longtemps. Disant de leurs doigts qui tambourinent un grave : « Nous n'oublions pas. » Le prêtre ordonnait cinq Avé pour panser les cinq plaies de Jésus-Christ.

Maintenant, pipeaux et rossignols chantent sous le porche, mêlés aux voix des enfants :

— L'office est fini. Le jeûne ne l'est pas. Maigre ! Maigre à tous les repas !

Une nouvelle attend les fidèles. En une minute, elle atteint tous les groupes :

— La mairie a été cambriolée cette nuit.

Personne ne s'y trompe :

— C'est un jeune qui a fait ça.

— Peut-être plusieurs.

Les moustaches se pincent. Réservées. Les coiffes s'agitent avec prudence. Pères et mères ayant un garçon en âge de partir « faire ses sept ans » veulent égarer les soupçons :

— On n'a pas de preuve.

On a l'expérience :

— Ils cherchaient l'état civil, c'est sûr.

L'affirmation n'a pas de mérite : à l'approche du tirage au sort, ici ou là, chaque année, des mains intéressées volent, brûlent les listes portant nom, date et lieu de naissance des citoyens.

— Chez nous, elles n'ont pas disparu, dit le grand Pomarède qui est toujours bien informé : c'est le cahier des délibérations qui est parti.

Un vieux secoue la tête. Placide :

— Pardi ! Le voleur ne savait pas lire !

Cette affirmation aussi est sans grand risque : dans la commune, huit personnes sur dix ignorent leur alphabet. Il faut être un Bartholomé Hourcade pour avoir fait de la lecture et de la cire filée à la maison de solides traditions familiales. La cire de Bartholomé est bénite par le prêtre au matin de la Chandeleur, sa capacité à déchiffrer un message est appréciée par Jamet

Camelat chaque fois que, en tant que maire, il reçoit un pli de monsieur le préfet.

Justement, le voici Jamet Camelat :

— Je viens de mettre les registres en lieu sûr.

La mesure suscite peu d'approbation : la patrie, le civisme, la gloire des armes sont de grands mots venus d'ailleurs ; ils se heurtent au mur des montagnards, aussi abrupt que le mur de la montagne. Dans le pays, les mieux informés savent que, voici bientôt vingt ans, le roi a été remplacé par la République, que, trois ans plus tard, la République a cédé la place à l'Empire. Ce qui crée la confusion et surtout la méfiance c'est que ce Napoléon III porte le même nom que l'autre, le premier, celui dont on avait chanté la gloire sur les chansons de Béranger avant de comprendre que les bras pris pour le fusil étaient à tout jamais perdus pour la moisson : restés sous les neiges de Russie, la morne plaine de Waterloo ou même sous le radieux soleil d'Austerlitz.

Victor Dufourcq n'assistait pas à l'office. Il en attendait la fin assis sur les marches du petit calvaire.

Maintenant, allant vers un groupe, se glissant près d'un autre, il semble attendre la fin des bavardages.

Margalide croit remarquer que son sourire, fanfaron à l'écoute des commentaires sur le cambriolage, a disparu à l'arrivée du maire affirmant que désormais les listes de l'état civil étaient en lieu sûr.

Ce n'est peut-être qu'une idée.

— C'est la première fois que cela arrive chez nous, murmure le *pépi*.

On le dirait touché dans son honneur. Pour lui la mairie n'est peut-être pas aussi sacrée que l'église, elle n'en mérite pas moins le plus profond respect. Elle est l'héritière de la communauté de village ou de vallée s'assemblant jadis sous les tilleuls de la place publique pour présenter ses doléances au seigneur. Elle est le lieu abrité où chacun peut parler, se plaindre, réclamer et surtout s'unir à son semblable pour défendre le droit de tous contre le roi, la République, aujourd'hui l'empereur toujours pressés de voter des lois dont on n'a que faire, de prendre des hommes dont on a besoin, de déclarer propriétés de l'Etat ces bois et ces pacages dont on était jadis les libres usagers.

Bartholomé-le-chrétien tire d'une cruche un gobelet d'eau dans laquelle tout le jour a trempé un gros morceau de pain noir. En ce Vendredi saint, ce sera son repas du soir, presque de la journée :

— Le voleur sera bien avancé lorsque pour nous punir du larcin l'armée prendra dans le village plus de conscrits qu'ailleurs.

Surprise par le son de sa propre voix, Margalide s'entend répondre :

— Ce ne sont pas des conscrits que prend l'armée, ce sont sept années de la vie d'un garçon.

Le grand-père est étonné par l'audace d'une réflexion dont son regard dit qu'elle ne manque pas de bon sens.

A son tour, la Fourmigo se verse un gobelet d'eau panée :

— Les garçons t'intéressent... à ton âge ?

Margalide se tait, baissant le nez sur les pommes de terre que sa tante pour elle a tirées de la cendre : les jeunes doivent se nourrir. Elle se sent rougir. Elle en est très embêtée. Alors, elle lève la tête. Ses yeux interrogent : « Ce n'est pas vrai ce que je dis ? »

En ce matin pascal, le soleil rit sur l'église, la place et surtout devant le porche, sur le tas de roues, pelles, râteaux, claires-voies de séchage, contrevents, pots de fleurs, chaudrons, marmites : tout ce que dans la nuit les jeunes ont pu trouver pour maintenir la tradition de cet amusement ancestral.

Les enfants crient joyeusement :

— Père ! Voici votre herse !

— Mère ! Voici votre trépied de lessive !

Les parents trient, emportent leur bien qu'ils appuient aux murs de l'église où ils le reprendront après l'office.

Montrant un sourire de souvenir, l'ancêtre, Cornélie Pedelhes, secoue la tête :

— Ils ont fait courir les outils.

La Fourmigo pense que ces jeux sur la place, le capulet de damas de soie dont les rubans de velours battent les épaules de Margalide, ces robes de futaine dont la jambe se dégage, ces corsages colorés, la verte ceinture des hommes, leur courte veste brodée de multiples couleurs, tous les sabots pointus brillant au soleil au son de la cloche revenue de Rome font de Pâques la plus belle des fêtes.

En un sermon chaleureux monsieur le curé parle de la résurrection du Christ. Avec, dans la voix, l'émotion la plus sincère, il annonce à ses paroissiens leur personnelle résurrection lorsque, au lendemain de leur mort, leur âme s'élèvera vers le paradis qu'elle aura su mériter.

Ceci le ramène à sa permanente inquiétude : il prie, il supplie les garçons et surtout les filles de renoncer au moins en ce saint jour à ce jeu des *qüate cantons* [1], contre lequel depuis toujours il s'élève pour ce qu'il provoque de dépravation dans les jeunes cœurs. Il prie, il supplie les mères de ne pas aller jouer aux quilles afin de pouvoir mieux surveiller leurs saintes enfants : évitant le péché des filles, les mères assureront leur salut.

Les fidèles entendent ces suppliques avec l'indifférence de l'habitude. Abritée parfois sous un air de grande piété. Bertrande Morère soupire sans discrétion. Les hommes semblent estimer que ce discours ne les concerne pas.

Après les vêpres, la Fourmigo veut garder Margalide auprès d'elle.

Margalide a eu quinze ans hier : elle a droit au jeu. Elle le sait. Le dit. Soutenue par sa marraine qui bientôt la quitte pour entraîner sans peine la gent féminine vers le quillier. Aujourd'hui, il leur appartient : les hommes iront jouer ailleurs. A autre chose. Aux cartes par exemple, en vidant quelques gobelets de rouge sous les ombrages de Berthe Joisten : le seul cabaret du village.

Pendant que Bertrande Morère place les neuf quilles et distribue aux joueuses la planchette aux quarante et un trous où chacune marquera ses points, garçons et filles montent vers le clos de l'Agasse.

Clignant de l'œil, la Cornélie Pedelhes est heureuse de placer l'héréditaire plaisanterie :

— Ils vont faire sauter les œufs !

1. Des quatre coins.

Margalide suit la bande dans ce chemin des buis. Elle s'aperçoit que chaque fille a un garçon qui la pousse dans les escarpements, la prend par la taille, la serre par-derrière, les deux mains sur sa poitrine. Cela provoque des rires mi-amusés, mi-prometteurs.

Dans les bras d'Antoine Lamourous, Françoise Dauzades se tourne vers elle :

— Tu n'as personne ?

Margalide ne comprend pas. Croit comprendre. Se sent prise en flagrant délit d'inexpérience.

— Ça ne fait rien, dit Françoise, il y aura du monde là-haut.

« Là-haut » est un terrain plat, habité d'herbe misérable et de cailloux blancs, une aire enfoncée entre trois parois calcaires et une bordure de châtaigniers poussant au milieu de broussailles auxquelles nul n'oserait toucher : elles font de ces lieux le refuge de la jeunesse. Son royaume invisible de tous et par là si précieux.

Le « monde » annoncé par Françoise est fait de Victor Dufourcq et de Marceline Junca que, depuis le choléra, tout le monde appelle la Veuve. Sans enfant, vivant seule dans une masure flanquée d'une grangette de bois où elle loge ses deux chèvres, elle montre un visage fripé par le travail, les intempéries, les chagrins et, dit-on, par le vin qui lui sert de consolation.

— Tu n'as pas le droit d'être là, dit Françoise Dauzades.

La Veuve ne répond pas. Habituée à d'autres vexations. D'autres rejets.

Victor prend sa défense :

— Elle m'a aidé à tracer.

Il montre les lignes, les quatre coins, le point central creusés à la pelle. Propres.

— Peut-être qu'elle t'a aidé, réplique Françoise, mais elle ne peut pas rester là. Elle est trop vieille.

Victor a regardé les couples, découvert Margalide esseulée, comme en quarantaine. Il change d'avis, se tourne vers celle qui, il y a un instant, lui donnait un coup de main :

— Va-t'en puisqu'on te le dit.

La Veuve baisse la tête. S'éloigne. Vaincue. Disparaissant dans le chemin des buis comme depuis longtemps elle a disparu de la communauté.

Victor s'approche de Margalide. Il ordonne :

— Antoine, Romain, Pierre, Jacques vous commencez. Irénée, tu te poses « en chandelle » avec Zoé.

Irénée et Zoé gagnent le milieu du terrain.

Antoine, Romain, Pierre, Jacques se placent aux quatre coins, accompagnés chacun de Françoise, Marthe, Agathe et Sidonie. Le jeu commence, fait de couples partant, revenant, courant à nouveau avec des cris lorsque, se retrouvant au milieu, l'un d'eux est puni d'un gage. Là commence vraiment la partie.

— Antoine ! Embrasse Zoé !... Mieux que ça ! Encore !

— Françoise, lève ta robe... Le jupon aussi !... Plus haut... Jusqu'au pantalon ! La jambière maintenant ! Roule ! Lève !

Au-dessus du bas qu'une jarretière de coton gris, bouclée de nacre, maintient enserré au milieu de la cuisse, la chair apparaît, marbrée, rose, ferme : comme sûre d'elle. Les troubles et les rires se mêlent.

On recommence le jeu une fois, deux fois, dix fois avec des amendes qui ne sont pas des sanctions pour tout le monde :

— Irénée, passe ta main dans le corsage de Marthe !

— Agathe ! Caresse la braguette de Romain ! De bas en haut ! Encore une fois !

Irénée bientôt n'y tient plus. Il remet Agathe à Pierre, entraîne sa Zoé : tous les deux escaladent la paroi blanche de la doline. Ils disparaissent.

— A nous ! clame Victor se plaçant « en chandelle » avec Margalide.

Il pose sa main sur la hanche de la Perlote qui, sentant la pression des doigts comme un commandement, part en courant, farouche, mettant autant de cœur à atteindre le coin vide qu'à éviter la main d'un garçon qui, au passage, s'amuse sur sa jupe dont les plis rouges et bleus volent au vent rapide du déplacement.

— Margalide, embrasse ton vainqueur ! lance Françoise devenue arbitre… Mieux ! Plus longtemps !

Margalide a fermé les yeux. Heureusement qu'elle a vu faire les autres. Que Victor, ce malfaisant, l'a embrassée dans la nuit du jardin. Elle tend ses lèvres à Jacques. Les entrouvre. N'éprouve ni plaisir, ni dégoût. Elle fait comme tout le monde, c'est tout.

— Qui est apprenti n'est pas maître ! chante Etiennette qui vient de prendre la place de Marthe dans le jeu.

Victor Dufourcq perçoit la froideur de la Perlote. Du bras, il écarte le grand Jacques :

— Il ne sait pas s'y prendre !

Avant que Margalide ait pu protester, elle est dans ses bras puissants, embrassée comme jamais, pantelante sous les risées :

— On fait vite des progrès à cet âge !

— Peut-être qu'elle y prend goût !

Margalide se ressaisit. Se débat. Lutte sous les calembredaines qui redoublent.

Victor ne lâche pas son étreinte. Ses babines sont dans son cou, son oreille. Chaudes, impudiques. Margalide ne voit qu'une issue à sa situation. Parvenant, la taille enserrée, à reculer son buste, elle donne à Victor une gifle cinglante, menace de lui griffer le visage. Victor libère la prisonnière, vexé, incrédule :

— Qu'est-ce qui te prend ? Tu es folle ?

— Laisse-moi.

Il est déconcerté :

— Tu me gifles devant tout le monde ?

— Je te dis de me laisser !

— Comment te laisser ? Tu es ma femme après tout.

L'ébahissement change de camp :

— Ta femme ?

Margalide tremble. Figée. Partant bientôt de toute la vitesse de ses jambes vers le chemin des buis. Victor grimpe derrière elle sur le talus. Il disparaît aux yeux des joueurs qui s'esclaffent. Surtout lorsqu'ils l'entendent crier :

— Hé ! Margalide ! Je veux te marier !

La Perlote s'est arrêtée. N'en croyant pas ses oreilles. N'osant pas se retourner.

Elle le fait pourtant.

En haut de la sente, Victor la regarde :

— Je veux te marier ! Tu comprends ça : c'est toi que j'ai choisie !

Elle est pétrifiée. Veut revenir. Ne le peut pas. Plus outragée peut-être par les mots que par le baiser qui la chavira.

Il n'y a plus à hésiter : elle dévale le chemin, son pied roule sur les cailloux, elle va tomber, le sait, court plus vite. Elle traverse le village, entend les joueuses de boules. Elle ne voit personne, gravit la pente tortueuse sans sentir les houx qui l'égratignent, passe la planche du Machant sans précaution…

Elle ouvre la porte. Sa tante n'est pas là. Le *pépi* non plus.

A midi, on a mangé la pascale omelette au jambon. Ce soir, ce sera l'omelette à la saucisse : les œufs battus, jaunes, gras attendent dans la jatte de grès où surnagent les chairs rouges, blanches. La *tatéi* a dû aller déposer les coquilles le long du champ de maïs. Remplies d'eau bénite, elles le protégeront de la grêle.

Margalide s'étend sur le lit dont tout de suite elle tire les rideaux pour être plus seule, chez elle, dans un univers qui n'est qu'à elle et où un individu a pénétré avec une phrase autant qu'avec une caresse. Est-ce ainsi vraiment qu'on se marie ? A son âge ? Alors que les filles ici prennent époux à vingt-cinq ans ? Elle a froid. Se glisse sous la couverture, le drap. Ses dents claquent. Ses paupières brûlent. Ses joues sont des braises. Elle doit avoir la fièvre. Elle se promet de se lever bientôt. Pour que sa tante ne la voie pas ainsi. Qu'on ne lui pose pas de questions. Elle ne veut pas pleurer, ne veut plus sentir son visage en feu : elle ferme les yeux. Bientôt, elle s'endort. Un sommeil d'enfant. Le dernier peut-être puisque, déjà, il est traversé de rêves de femme.

3

La Perlote reste ainsi quelques jours : ne parlant pas, sous le regard inquiet de sa tante aux yeux de laquelle le 1er mai arrive bien lentement. Elle compte sur la nuit y menant pour pénétrer quelque secret. L'an dernier au petit matin, elle avait trouvé accrochée à la porte une branche de blanche aubépine colorée de trois roses. Ce symbole de sagesse l'avait alarmée : jamais elle n'avait pensé que Margalide pouvait avoir un amoureux.

Margalide n'en avait pas. Voyant la tante Jeannette « se tourner les sangs », elle se demandait bien quel garçon avait pu déposer ce bouquet. Fernand bien sûr lui venait à l'esprit mais, plus tard, dans leurs longues conversations de l'estive à aucun moment il n'avait fait une allusion à ce message fleuri. Il était si timide ! Même la nuit, il n'aurait pas osé aller, l'aubépine à la main, sur le chemin où l'on pouvait le reconnaître. Jamais il n'aurait osé s'approcher de la maison, de crainte que son pas n'éveille la *tatéi*, le *pépi* et ainsi porte tort à Margalide. Et puis... il est séminariste ! Non, ce ne pouvait pas être lui.

Qui alors ?

Le jour perce sous le volet. Pâle. Suffisant pour dire à la Fourmigo que bientôt le père tirera ses rideaux. Il paraîtra, déjà vêtu de son pantalon de drap. Soufflant dans le canon sans usage d'un fusil ancestral, il ragaillardira les cendres de la nuit sur lesquelles, les braises venues, il fera chauffer son café, bu avec les gestes calmes qu'il met en toutes choses. Après s'être étiré sur le seuil pour savourer le bonheur à chaque aube renaissant, il ira « ouvrir aux moutons ». La Fourmigo l'entendra partir pour la pâture sans comprendre pourquoi, selon l'humeur, il choisira l'air de « *Aquèros mountanios* » ou l'air de « Au clair de la lune » pour chanter :

Janetoun fielabo,
Le fus i toumbec ;
Soun galant passabo,
Le li ramassec[1].

Il n'y a plus de temps à perdre. La *tatéi* saute du lit. Sans un bruit, sa carcasse maigre se dirige vers la porte. Evitant tout grincement, elle libère le pêne du verrou. Sur la haute marche, le bouquet est là : fait de ronces, d'orties, de chardons, de foin rouge et surtout d'avoine signifiant que la fille ne se mariera pas dans l'année.

La déclaration d'amour de l'aubépine avait éveillé le courroux de la Fourmigo ; le message des ronces refusant la Perlote ne la met pas de meilleure humeur : d'un geste coléreux, elle expédie le bouquet sur le tas

1. Janneton filait / Son fuseau tomba / Son galant passait / Le lui ramassa.

de fumier où, les yeux ronds, la gorge questionneuse, les poules s'interrogent sur cette arrivée intempestive.

Se levant, Margalide découvre le spectacle.

— Tu dois savoir ce que ça signifie ? lance la tante qui, tablier humide, manches troussées, bras maculés de graisse, vient de soigner le cochon.

Margalide ne répond pas.

— Tu peux te taire ! Ta honte n'effacera pas la mienne !

Margalide se tourne. Calme :

— Je n'ai pas honte.

La *tatéi* est outrée :

— Tu… n'as pas honte ?

— Je n'ai rien fait de mal.

— Aux filles qui se respectent, on n'envoie pas des bouquets d'orties ! Il faut qu'il te méprise beaucoup celui-là pour t'offrir cette gerbe !

La Perlote est immobile. Impassible. Une gloriole au coin des lèvres :

— Il ne me méprise pas puisqu'il veut me marier !

La *tatéi* croit qu'elle va s'évanouir. En trois enjambées, elle a rejoint sa nièce. Elle la secoue :

— Te marier ? Tu crois que je vais te laisser te marier à quinze ans ? Et avec qui ? Avec quoi ?

Qui a été demandée en mariage n'aime pas être bousculée comme une enfant : Margalide se dégage.

Elle a dans les yeux toute la détermination du monde :

— Je ferai ce que je voudrai.

La Fourmigo a levé la main. Margalide est déjà partie. Sans courir pour ne pas qu'on la croie apeurée… ou regrettant ses paroles.

La *tatéi* est incapable de bouger. Figée par la surprise, l'indignation. Elle crie :

— Reviens ! Si tu ne reviens pas, je ne te verrai jamais plus !

Puis, sur un autre ton :

— La Perlote, viens… Nous allons parler.

La Perlote ne veut pas parler. Elle a dit ce qu'elle avait à dire. Elle doit maintenant faire ce qu'elle a à faire.

Contrairement à toutes les habitations qui, dans le hameau, viennent des temps et des traditions, la maison des Morère est, comme on dit, « une maison à terre » : sans étage, sans galerie, elle possède une étable hors du bâtiment. Quand les livres et les voyages vous enseignent l'hygiène, il y a quelque satisfaction à montrer à ses semblables toutes les voies du progrès.

La fierté des Morère ne s'arrête pas là. Elle apparaît dans leur regard se posant sur le toit dont, à cinq lieues à la ronde, on ne trouverait pas le semblable : d'un rose inégal, il est fait de tuiles « canal » que, une à une, le jeune Lary avait arrondies sur sa cuisse, fixées sur les voliges avec des crochets par lui-même confectionnés sur la forge des Pomarède.

Avec son four à pain et sa pierre à évier, sa maie creusée dans l'arbre et son *calfo-camiso* [1] en paille de seigle, avec son odeur de lait, de chien, de soupe et de

1. Chauffe-chemise : espèce de tonneau en paille « à fond perdu ». La braise ou l'eau bouillante posée dans le bas chauffent la chemise, les langes… ou le bébé lui-même pendant sa toilette.

petit feu, l'intérieur ressemblerait à tous les intérieurs si les murs n'exposaient, ici un yatagan dans son fourreau de bois décoré de nacre, bardé de cuivre, plus loin, découpée dans quelque gazette, la glorieuse silhouette à barbichette du duc d'Aumale réduisant la smala d'Abd-el-Kader.

Margalide va de long en large. Agitée. Résolue.

Habituée aux marchandages du colportage, Bertrande connaît le donnant donnant :

— Tu voudrais que je te raconte le passé et tu ne veux même pas me dire le nom du garçon qui t'a posé le bouquet d'orties !

Margalide est rouge. De mauvaise foi :

— Comment veux-tu que je le sache ? La nuit, je ne surveille pas l'escalier !

La marraine ne s'en laisse pas conter. Quand on reçoit ronces et chardons, on sait d'où ils viennent.

Elle ne veut pas insister :

— De toute façon... entre ta *tatéi* et moi, il n'y a rien eu de mal.

Margalide crie :

— Tu mens !

Bertrande Morère est abasourdie. Jamais la Perlote ne lui a parlé sur ce ton :

— Elle te déteste et tu la détestes aussi !

Elle se défend :

— Je ne la déteste pas... Je la trouve bête.

— Elle n'est pas plus bête que toi !

La marraine y consent :

— Elle n'est pas plus bête que moi... mais ses idées sont plus bêtes que les miennes !

Margalide ne crie plus, elle hurle :

— On ne se déteste pas pour des idées ! Il y a un fait. Je veux savoir.

Bertrande se mord les lèvres. Elle se contient. Se reprend. Cherche un biais :

— … En tout cas, la famille n'a rien à voir dans l'affaire. Ce qu'il y a eu… ce n'était pas avec moi : c'était avec toutes les filles.

Margalide vient se planter devant elle :

— Et toi ?

Déjà la marraine regrette d'avoir trop parlé :

— … Moi… j'étais là, bien sûr… avec les autres.

Margalide ne lâche pas sa proie :

— Et alors ?… Qu'est-ce que vous avez fait ?

Bertrande est complètement désemparée. Une seconde pensant : « Je vais tout lui dire », la seconde suivante sachant que c'est impossible. Sous le regard qui ne la lâche pas, elle a la plus inattendue des questions :

— Tu connais cette chanson :

Maudit soit le roi
Qui nous a fait la loi
Contre les héritières ?

Margalide va se fâcher :

— On n'est pas là pour chanter !

Bertrande n'est pas de cet avis : il faut toujours écouter les chansons…

— … Elles disent les choses.

Et comme la filleule croit qu'on se moque d'elle, la marraine la prend par les épaules, l'assagit, la fait asseoir avec de petits « Ecoute-moi » emplis d'affection. Ils finissent par convaincre. Méfiante encore, Margalide se tait.

Est-ce pour ne pas aller jusqu'au bout ? Elle part de loin, Bertrande Morère ! Sérieuse, presque émouvante, elle raconte ce pays plus haut que le monde et oublié par lui. La force majestueuse des Pyrénées s'accordait à l'indépendance fière du Pyrénéen. Le respect imposé par la montagne imposait le respect dû au montagnard. L'égalité de tous devant le travail aride créait l'égalité de tous dans la communauté.

La voix grave, Bertrande Morère donne la loi que s'étaient donnée les aïeux : à la mort du chef de famille, la terre allait aussi bien à l'héritière qu'à l'héritier : à l'aîné, fille ou garçon…

— Les femmes étaient électeurs. Elles siégeaient dans les Assemblées, pouvaient être consuls de vallée. C'est la République de 89 qui a changé ça.

— La chanson dit que c'est le roi !

Bertrande hausse les épaules :

— La chanson d'ici parle comme les gens d'ici : roi, République, ils ne font pas la différence. Il y a quinze ans que Napoléon III est sur le trône : ils appellent toujours ses gendarmes les gardes royaux !

Ce qui est sûr c'est que, roi ou République, la loi est venue d'ailleurs. De Cour et de ministères, d'école, de séminaire. Avec les princes, consuls, présidents, notaires, les gens de police, le prêtre : tous des hommes, heureux de s'unir sur ces deux vers que, ouvrant l'armoire du colportage, Bertrande cueille dans une édition désuète du *Roman de la Rose* :

C'est chose qui moult me déplaist
Quand poule parle et coq se tait.

Margalide se lève. Enervée. Elle veut bien croire que loi ancienne et loi nouvelle opposent la marraine et la *tatéi* : ça n'est pas ce qui en a fait des ennemies.

Poussée, bousculée, harcelée, Bertrande finit par marchander :

— Si je te dis ce que je sais, tu me diras le nom du garçon ?

Margalide n'est qu'un souffle :

— C'est… Victor Dufourcq.

Il y a un temps. Long. Interminable. Un mot à peine articulé. Accompagné d'un spontané signe de croix :

— Mon Dieu !

Bertrande voit le passé. Elle ferme les yeux. Cela n'est pas fréquent : elle plaint la *tatéi*, lèvres serrées.

La Perlote explique :

— Victor voulait me marier. J'ai refusé. Il a envoyé le bouquet.

La marraine est accablée :

— Il a dit « te marier » mais il voulait autre chose.

Margalide explose. Ici comme ailleurs, on la tient pour une enfant :

— Tu ne crois pas qu'il me veut pour femme ? C'est ça ?

Bertrande a un petit « Pfftt ! » dédaigneux :

— Oh ! Si, je le crois ! Il faudrait être bien nique-douille pour en douter.

La Perlote est rassurée. Grandie soudain. Enfin prise au sérieux.

La marraine explique :

— Tu sais bien que le garçon marié ne doit pas son service à l'armée : le Victor sera trop heureux de t'épouser pour ne pas tirer au sort !

Le visage s'est défait. Margalide a envie de crier. Sans être entendue. Juste pour se déchirer la gorge. Erailler la vie. La taillader. La mettre en morceaux. Ne plus voir personne. Ne plus vivre ici. Ni ailleurs où la vie doit être la même.

Bertrande la voit partir, courir, s'enfuir...

Armé de son fouet-perpignan, le père Ricaud conduit son mulet à l'abreuvoir. Margalide ne le sait pas. Ne s'arrête pas. Arrivée à la Croix-de-l'Evêque, elle se jette dans l'herbe. A genoux. A plat ventre. Elle se roule. Enrage. Arrache un pied d'églantines. Se blesse. Le sang coule. Elle jette son sabot devant elle. Victor Dufourcq est un gredin, un débauché, une crapule. Un voleur de tout. Comme son père. Comme tous les hommes. Jamais elle ne se mariera.

Hier, le foirail ne laissait plus voir le moindre caillou : tout le canton était là ; les bêtes et leurs maîtres, les bergers et leurs aides, les paysannes aux grands paniers, les maréchaux-ferrants improvisant une forge en plein air. Des milliers de pattes labouraient le sol. De jeunes hommes couraient dans le bruit incessant des bêlements. Les hennissements croisaient l'appel des êtres et des chiens. Dans une lourde odeur de suif, de crottin, de soupe, d'avoine, de cuir brûlé, sous leur capulet des femmes proposaient quelque charcuterie. Des marchands de haute taille traitaient, dans leur vaste blouse, l'achat d'un veau, la vente d'un taurillon.

La journée s'était passée à peindre sur les cornes deux initiales rouges, à marquer sur le dos des vaches et des moutons un dessin à l'aide d'une pégade trempée dans la poix bouillante.

Bartholomé Hourcade ne se mêlait pas à l'agitation. Dès le matin, les propriétaires étaient venus vers lui et, redevance établie par contrat de parole, ils lui avaient abandonné leur cheptel. Bartholomé en avait pris possession avec le respect dû au maître et à l'animal.

Maintenant, devant l'auberge le tonneau est en perce. La mangeaille embaume. Le soir léger s'installe sur le village, la fête. Flûtes et violons, tambourins de Gascogne et grands hautbois catalans lancent le passe-rues, recevant bravos de la foule, menue monnaie du balcon sous lequel on s'arrête un instant. On allume les torches. Les enfants en prennent possession avec des solennités d'hommes devenant maîtres du feu. Leur visage éclairé par la flamme et la fierté, ils raccompagnent les musiciens jusqu'au foirail où quatre tables deviennent estrade.

Comme cinq ans auparavant, Bartholomé Hourcade a été élu Majoral chargé d'ouvrir le bal.

La différence c'est que, au milieu des yeux curieux, de son pas assuré il traverse la fête pour s'incliner devant Margalide qui n'en croit pas son bonheur.

— *Lou ramelet* ! lance le chef des *jougadous* qui, son archet à la main, toute la soirée annoncera chaque danse.

Le couple s'élance à la vigueur de la cornemuse et de tous les applaudissements, bientôt rejoint par les couples formés ou se formant. Lorsque le *pépi* et sa Perlote passent sous les arceaux des bras, des vivats montent du public.

Margalide est folle d'orgueil et de gaieté. Pendant deux heures, avec l'un ou avec l'autre, elle n'arrêtera pas de faire virevolter sa jupe, de claquer des doigts, de relever son buste fièrement gonflé de velours : rondes, sardanes, contrepas, sauts basques, traversée castillonnaise et cascabellada aux grelots se succéderont jusqu'au moment où, soutenu par ses compagnons au rouge et blanc boléro, le preux chevalier apparaîtra tenant d'une main sa monture de bois à la tête de cheval sculptée, de l'autre un fanion servant au ralliement de ses troupes vaillantes. Malgré l'effort des Maures la tenant prisonnière, Margalide sera libérée, emportée par le preux chevalier, ne sachant plus si elle rêve ou si elle vit encore, si la fête finit ou si commence sa destinée.

Derrière le bal, abandonnant son destrier pour retrouver une sincérité de tous les jours, le chevalier aux grands yeux murmure :

— Tu es belle, pastourette.

Sur la paille de la grange où il va s'endormir le *pépi* pense : « Un jour viendra où, comme à la fête, je verrai partir ma Perlote dans les bras d'un garçon. » La fête sera finie.

Il sourit.

Avant le bal, dans un ciel rouge le soleil s'est noyé. « Rouge couchant : demain, beau temps. »

Le soleil revient ce matin, réchauffant le foirail surpeuplé où le prêtre dit l'office de plein air.

Accompagné du plus jeune berger qui, dans ses bras, porte l'agneau dernier-né, il bénit du geste et de la croix les moutons bêlants, les vaches indifférentes, les lourds chevaux portant leurs longs cheveux sur le cou, la frange sur le front. La queue fournie descend jusqu'aux sabots au-dessus desquels montent les guêtres de poils blancs : on dirait ces messieurs de la montagne habillés pour la cérémonie.

Elle se termine par un cantique unanime. Les Germs [1] reviendront l'an prochain.

Les troupeaux se forment. Ils prennent la route sous la conduite du vieux bélier paré de festons, des chiens vigilants sous leurs rubans bleus, rouges, verts flottant au vent de leurs courses.

Le Majoral part en dernier, admiré de tous et plus encore de Margalide : bonnette blanche surmontée du grand béret de laine vert, pantalon bleu, courte veste de bure marron dont les vives broderies cernent les manches, l'encolure, les revers ouverts sur le gilet, le *pépi* embrasse des femmes. Certaines s'inclinent devant lui. Il leur rend leur hommage puis de ses belles jambes aux mollets saillant sous les bas quadrillés de cordons de laine rouge terminés de pompons, il va prendre la place qu'il s'est lui-même donnée : le chef doit suivre son cheptel. Bartholomé Hourcade suit seulement ses moutons, laissant vaches et chevaux derrière lui. Par là, il indique à tous son fier métier : il est berger. Pour preuve, sa voix étonnante monte au-dessus du son gringalet des clochettes pendues au collier de bois des brebis :

Un bergé se proumenabo
Tout le long d'un riu

1. *Germ* : grange. La fête des Germs : le jour où, toute neige fondue, les bêtes quittent la grange pour monter à l'estive.

Al bord de la ribéro
Per entère canta
Ra bergèro de là

A ce berger se promenant le long de la rivière pour demander à la bergère qui chante sur l'autre rive de le rejoindre sur celle-ci, les femmes serrées sur le bord du chemin répondent par un chœur de patoisante émotion. C'est leur adieu au pâtre, à la fête, à l'amour :

Que je suis malheureuse
D'avoir tant aimé
Et de n'y avoir rien gagné !

Déjà, les colonnes se sont séparées, chacun suivant sa vieille brebis qui n'a pas besoin d'ordre pour « prendre » vers levant ou vers couchant, vers l'Espagne dont elle retrouvera ce soir les montagnes bleues.

Les jeunes bergers s'activent autour des bêtes. Ils ont fait monter Margalide sur le mulet chargé des provisions.

En ce dimanche de mai, à la première ferme l'enfant a tendu sur le dossier et le siège d'une chaise une serviette piquetée de bleuets, de marguerites, de boutons d'or. Les bergers s'inclinent devant la petite Vierge de plâtre où, en hommage, l'un d'eux dépose un œuf pris sur la part de tous. Au premier hameau, hommes et femmes massés sur le chemin applaudissent la glorieuse procession. Margalide se sent reine. Comme hier. Emportée loin de la *tatéi* aux mille soupçons, de Bertrande aux mille secrets.

Le chemin monte de plus en plus, les champs de trèfle rouge alternent avec les carrés de lin bleu. On arrive à la maison des Hourcade. La *tatéi* est devant sa porte avec Bertrande et Lary, quelques amis qui agitent la main. Margalide leur répond d'un sourire déjà lointain.

La maison de l'Antonia est passée.

Comme il l'a fait après chaque hameau, le *pépi* ôte du cou de la meneuse *la bourroumbo*, cette cloche grave aux belles rotondités de cuivre qui guide le troupeau et permet à chacun de se retrouver. « Tant grosse la *bourroumbo*, tant riche le berger. » « Tant orgueilleux » pourrait-on dire peut-être. La *bourroumbo* achetée par Bartholomé est si lourde, si encombrante qu'il ne l'attache qu'à l'approche d'un village, pour ne pas fatiguer la vieille et sage brebis.

A la Croix-Saint-Vincent, une silhouette attend, portant soutane noire, béret de laine rouge, sac sur le dos.

— Fernand !

Margalide court vers lui. Elle lui donne deux baisers joyeux.

Le *pépi* n'est pas surpris de trouver là le garçon. Peut-être était-il au courant ?

Il chante. On monte.

On s'arrête pour faire boire et manger bêtes et gens, pour reposer pattes et jambes. Arnaut, le chat qui là-haut gardera les fromages, est sorti de son panier. On surveille sa liberté. Dans leurs cages, les poules caquettent : « Et moi ? Et moi ? Et nous ? »

Margalide et Fernand courent jusqu'à Cantopeire : une roche qui, lorsqu'on parle devant elle, projette votre voix sur toutes les Pyrénées.

— Loup, y es-tu ? demande la Perlote.
— Loup, y es-tu ? demande la montagne.
— Je fais un festin, affirme Fernand.
— Je fais un festin, répète la pierre pour tous les sommets alentour.

Ils sont heureux, Margalide et Fernand. Cela se voit sur leur visage. Cela s'entend d'écho en écho. De pic en déclive.

La montagne chante :
— C'est un beau jour.

On arrive à l'estive. Le soleil ne s'est pas encore perdu. Lentement il descend pour bientôt, dit-on, plonger très loin, dans l'océan.

Margalide n'imagine pas un océan. Fernand non plus. Ils logent dans un *orri* avec le *pépi* et deux jeunes bergers. Les autres apprentis dorment un peu plus loin, dans une cabane de bois.

La paix règne sur le monde.

Sa belle silhouette se découpant sur le bleu de la nuit, le *pépi* contemple les étoiles. Il dit qu'elles sont les petits yeux du ciel. Avec déférence il les nomme et, on ne sait pourquoi, dans sa voix, Bételgeuse fait penser aux sommets de neige, à l'edelweiss qui les fleurit. Avec la *clouqueto*, que les savants baptisent les Pléiades – mais il l'ignore – Margalide voit la poule dodue couchée sur ses œufs ou promenant ses poussins. Quand le *pépi* désigne la Lyre, on croit qu'il va chanter et il y a encore Orion que le pays appelle *Lous Bastous*, *l'Estello de la bello co* traînant son éblouissante chevelure. Et puis… Et puis… l'étoile du berger. Là, Bartholomé Hourcade s'arrête. Presque solennel :

— Celle-ci est la nôtre.

Son buste toujours aussi droit, dans l'herbe il s'agenouille.

Prie-t-il l'étoile du berger ou le Dieu qui la créa ?

Margalide le sait-elle ?

Et les jeunes bergers ?

Ensemble, ils lui répondent. Dans la communion de la nuit.

La vie a commencé, chacun connaissant sa tâche ou l'apprenant de la bouche de Bartholomé.

Il n'est pas facile de traire la vache dans ce *lérou* que l'on a choisi sur un arbre de pente : le fût voulant se redresser a formé un tronc incurvé qui, évidé par le pâtre, cerclé de fer, est à la fois récipient recevant le lait et tabouret sur lequel, l'enfourchant de ses jambes serrées, s'assied le trayeur.

Margalide soigne les poules qui, chaque jour, donneront l'omelette, les œufs au lard. Elle a planté, replanté plutôt, poireaux et carottes, oignons, salades, choux qui accompagneront le lièvre pris au collet, l'écrevisse saisie sous sa pierre, la truite venue des gambades du ruisseau. Dans ce ruisseau, elle tire l'eau de l'arrosage. Dans son jardin, elle cueille thym et romarin l'attendant chaque année à l'abri d'un muret.

Fernand est venu l'aider. Comme toujours n'osant pas parler.

Elle demande :

— Tu t'es encore échappé du séminaire ?

Il se détourne :

— Non. Cette fois, ils m'ont renvoyé.

Elle le regarde. Incrédule. Renvoyé ? Un si gentil garçon ?

— Qu'est-ce que tu avais fait ?

D'un caillou habile il lance un ricochet.

Elle éclate de rire :

— Tu me racontes des fariboles : s'ils t'avaient renvoyé, tu n'aurais pas la soutane.

— Elle n'est pas à moi. Après le jugement, je devais subir le châtiment du maïs et du bâton…

La Perlote ouvre de grands yeux.

Fernand explique :

— Tu te déshabilles, sauf le caleçon. On te met à genoux sur le maïs et, avec une latte, on te frappe le dos. Et puis tu restes là, saignant, toujours avec tes genoux nus sur le maïs. Si tu veux te coucher ou t'asseoir, on te frappe encore avec la latte.

Margalide a rempli ses seaux.

Fernand les lui prend des mains.

Tous les deux remontent vers l'*orri*. Sans parler.

Le *pépi* passe le lait qui deviendra fromage. Il le coule dans une espèce d'entonnoir de bois dont il a garni le goulet d'un bouquet de rhododendrons.

Attentifs, les apprentis voient disparaître cette chute blanche à travers les fleurs qui parfumeront le fromage et lui donneront toute sa saveur.

Le maître d'œuvre poursuit sa tâche cependant que, à l'heure de la traite, bergers et vachers, dans l'enclos rustique, font rentrer leurs troupeaux.

Margalide allume un feu de bois sec. Sur le trépied, elle fait chauffer la soupe épaisse.

De son couteau habile, Fernand confectionne dans une tête de houe une espèce de fouet à trois branches avec lequel on tournera la bouillie.

On la tourne. On la mange. Les apprentis arrivent un à un. Dans une forte odeur de lait.

Bartholomé regarde Margalide. Regarde Fernand.

Demain la journée sera longue.

Le *pépi* se couche. Comme chaque soir, il dit :

— Les garçons à gauche, Margalide à droite : bien roulée dans ta couverture.

Il prend un temps :

— Les filles doivent toujours se rouler dans leur couverture.

Margalide pense : Les montagnes sont des sommets de bonheur calme. Leur sérénité m'envahit. Depuis que je suis là, j'ai oublié mes tourments. Victor Dufourcq n'existe plus. Ni Bertrande dont je n'entends plus les croyances. Ni ma *tatéi* aux peureuses sévérités. Je veux désapprendre mon village. Ses gens. Me laver d'eux. De moi. J'ai une idée. Demain, j'en parlerai à Fernand. Il est doux et serviable. C'est mon ami.

Sur son banc de gispet [1], Fernand s'agite un peu.

L'entendant, surprenant sans doute les rêves muets de la Perlote, dans un demi-sommeil, le *pépi* murmure :

— Ta couverture, Margalide… Roule-toi dans ta couverture.

Il n'a pas de montre, le *pépi*.

Qu'en ferait-il ?

1. Herbe très courte poussant en haute montagne.

La première lueur éclairant l'orient de nuit suffit à lui dire : « Il est l'heure. »

Il est debout ; dehors ; faisant honte aux brebis qui, peu à peu, consentiront à déplier leurs genoux maigres, aux vaches jamais pressées d'arracher leur lourde masse à l'herbage de pâture devenu champ de repos.

Margalide a donné le petit-lait à manger aux jeunes gorets. Elle a lancé un peu de grain aux poules qui passeront leur journée à marchoter autour de l'*orri*, l'œil bête, le jabot prétentieux, projetant de temps à autre vers la terre un bec rapide, sûr de lui.

Depuis l'autre versant Léonce Soum-Petit a salué Bartholomé Hourcade, son ami de toujours. Dans ce langage des pâtres capable de dire au-dessus des vallées l'approche de l'ours ou du loup, la venue du contrebandier auquel il convient d'éviter les rencontres douanières, les deux hommes se sont souhaité la bonne journée, donné des nouvelles d'un vêlage, fixé l'heure et le lieu du rendez-vous où, demain, puisant une « prise » dans la tabatière de merisier de l'un ou l'autre, ils trouveront des mots patients pour, devant leur pays, parler de leur pays.

A la lisière du bois de pins, Margalide ramasse les aiguilles sèches. Elle les place sur une grande toile qu'elle serrera aux quatre coins pour en faire un baluchon : bien tassées, les aiguilles amolliront cette couche de bois sur laquelle elle a tant de plaisir à s'étendre. A rêver.

— Tu veux que je t'aide ?

C'est Fernand. Il est arrivé sans qu'elle l'entende.

Il est bizarre. Se dandine. Il voudrait parler.

N'osant pas la parole, il tente le geste : attirant Margalide, il veut au coin de sa lèvre poser sa lèvre.

Il se dégage.

Il est déçu :

— Tu ne veux pas ?

— Je veux te parler.

— On parlera après.

Elle ne comprend pas :

— Après quoi ?

Il allait dire : « Après que je t'aurai embrassée. » A la mine de Margalide, il comprend que rien n'est moins sûr. Il rougit. Se tait. Finit par murmurer :

— Notre baiser de l'été dernier… j'y ai pensé toute l'année au séminaire… Le soir, je…

Elle est formelle :

— Il ne faut pas.

Elle se reprend un peu. Douce. Malheureuse :

— Il ne faut plus y penser.

Un craquement les surprend : quittant la garde des fromages contre rats et mulots, Arnaut est venu enrichir son ordinaire : accroupi sous un buis, sa queue balayant le sol, il ne quitte pas de l'œil un pinson. Sur sa branche, l'oiseau ne bouge pas. Peut-être se sait-il surveillé ?…

C'est Margalide qui maintenant s'approche de Fernand :

— … Je veux que tu me confesses.

D'un coup, la frayeur a marqué le visage du garçon. Il ne veut confesser personne. Il n'en a pas le droit.

Elle s'obstine :

— Il le faut pourtant.

Fernand n'a pas reçu l'ordination. Il explique que…

Margalide se bloque contre lui. Le soleil est haut dans le ciel. Chaud sous les pins dont il alourdit le parfum. La Perlote a la voix saccadée :

— Mon père… Un garçon m'a embrassée. D'une façon défendue. Mauvaise… et bonne à la fois… Je n'ai pas résisté…

Le « mon père » indigne Fernand. Il se cabre :

— Je ne veux pas savoir !

Il essaie de s'enfuir. Elle le retient. Serré :

— Je veux ton pardon.

— Je n'ai pas à pardonner.

— Il a passé sa main sur ma poitrine. Il…

D'un geste violent, Fernand s'est dégagé. Il court dans le bois. Va. Revient. Crie de loin, larmes dans la voix :

— Tu es une femme ! On nous l'a dit au séminaire… Vous êtes la tentation ! L'impureté toujours sournoise ! Je ne le croyais pas de toi !

Margalide le rattrape. Elle s'accroche à son cou. Veut l'obliger à la regarder :

— Fernand !… Pardonne-moi parce que j'ai péché.

Les mots d'Eglise font bondir le garçon :

— Va voir Lahondes ! Il te donnera l'absolution. Il est là pour ça !

— C'est ton pardon que je veux. Tu ne comprends pas ? Ton pardon à toi.

Elle le secoue.

Effrayé le pinson s'envole.

Fernand fait quelques pas. Sans le savoir, il arrache les feuilles du buis. Il parle bas. Sans se retourner :

— Perlote… Je ne serai jamais prêtre.

Un grand silence imprègne la forêt, peuplé par les obsédantes vibrations des cigales.

Margalide ne les entend pas. Elle n'est pas sûre, même, d'entendre tout ce que dit Fernand :

— Nous sommes orphelins, Perlote. Toi plus que moi puisque le choléra t'a pris ton père et ta mère. Moi, il ne m'a pris que mon père. La différence c'est que lorsqu'ils sont partis, tu as trouvé les bras de la Fourmigo et de ton *pépi*. Moi, j'avais des bras maternels qui pour me bercer ne manquaient pas d'amour mais qui, pour tenir l'araire, manquaient de santé. Voilà pourquoi lorsque Lahondes est venu à la maison pour dire : « Votre fils, l'Antonia, nous allons en faire un prêtre, il vous sauvera de la misère », ma mère pleurait de joie... Et je pleurais avec elle.

Là-bas, Arnaut revient vers ses fromages. Digne dans l'échec.

Margalide est émue :

— Tu n'es pas heureux ?... Au séminaire ?

— Je ne suis plus séminariste. Je ne serai jamais prêtre.

Il est bref. Lourd : l'an dernier, pour venir à l'estive il s'était échappé...

— A la rentrée, Lahondes t'avait ramené, dit la Perlote.

— C'était une fuite : ils pouvaient m'accueillir à nouveau... même pour me punir. Cette année, j'ai fait toutes les bêtises... jusqu'à ce qu'ils me mettent à la porte. Ils ne peuvent pas me reprendre. Les gens diraient qu'ils ne savent pas ce qu'ils veulent !... Crois-moi, Margalide, je suis sauvé.

Margalide saisit les quatre coins de son baluchon. Les noue. Des aiguilles passent à travers la toile.

— Qu'est-ce que tu vas faire ?

Fernand le sait. Il ne se livre pas :

— Cela dépend de toi.

Elle croit comprendre. Est dans le désarroi. Elle souffle :

— Victor Dufourcq m'a demandée en mariage.

Fernand est abasourdi. Sa peau, devenue pâle dans le séminaire au soleil interdit, est maintenant tout à fait blanche :

— Il… va t'épouser ?

— C'était pour ne pas faire ses sept ans… Je le déteste.

La peau revit. Au rythme du cœur qui bat plus fort :

— Tu le détestes ?

— Oui.

Elle charge son baluchon sur son dos. Le repose aussitôt :

— Fernand… Hier soir, je m'étais dit : « Je vais lui faire ma confession. A lui, je parlerai mieux qu'à Lahondes. »

Elle le regarde :

— C'est vrai : j'étais contente que tu sois dans les choses de Dieu. Mais…

— Mais ?

Elle est arrêtée sur son mot. Tourniquant dans sa main les coins de la toile.

Il doit insister.

Elle respire un grand coup. Comme l'orateur qui, devant son auditoire, doit parler haut ; fort.

Elle parle bas ; doucement :

— Mais… à bien réfléchir… J'aime autant que tu ne sois pas curé… Et même… je préfère.

Les yeux de Fernand s'illuminent :

— C'est vrai ?… Pourquoi tu préfères ? Pourquoi ?

Margalide lâche son baluchon.

Elle vient près du garçon.

Au coin de ses lèvres, elle dépose un baiser. Comme celui de l'an dernier.

Aujourd'hui, c'est elle qui l'a donné.

Le bonheur ne dure pas : le curé Lahondes arrive à l'estive. Soufflant. Epuisé par l'escalade. Indigné par ce qu'il a appris, ce qu'il voit, ce qu'il redoute :

— Fernand mécréant ! Et toi, Margalide, fille de grands chrétiens ! Vous n'avez pas honte !

Honteuse, Margalide l'est, c'est sûr. Moins du baiser qu'elle donna que de ces cris qu'elle provoque.

— Tu peux partir, oui, tu peux aller te cacher ! lance le prêtre en la voyant s'enfuir.

Fernand au contraire reste où il est, regardant Lahondes qui, au grand pas de ses grands souliers, vient vers lui, brandissant une lettre :

— On t'a renvoyé, misérable ! Toi dont j'avais assuré l'avenir !

— Ce n'est pas mon avenir, dit Fernand le timide.

— Tais-toi ! Ne me réponds pas. Tu me dois ton bonheur.

— Ce n'est pas mon bonheur, rectifie Fernand le placide.

Ces insolences, leur ton calme exaspèrent le prêtre :

— C'est ton bonheur et ce sera ton honneur : vivre au service de Dieu !

L'affirmation obtient un ricanement. Une audace. Un blasphème tranquille :

— Dieu n'est pas avec vous.

Le curé Lahondes se signe. Blême.

— Ni avec vous, Lahondes, ni avec ceux qui mettent Dieu et les hommes dans la même prison, précise Fernand.

Il sourit :

— Regardez autour de vous, monsieur le curé. Respirez la bruyère, la pomme de pin, l'herbe utile, le fruit sauvage... Comme elle est loin la bâtisse sinistre où vous m'avez envoyé ! Ils sont lugubres les hommes noirs qui, là-bas, malgré l'encens suffocant, comme leur âme, sentent le cierge éteint ! Ecoutez le silence de la montagne, monsieur le curé : pourrez-vous le comparer au silence imposé par des maîtres armés de férules et de pénitences ? N'avez-vous pas, ici, envie de dire votre acte de foi alors que, dans leur soutane sale, ils n'exigent de vous qu'un perpétuel acte de contrition ?

Le prêtre est désemparé. Il n'est pas sûr de bien comprendre. Pense que Fernand est perdu. Fou. Possédé par le démon.

Fernand est plus doux que jamais :

— Dieu est ici, monsieur le curé. C'est lui qui parfume la fleur et fait chanter l'oiseau. C'est lui qui accouple l'isard et fait la louve protectrice, l'ourson gambadant.

Il baisse un peu plus la voix :

— C'est lui qui donne son âme à Margalide lorsqu'elle dépose sur ma lèvre sa furtive marque d'amitié.

C'en est trop.

Le curé Lahondes se tourne vers Bartholomé. Pour la plus inattendue des menaces :

— Tu ne l'emporteras pas au paradis !

Partie se réfugier derrière l'*orri*, Margalide n'a pas perdu un mot de la scène. Elle se demande en quoi son *pépi* peut être coupable de la révolte de Fernand, du baiser qu'elle lui donna.

Bien planté sur ses longues jambes, Bartholomé regarde partir le prêtre aux épaules voûtées. Il pense : « Comme il doit être malheureux ! »

Il considère Fernand.

Il l'a toujours aimé.

Conte-t-il fleurette à Margalide ? Est-ce pour l'épouser qu'il pose sa soutane ? Cela expliquerait cette violence dont nul ne le croyait capable.

Bartholomé-lou-pastoureau le sait puisque l'ours débonnaire, le cheval docile et même le sage mouton le lui ont, un jour, montré : la force la plus grande qui soit au monde est la force du patient qui vient de perdre patience.

4

Mille bêtes chaque jour broutant sur la pâture ont vite fait de transformer le pré vert en terre nue : l'herbe rasée a sonné l'heure du départ.

A nouveau, clochettes et sonnailles tintent au cou des vaches et des brebis. Les chiens donnent des ordres. Les chevaux suivent, fatalistes. Sur cette jasse [1] tondue, on reviendra en descendant, pour marquer l'escale, apprécier l'herbe jeune, fraîchement repoussée.

Par sentes étroites, ponts rustiques, gués caillouteux, on gagne l'estive supérieure. Débarrassé tardivement de ses neiges, le sol a mûri plus tard : il est prêt à nourrir.

Ici, les trois *orris* s'enfoncent dans la pente, comme des grottes précédées d'un dais pierreux, couvert d'une brousse maigre.

Pour le trayage et le repos des troupeaux, il n'est pas de parc aux murets surmontés d'épineux : deux apprentis ont lié l'une après l'autre les barrières de frêne et de noisetier qui depuis une année attendaient

1. Lieu où, à l'estive, paissent les troupeaux.

les visiteurs. Au pays des ours et des loups, ces protections n'arrêteront pas l'ennemi : elles empêcheront les amies de se disperser, victimes de leur peur. Ou de leur fantaisie.

Ici commencent les récits du *pépi* sur les chevaux acculant l'ours vers le précipice à la force de leurs ruades, sur les vaches formant un cercle pour, leurs têtes se cognant, organiser de leurs cornes le vacarme qui, à coup sûr, va effrayer le loup.

La *tatéi* arrive, portant comme chaque semaine le pain cuit, gonflé, doré dans son four. Il y en aura pour tout le monde. Il n'y en aura pas pour tous les jours.

Elle s'assied sur une grosse pierre.

Le curé Lahondes est venu la voir. Détourner un séminariste, enlever à Dieu une vocation sont des péchés abominables. Mortels. Le prêtre compte sur elle, sur le *pépi* pour remettre Fernand dans le droit chemin. Et aussi sur Margalide qui a la légèreté de la jeunesse et ne se rend pas compte de sa responsabilité.

Margalide est dans l'*orri*, agitant la baratte de bois fermée d'une couche d'herbe. Sa tante l'impatiente de plus en plus : la Perlote secoue de plus en plus. Ah ! le beurre sera bien battu !

Dehors, la Fourmigo continue ses litanies. A son habitude, le *pépi* ne répond pas. Le curé Lahondes dit qu'il fera un prône si cette affaire ne s'arrange pas. Il attendra la fin de la transhumance pour que bergers et bergères soient là. Tout le monde doit entendre la leçon.

Margalide remue plus fort. Pour la première fois de sa vie, elle pense qu'elle quittera ce pays. Elle ne serait pas la première : servantes et bonnes toulousaines, vendangeuses se fixant définitivement dans les vignes du Languedoc, ouvrières bordelaises du séchage de morue, conquérantes du rêve américain, algérien, sénégalais, elles sont de plus en plus nombreuses celles qui, pour trois mois ou pour toujours, ont abandonné la terre trop pentue, la neige trop longue. Le colportage en a attiré quelques autres et même l'exhibition de l'ours sur les places publiques où la femme aussi bien que l'homme manie le tambourin.

Ce soir, chargé de la « récolte » du lait auprès des trayeurs, Fernand rentre le premier. Seul. Tournant le dos à Margalide, il verse sa moisson blanche dans un grand baquet. Il murmure :

— Nous partirons tous les deux.

Margalide n'en croit pas ses oreilles.

Fernand est précis :

— Je ne veux plus voir Lahondes. En descendant de l'estive, je ne passerai pas au hameau. Tu me rejoindras dans la plaine.

Elle est déconcertée. D'un côté, il y a la prison de l'hiver, de Lahondes, de la *tatéi*, ce lourd secret où Bertrande l'enferme. De l'autre, il y a le *pépi* dont elle imagine le regard perdu sur son absence, la maison vide…

Elle devrait lui demander conseil. Avec des mots et avec des silences, avec son geste sûr, il lui a appris tellement de choses !… Tiens ! Son nez dépassait à peine la table lorsqu'il lui enseigna que le beurre devient rance au contact de l'air. A l'estive, pour le conserver pendant des mois il suffit de lui éviter ce contact : le premier jour, on le roule en une boule bien serrée ; le deuxième jour, on enroule cette boule dans le beurre que l'on vient de fabriquer et ainsi, recouvrant chaque soir le beurre de la veille, on ne craint pas le rancissement.

C'est ce que fait Margalide devant Fernand. Elle pétrit. Elle couvre. Elle serre.

— A Foix, mon oncle Alphonse est coutelier-aiguiseur. Il ne pratique plus à cause de son âge. Je lui demanderai de me louer sa meule ambulante. La recette peut nourrir deux personnes.

Margalide pose sa motte ronde. Demain elle la grossira du beurre du jour. Au matin de la descente d'estive, on aura dix ou douze boules qui pèseront chacune quarante ou cinquante kilos. Les apprentis les chargeront sur les mulets. Le *pépi* les vendra aux foires d'automne.

Pour l'heure, Bartholomé les regarde gonfler. Patiemment :

— Ainsi passe la vie ; on ajoute les années aux années et l'expérience du jour vous protège de l'expérience qui, la veille, semblait vous corrompre.

Il se couche. Margalide à sa droite. Les apprentis allongés sur sa gauche :

— Roule-toi dans ta couverture, la Perlote. Les filles doivent toujours se rouler dans leur couverture.

Hier, il n'avait pas eu besoin de beaucoup lever la tête pour dire le temps :

— Les nuages couvent le ciel, les œufs vont éclore : voici la pluie.

L'orage est monté dans la nuit, agaçant les bêtes, troublant le sommeil des jeunes gens. L'*orri* ronflait par bribes inquiètes.

Les averses se sont succédé jusqu'à l'aube, lavant les arbres, les herbes, les vaches au cuir trempé, les moutons protestant dans leur lainage mouillé. C'étaient de larges gouttes. Epaisses. On aurait dit qu'elles graissaient la terre.

Ce matin, le ciel prend sa revanche. La vraie chaleur.

A midi, comme on dit, le soleil fait suer les pierres.

Une silhouette paraît au bout de la pâture. Chacun reconnaît l'arrivant : large chapeau de feutre cachant les lourds anneaux des oreilles, visage ruisselant, torse presque nu tant son gilet, sa chemise sont débraillés, Victor Dufourcq s'avance vers l'*orri* :

— Bonjour, monde ! lance-t-il de loin.

— Bonjour, tout seul ! répond Bartholomé qui, on le comprend, parle au nom de sa compagnie.

Le jeune Courbas essaie de sourire. Il s'efforce d'être à l'aise. Il ne l'est pas. Il finit par s'affranchir :

— Je suis monté…

— Tu n'as plus qu'à descendre ! coupe Margalide.

Tout le monde est interloqué. Le Courbas plus que tout autre.

Il regarde le *pépi* :

— Je suis venu pour causer à une qui est ici.

Le *pépi* secoue la tête :

— Celle-là n'a pas de secret. Tu peux parler : elle t'écoute.

Victor Dufourcq ne s'attendait vraiment pas à cela. Il hésite. Finit par lâcher :

— Il y a des intimités.

Cela se voit au visage de Fernand : si elle ne tenait qu'à son autorisation, l'entrevue n'aurait pas lieu.

Margalide s'est levée. Elle ne voulait pas parler à Victor. Elle était assez grande pour le lui dire : elle n'a pas aimé l'intervention du *pépi*.

Sans un mot, le buste assuré comme pour montrer qu'elle a l'âge de prendre ses responsabilités, elle escalade le talus, s'arrête derrière un tas d'éboulis que l'ancolie a fleuri.

Avec la pudeur des rustres, les apprentis s'en vont, une pelle sur l'épaule pour approfondir une rigole d'évacuation délabrée par la pluie. Un grand prétend qu'après l'orage il y aura des truites à prendre. Il entraîne quelques garçons vers le bout de la rivière dont, bâtissant deux digues, on fera un lac : on y prendra à la main les truites prisonnières.

Le *pépi* s'assied, allongeant ses jambes, le dos contre le mur de l'*orri*. Il se demande si Margalide n'a pas mûri sans qu'il s'en aperçoive.

Fernand tournicote autour de lui. On ferait mieux d'écrire « autour de Margalide et Victor ». Il marche, s'arrête, regarde, repart, se retourne…

Bartholomé finit par dire :

— Va donc avec les autres. Il n'y aura pas trop de truites s'il en faut pour chacun.

Et comme Fernand hésite :

— Ce n'est pas en surveillant son champ qu'on fait pousser la légume. Pour avoir la récolte, il faut labourer la terre.

Fernand rougit. Il part. A regret.

Bartholomé ouvre sa tabatière. Il pense : « Voilà vingt ans qu'elle est mienne. J'en ai taillé ici l'écorce de merisier. » Il la caresse, tire la bride de cuir qui ouvre le couvercle, prend entre deux doigts une prise qu'il fourre dans une narine ; une deuxième pour l'autre :

— Vingt ans ! la Perlote n'était pas née. Son père et sa mère menaient l'araire ensemble... Le père de Fernand aussi était là.

Il avise le gros pain resté sur une pierre, un couteau planté dans son ventre rebondi.

Bartholomé pense : « Comme on a raison, à l'entame, de dire "Nous ne savons pas si nous le finirons." »

Victor paraît sérieux :

— Je t'ai fait demande, tu me dois réponse.

Il attend.

Il ne manque pas de toupet ! Après l'histoire du bouquet de chardons, la réponse il doit la connaître, non ?

Elle va la lui donner. Vertement.

Elle se reprend. L'étonnement sera meilleur atout que la colère :

— Quelle demande ?

Il se dit : « Elle veut m'obliger à répéter mon offre. »

Il ne répète pas.

Elle insiste. S'amuse :

— Quelle demande ?... Tu ne sais plus ?

— C'est toi qui ne sais plus !

Il a sa façon muette d'insinuer qu'on a tort de le prendre pour un imbécile. Il est plus malin que tout le monde.

Il le montre :

— C'est tous les jours qu'on t'offre le mariage ?

Le mot est magique. Même pour qui ne veut pas de la chose. La Perlote est heureuse de le lui avoir fait dire.

— Je ne suis pas venu pour te supplier, précise Victor. Je veux juste savoir.

— Savoir si tu feras tes sept ans ?

Le visage montre une grande surprise. Douloureuse :

— Tu crois que je t'épouse pour éviter la conscription ?... Tu me juges bien mal.

Il est choqué.

Margalide se sent presque prise en faute. Elle se défend :

— On me l'a dit.

— Ceux qui te l'ont dit sont de bien vilaines gens.

On dirait qu'il a de la peine. Il baisse la tête. Finit par murmurer :

— Margalide... avec toi, je m'y suis mal pris... Je t'en présente l'excuse... La vérité c'est que... tu m'as toujours plu... quand tu avais six ans... j'en avais dix... Je te regardais aller et venir, les pieds nus, tes jambes noires sortant de ta robe de laine... Je te trouvais belle.

Nulle fille n'a de mérite à sa beauté : nulle, de la plus grande vertu, n'est insensible à son éloge. Margalide est rosissante. Elle ne veut pas montrer son plaisir.

Victor le voit. Il dit des souvenirs. Sincères : au 1er janvier, sachant à peine parler la Perlote s'appliquait à dire à chacun : « Je vous souhaite une bonne année accompagnée de beaucoup d'autres. » A Pâques, elle voulait absolument gagner la course aux œufs. Elle pleurait si elle n'y parvenait pas, tapait du pied si on ne la laissait pas jouer avec les grands.

Elle voudrait suivre Victor dans ce voyage au temps passé. Elle ne le peut pas : depuis une minute, elle pense au premier baiser qu'il lui donna. Il l'habite. La pénètre. Au soleil de l'estive elle éprouve la chaleur de cette soirée au jardin.

Victor en est à la procession des Rogations : à travers champs, les fidèles suivaient la croix et les bannières, les outils de bois enrubannés de couleurs vives. Les laboureurs attendaient le prêtre, le béret à la main. Lahondes bénissait leur champ, la récolte sur pied. Tout le monde repartait plus loin... sauf Margalide qui, chevauchant la branche d'un érable, prétendait rester là, dégustant les baies rouges de la morelle. Qui donnent si mal au ventre. Et même peuvent faire mourir. Elle ne voulait pas le croire.

— Déjà, tu avais ton caractère ! dit Victor Dufourcq souriant.

Margalide sourit aussi : il n'est peut-être pas méchant.

Victor Dufourcq croit sentir cette faiblesse. Il plante ses yeux assurés dans les yeux s'interrogeant :

— Ils ont raison ceux qui t'ont dit que je te demandais pour ne pas faire mes sept ans...

Dans le corsage, il y a un petit : « Oh ! » déçu, outragé.

— ... Ce qu'ils ne savent pas c'est que si j'avais pu attendre pour tirer au sort... j'aurais attendu pour te demander.

Le Courbas est grave :

— Margalide... pour éviter mes sept ans... je ne fais pas un mariage : j'avance celui que j'ai toujours espéré.

La voix enrouée, il ajoute :

— … Si tu veux tout savoir, tous ces jours je pensais : « Si elle accepte, je n'irai pas faire le soldat et puis… et puis surtout… comme ça nul ne la prendra avant moi. Toute la vie, elle sera mienne. »

C'est bouleversant d'entendre ces mots quand on a quinze ans et le soleil dans les yeux. Sur la poitrine. Les mollets nus. Sur sa jupe qui vous fait la peau brûlante. Cela devant l'homme qui, le premier, vous embrassa vraiment.

Victor Dufourcq revient à son propos :

— Tu me fais réponse ?

Margalide ne sait que dire. Ces choses ne se décident pas en un jour. Seule. Une gêne lui vient. Et les propos de sa *tatéi*. Le garçon entend tout cela :

— Dans ta famille, on ne doit pas beaucoup m'aimer… surtout la Fourmigo… Je la comprends. Mais moi, je ne suis pas mon père. Elle devrait le comprendre aussi.

Margalide est saisie :

— Qu'est-ce que tu veux dire ?

— Tu le sais bien.

— Non, je ne le sais pas. Dis-moi.

Victor prend un temps :

— Ce que je suis venu te dire, c'est ça : je ne ferai pas mes sept ans et je ne suis pas de ceux qui se coupent deux doigts avec une hache pour ne pas partir… ou qui, avec un marteau, se font casser les trois dents sur le devant pour être inapte à déchirer la cartouche.

— Alors ?

— Alors, je vais me marier… avec toi si tu le veux… avec une autre si tu me refuses.

Le corsage s'agite. La peau s'énerve :

— Une autre ?

Au contraire, Victor est très calme :

— Oui… J'aurai le regret de toi mais si tu me rejettes je me marie avec une autre.

Margalide est désemparée : même pour éviter l'armée, il ne va tout de même pas épouser n'importe qui !

Elle l'observe : et s'il le faisait pourtant ?

Elle s'observe. Tardivement : qu'est-ce que ça me fait à moi qu'il se marie avec une autre ? Elle veut être équitable :

— Victor… je t'avais peut-être mal jugé. Je veux avoir le temps de te voir à ton avantage… Au retour de l'estive nous parlerons et après…

Il est catégorique :

— La conscription est dans l'hiver. Je serai marié avant. Dans deux jours, c'est la Saint-Jean. Je t'attendrai à la fête. Si tu me dis « oui », ce sera toi. Si tu me dis « non », ce sera une autre.

Margalide s'affole :

— Mais… je ne peux pas !

— Pour la Saint-Jean les bergers descendent.

— Et puis… j'ai besoin d'en parler !

Victor Dufourcq s'en va. Sans un sourire :

— Parle. Je t'attendrai jusqu'à feu éteint.

Il est au bout de la pâture. Un chien le suit. Ses abois disent : « Va-t'en. Tu n'es pas d'ici. »

Margalide n'a pas bougé. Se demandant comment elle a pu laisser entendre à ce Courbas détesté qu'elle descendrait peut-être pour la fête ; qu'elle s'intéresse à son mariage.

Pis : qu'elle pourrait devenir sa femme. Qu'est-ce qui lui a pris ?

Elle le sait : il a dit « Dans ta famille, on ne doit pas beaucoup m'aimer. Surtout la Fourmigo. Je la comprends. Mais moi, je ne suis pas mon père... » Qu'est-ce que ça signifie ?... Pour le savoir elle doit aller à la fête. Reprendre la conversation. Questionner...

Son dos toujours appuyé contre l'*orri*, ses jambes toujours béatement allongées sur les cailloux, le *pépi* la regarde. Visage immobile :

— La nuit de la Saint-Jean, pourquoi tu ne descendrais pas ? Tu t'amuserais... C'est de ton âge.

Margalide ne peut pas croire au hasard.

Bartholomé Hourcade écouterait-il aux portes ? Ça n'est pas ainsi qu'elle l'imaginait. Serait-il devin ? Elle le voit mieux dans le rôle ; découvrant le temps, les sentiments en observant les gens. Devinant Victor Dufourcq en le voyant arriver, partir. Sans lui dire un mot.

Le *pépi* se lève. S'étire au soleil :

— Tu devrais demander à Fernand de t'accompagner.

Elle a un petit sursaut :

— Fernand ?

Elle l'avait oublié. S'en rend compte.

Un apprenti arrive, tenant dans ses mains les deux pattes arrière d'une brebis qui marche sur les pattes avant : il a l'air de pousser une brouette.

Il crie :

— Elle a pris le piétin.

Le *pépi* entre dans la grange. Il y a au mur, serrée entre deux pierres saillantes, une corne de vache. C'est la réserve de sulfate de cuivre. Il en prend quelques gouttes, les mêle à un peu de crésyl :

— On va la soigner ta malade, dit-il au berger.

Il ressort. S'adresse à Margalide :

— … A Fernand et à deux ou trois autres garçons : la nuit dans la montagne, il ne fait pas bon voyager seul.

S'asseyant sur un vieux seau de bois, il entreprend de désinfecter le pied du mouton :

— Vous veillerez seulement à être de retour pour la traite du matin. Le lait, c'est comme la médisance : il faut que ça sorte ; autrement la bête s'engorge.

Comme Margalide passe près de lui, il lui prend la main :

— Pendant que tu danseras, je regarderai l'étoile du berger. Je lui parlerai. Elle veillera sur toi.

Il conclut :

— C'est un service qu'elle ne peut pas me refuser.

Lary regarde cette montre qu'il ramena d'Algérie. On n'a jamais su s'il l'avait achetée ou si elle était le souvenir d'un compagnon mort à ses côtés. Ou d'un autre, mort en face. Ou pas tout à fait mort. « On connaît Lary » disent certains dans les veillées.

Il est dix heures. Bertrande est prête. Le mari et la femme partent dans la nuit.

Lorsqu'ils arrivent, la *tatéi* finit de balayer l'âtre : plus une cendre.

— Tu veux que je t'aide à mettre ton fagot ? offre le colporteur.

— Le feu nouveau, on le prépare soi-même. Sans ça, on a le malheur, affirme la Fourmigo.

Elle place le bois sec dans la cheminée, prêt à brûler. Elle ne l'allume pas. Ferme la porte. Prend avec ses cousins le chemin du village.

L'église est pleine. Elle embaume : chaque fidèle tient dans sa main un bouquet de marguerites, de fenouil, une gerbe de lis, de camomille, de trèfles qui rougeoient sur un fond de lin bleu. Ajoncs et aubépines font la fête à quelques épis de blé, d'avoine. Les autels sont surchargés. Le prêtre parle de la Saint-Jean en termes émus. La Fourmigo a peur qu'il dévie. Que, une fois encore, il en vienne à fustiger la jeunesse. Il parlerait de Margalide. De Fernand, le dévoyé. Peut-être du *pépi* qui, là-haut, abrite le scélérat...

Mais non ! Les cloches s'ébranlent. Le curé Lahondes s'élance dans l'allée centrale, la croix, les bannières, l'encensoir le précédant. Devant eux, la porte s'ouvre à deux battants. A leur suite, les gens se mettent en rang. Ils marchent à petits pas, entonnent un cantique qui fait vibrer la nuit.

Sur la place, fifres et tambourins prennent le relais. Solistes ou accompagnant les solistes, orchestre ou accompagnant les choristes, en notes et en mots, en rondes et réménilles, ils disent la joie de « La Danse sur la montagne ». Ils chantent « L'Histoire des neuf plumes de l'oie », célèbrent « Le Saut de la pie », fêtent Jean du Ruisselet apportant son violon pour, au rythme allègre du quadrille, mettre en branle filles et garçons.

— C'est Thomas de chez Ducasse qui a préparé le foyer.

— Il tient de son père, on ne fait pas plus beau.

Il est vrai. Savamment enchevêtrées, les branches montent plus haut que les hommes et bientôt, les flammes montent plus haut que les branches. De son aspersoir, le curé Lahondes bénit le feu purificateur. Se tenant par la main, des ombres passent et repassent devant cette géante lanterne magique. D'autres feux répondent à celui-ci : ils sont des dizaines qui, de chaque sommet, s'élancent dans la nuit des Pyrénées. Des vivats les saluent. Margalide y ajoute les siens. Elle crie. Un bras l'emporte. La serre. La Perlote croit que des yeux la suivent, la condamnent, le bras serre plus fort. Victor Dufourcq demande :

— Tu m'apportes réponse ?

— Oui, souffle Margalide écrasée.

— C'est ta réponse ?

— Non.

— C'est ta réponse ?

— Ecoute, dit Margalide...

— Je n'écoute pas ! crie le Courbas, peut-être parce qu'il s'encolère, peut-être parce qu'il passe près de la musique : je n'écoute pas. Tu dis oui ou non. C'est tout ce que je te demande.

Fernand s'est approché du couple. C'est lui qui pose la question. A Margalide :

— Il t'embête ?

— Non, répond Margalide.

Fernand ne peut pas le croire. Les autres apprentis sont autour de lui. Prêts à intervenir, on le voit bien.

Victor n'a pas lâché Margalide.

Mine arrogante, il la désigne du menton :

— Vous la voulez ?... Venez la prendre.

— Si on veut, on peut, affirme Fernand évaluant ses chances.

— Fais voir comment tu t'y prends ?

Fernand vient à deux pas du couple. A un pas. Tout près. Il pose sa main sur le bras du Courbas.

Margalide s'interpose :

— Arrête, Fernand ! Ça ne te regarde pas !

— Tu entends ? Ça ne te regarde pas ! répète Victor, l'œil plus provocant que jamais. Heureux.

A sa grande surprise, Margalide se tourne vers lui :

— Toi non plus, ça ne te regarde pas !

— Quoi ?

— Je fais ce que je veux.

Victor Dufourcq s'efforce de garder bonne contenance :

— Et… qu'est-ce que tu veux ? Qu'on te déculotte ? Comme ta *tatéi* ? Demande à ta marraine Bertrande que je vois là-bas, elle va s'y employer, elle a l'habitude !

Il y a parmi les jeunes une interrogation. On se regarde.

Margalide ne comprend pas. Victor Dufourcq le voit :

— Quoi ? Tes éducatrices ne t'en ont jamais parlé ? Elles ne t'ont pas dit que quand mon père l'a eu quittée, ta *tatéi* ne voulait plus être touchée par d'autres ?… Elles ne t'ont pas raconté que les filles du village avaient dû se grouper à huit ou dix pour lui capturer un voyageur qui passait dans la montagne ? Elles ne t'ont pas dit que la Bertrande n'était pas la dernière à déboutonner le garçon pendant que les autres enlevaient le pantalon de la Fourmigo ?

Le menton de la Perlote s'est mis à trembler. Elle pose sur la *tatéi*, sur Bertrande, un regard de rancune qui cherche un démenti. Près des fifres et des tambourins mêlant leur musique au crépitement du feu, les deux femmes n'ont rien entendu. La Perlote franchit les rangs qui l'entourent.

Victor la rattrape par le bras :

— Hé ! Il n'y a pas de quoi t'enfuir ! Puisque chez les filles du pays, c'était la coutume de chaparder un garçon pour celle qui n'en avait pas !

Au geste retenant la Perlote, à tous les visages tournés vers elle, la Fourmigo pressent l'incident. Grave. En trois enjambées, elle est sous le nez du fauteur de trouble :

— Tu veux donc recommencer la même histoire ? Tu ne sais pas que ce sont toujours les mêmes qui mentent et qui font scandale ?

Cette colère amuse Victor Dufourcq :

— On ne fait pas scandale, *tatéi*, on parle mariage.

On dirait que, recevant le mot dans l'estomac, la Fourmigo grandit d'un coup. Devant le feu, ses bras s'élèvent très haut, mains tombant en avant, comme menaçant le garçon des doigts de Méphisto : allumés de toutes les flammes du bûcher…

— … Je t'interdis de parler mariage ! Tu es comme tous les tiens !… Fous le camp !

Le Courbas paraît moins assuré.

Bertrande a pris la Perlote dans ses bras.

Se saisissant du tambourin, Victor chante à tue-tête :

A la naut, à la mountano
Le coucut que y a canta[1].

La chanson dit-elle un message secret, moqueur, à l'intention de la Fourmigo ? Est-elle la plainte fanfaronne de l'amant délaissé par Margalide ?

1. Là-haut, sur la montagne / Le coucou a chanté.

Le tambourinaire marque la cadence. Les pipeaux se mettent de la partie. C'est l'heure des « sauts » qui, de Béarn ou de Pays basque, ont depuis longtemps uni tous les Pyrénéens dans la plus agréable des danses. Victor Dufourcq fend la foule. Il va chercher Sidonie Junca, la Veuve aux cheveux toujours défaits.

Cérémonieux, il lui fait prendre place dans l'un des rangs qui s'affrontent, tournent, se saluent... Pas maladroite dans son exhibition, d'un sourire édenté la Veuve montre son plaisir d'être parmi les autres, un bonheur de bête devenant femme puisqu'elle a retrouvé un homme, pour son lit, pour la considération.

La voix de Victor surpasse le chant des instruments :

— Amis, je vous l'annonce : demain, je me marie !

De ses baguettes grêles, le tambour fait un roulement.

Juché sur un fagot, Victor précise :

— A la Sainte-Croix, j'aurai pris femme...

La foule applaudit.

— ... Et cette femme sera la Sidonie Junca ici présente.

Bertrande a de la peine à contenir l'agitation de Margalide.

Les cris sont multiples. D'enthousiasme et de moquerie. D'incrédulité. On félicite les futurs avec des malices grossières. Des commentaires s'amusent sous cape :

— Le corbeau épouse la fouine !

— A la vieille cheminée, jeune ramoneur fera l'affaire.

Victor n'en a cure. Descendant de son estrade, il prend Sidonie sous les aisselles et, devant tous, l'embrasse sur la bouche. Longuement.

Margalide est livide. Elle s'enfuit, ôtant ses sabots pour mieux courir. Fernand veut la rattraper. Bertrande n'a pu la retenir. Les gens l'observent. Ils dévisagent la Fourmigo. Lary se détourne. Les deux femmes font face. Tête haute. Cela est facile à voir : si la Fourmigo pouvait battre Victor, elle le ferait. C'est peut-être cela qu'elle attend.

Le brasier commence à faiblir. C'est le moment de le sauter d'un bond si l'on veut pour un an se protéger des maladies. Ceux qui n'ont plus les jambes assez solides pour franchir le bûcher ont pris dans leurs mains les fleurs du cortège. Ils les passent sur le feu où elles roussissent, s'étiolent : offrande de la flore multicolore au Grand Seigneur qui, jusqu'à la Saint-Jean prochaine, protégera les maisons et les granges de tous les incendies.

Hommes et femmes emportent au logis le brandon encore rouge avec lequel, pour une année, ils redonneront vie à l'âtre éteint ce soir.

Comme les autres, la Fourmigo a voulu tirer une branche du foyer qui s'apaise. Une femme aussi maigre qu'elle, petite, nerveuse, prétend qu'elle avait choisi cette branche la première ; elle est à elle : avec une autre branche, elle la bloque, empêchant la Fourmigo de saisir son bien. Les Morère interviennent. Victor aussi qui bientôt bouscule sa mère :

— Il y a des brandons partout ! Tu n'as pas besoin de celui-là.

Dans une langue rancunière qui n'est pas d'ici mais que tout le monde comprend, la Courbase répond que, sur cette terre, il y a des gens qui ne veulent jamais rien laisser aux autres.

Victor éclate de rire :

— Tu l'as, mon père !... Tu l'as ! alors, grand bien te fasse ! De quoi te plains-tu ?

Il entraîne la récalcitrante.

Bertrande et Lary font de même avec la Fourmigo qui, maugréant tant et plus, bientôt se retourne pour une suprême insulte :

— Espagnole !

Au-dessus de leur tête, les gosses font tourner les balais de genêts préparés à cet effet : enflammés, ils forment le bouquet du feu d'artifice.

Plongeant vers le sol, leurs larmes étincelantes disent adieu à la Saint-Jean.

Ses sabots à la main, Margalide court n'importe où, ses jambes farouches enjambant tous les obstacles, les pieds déchirés, le front et le dos en sueur, les cheveux et la tête en folie. Fernand ne parvient pas à la suivre. Il l'appelle dans la nuit. La supplie d'arrêter, prédisant sur le tronc d'un frêne servant de pont qu'elle va se casser le cou, plus loin que les loups vont l'entendre, la mordre, la dévorer.

Elle s'affale à bout de forces sur un tapis de trèfle. Sa bouche reste ouverte, soufflant à grands coups. Son corsage monte, descend. Ses yeux ne pleurent pas. Ils sont fixés sur un point inconnu, visible d'elle seule.

Fernand met un long, un très long temps à se décider.

Il s'allonge près d'elle. Sans parler. Il se dit qu'il a eu tort de refuser cette confession. La recevant, il serait mieux armé pour servir la Perlote, entrer dans son âme comme un soldat ami entre dans la place : pour la défendre.

Peut-il revenir en arrière ? Offrir une absolution qu'il n'a pas le droit de donner pour obtenir des confidences qu'il n'a pas envie de connaître ?

Il attend, espérant que le trèfle parfumé, la nuit sculptée d'ombres paisibles, la lune fragile apparaîtront bientôt comme des confesseurs encourageants. Pleins d'indulgence.

Margalide est inerte.

Se levant sur un coude, Fernand approche son visage.

Il reste ainsi. Attendant. Retenu. Ses lèvres se posent sur les lèvres de la Perlote. Pour un baiser sans âme. Sans réponse. Presque pas un baiser. Une bouche contre une bouche. Comme deux objets.

La main sur la jupe.

Il sent, sous ses doigts, la cuisse ferme. Il les conduit à l'ourlet. Il le retourne. Le remonte. Deux centimètres. Ou trois.

Margalide reste dans le même silence. Immobile.

Il a un peu peur. D'elle et aussi de cette idée qui lui vient : s'il relevait tout à fait sa robe, s'il touchait son pantalon, s'il l'enlevait, s'il *s'amusait*, comme on dit, elle demeurerait sans un geste. Sans un mot. Il en serait de même si un autre était à sa place.

C'est terrible de penser ça.

Il se lève. Marche.

Il entend le chant de la cascade. Il reconnaît l'endroit où, sans raison, sans savoir, ils sont arrivés : près du menhir. Il descend. Plonge sa main dans l'eau. Se rafraîchit le visage.

Au village, des garçons et des filles chantent encore.

Où sont passés les compagnons ? L'estive est loin. Le jour va paraître. Il faudrait partir.

Fernand s'émerveille du bleu de la gentiane dans le bleu de la nuit. Il coupe quelques fleurs. Fait un bouquet.

Quand il revient, Margalide dort. Doucement.

La lune la regarde, murmurant : « Repose-toi. »

Il s'étend. Lui prend la main.

Il ferme les yeux.

Jamais sommeil n'a été aussi heureux.

Le soleil va paraître : le ciel de l'est le dit avec clarté. Ce n'est pas cela qui les réveille. C'est un bruit. Un autre. Un pas. Deux voix.

Margalide ne sait plus où elle est. Fernand qui voit quelque chose met un doigt sur sa bouche : « Chut ! » Tous les deux connaissent bien le couple qui vient d'arriver. C'est Armelle Mauvoisin et son mari, Pierre, dit le Chapon. « Il ne sait faire que de la graisse ! » dit-on de lui dans le village. Il est vrai que, marié depuis douze ans, le gros Pierrot n'a pas d'enfant. En revanche, chaque année sa bedaine prend deux kilos. Sa femme le suit sur ce chemin : à trente ans, la voilà bien enveloppée. « Comme une ourse d'hiver ! » ricanent les moqueurs.

Fernand et Margalide ne bougent pas : ils ne voudraient pas être surpris ici à pareille heure, comme ayant passé dans les herbes une nuit sans surveillance.

— Tu sauras faire ? demande le Chapon.

— Je saurai. Détourne-toi.

Le mari se détourne, regardant malencontreusement dans la direction de Fernand qui aussitôt baisse la tête. Margalide fait de même. Ils ne voient plus rien.

Heureusement, Armelle a besoin de secours :

— Viens m'aider.

Pierrot va, dans le dos de sa femme, défaire un nœud obstiné : un jupon tombe, un deuxième jupon. Pierrot les ramasse, flairant au passage les cuisses rondelettes.

— Il faut que j'enlève tout ? demande Armelle.

— Je... Je crois, répond Pierrot dont la voix manque d'assurance.

Le capulet s'en va, coiffant maintenant la tête d'un houx. Le châle et le corsage prennent la même direction. La chemise s'envole. Voyant les bras nus, Pierre Mauvoisin s'approche, caressant. Il embrasse sa femme dans le cou. Le pantalon coule.

Margalide éprouve une angoisse soudaine. Elle veut partir. Fernand la retient : s'ils s'en vont, on va les voir.

Armelle est nue, sa chair plus blanche que la lune ; ses seins larges mais bien tenants, comme pendus à deux boutons de rose. Le ventre trop rebondi ne s'affaisse pas. Il s'enfuit fermement vers les cuisses entre lesquelles, sous la toison oblique, il se noie.

Margalide tremble. Fernand est gêné de son émotion. Gêné d'en être le témoin. Masculin.

— Je commence ? demande Armelle.

— Commence, ma femme, dit la voix troublée du gros Pierrot.

Armelle passe sa main sur le menhir. Elle en caresse la forme.

— Prends la rosée, Armelle. C'est la rosée qui fait agir.

Cette rosée du petit matin, on la voit briller sur la pierre, plus abondante dans un creux. Armelle avec délicatesse s'en empare, s'en frotte le ventre, descend, s'arrête.

— Descends encore, l'Armelle, il n'y a pas de honte.

Armelle Mauvoisin entend son mari. Ses doigts descendent, disparaissent, reviennent au creux de la pierre. A nouveau, ils s'enfoncent dans le sexe. La femme a un petit gémissement. Ses yeux se ferment. Elle supplie :

— Rosée de la Saint-Jean,
Donne-moi un enfant.

La respiration de son mari est encore plus fiévreuse. Tous les deux, voix dans la voix, répètent :

— Rosée de la Saint-Jean,
Donne-nous un enfant.

Margalide n'a d'yeux, d'oreilles que pour la femme qui ramasse la rosée, s'en inonde, se baigne, s'ensemence avec des litanies plaintives ressemblant au chant d'amour :

— La louve qui n'a pas louvé
N'a ni grand cœur ni charité...
— Rosée de la Saint-Jean,
Donne-nous un enfant.

Soudain l'homme, que le regard de Margalide avait oublié, revient près de la pierre. Nu lui aussi. Paré. La Perlote n'avait pas imaginé cela. Le gros Pierrot est derrière sa femme. Il se plaque contre elle qui caresse le menhir, se penche pour l'embrasser.

Margalide pousserait un cri si Fernand ne lui mettait la main devant la bouche. Il la force à se taire, à marcher sans bruit, à retenir tous ses spasmes qui sûrement vont la faire vomir.

Ils ont gagné un minuscule replat où le matin embaume.

Loin maintenant, les voix aimantes d'Armelle et Pierre disent leur cantique :

> — *Rosée de la Saint-Jean*
> *Donne-nous un enfant.*

5

Margalide court. Fernand aussi. Ils s'arrêtent pour souffler. Le remords les taraude. Ils repartent, poursuivis par la conscience d'avoir failli à leur promesse. Ils prennent un raccourci dangereux qui, tant il faut être prudent, leur fait perdre un temps qui ne se rattrape plus. Le soleil qui monte si lentement paraît monter plus vite qu'eux.

Il est sur la pâture avant eux. Chauffant depuis longtemps le dos des moutons, des vaches, des chevaux qui, depuis leur arrivée ici, semblent se demander ce qu'ils y sont venus faire.

Tous les apprentis sont à leur tâche. Les *cubeilos* [1] lavés sont à leur poste, appuyés contre le mur, la tête en bas pour que la dernière eau s'écoule. Le lait a été tiré, conduit à la grange où le *pépi* mélange le chaud et le froid ; d'une petite branche de sapin à l'extrémité taillée en boule à la naissance de plusieurs branches, il tourne dans le chaudron fromage d'hier et fromage d'aujourd'hui : le petit-lait monte ; le lait caillé descend.

1. Récipients de bois servant à la collecte du lait.

Margalide entre. S'arrête dès l'entrée.

Elle s'était promis de se jeter à genoux en arrivant. De demander pardon.

Elle ne fait rien. Les yeux au sol. Elle ne dit rien. Lèvres paralysées.

— Tu ne me souhaites pas le bonjour ? demande le *pépi* presque enjoué.

— Le bonjour, *pépi*, murmure la Perlote.

Elle a envie de pleurer. De se disculper. De tout raconter.

Bartholomé Hourcade devine.

Il arrête l'élan :

— Attention ! Tu vois bien que je suis occupé.

Puis, doucement, lorsqu'ils sont seuls :

— La Perlote, j'ai voulu t'élever dans la liberté. Je ne le regrette pas puisque de son côté la *tatéi* penchait pour la gouverne. Lequel as-tu le mieux compris ? Auquel as-tu le plus emprunté ? Je ne le sais pas. Je crois seulement que ta *tatéi* et moi t'avons donné une conscience…

— *Pépi*…

— Laisse-moi parler. Moi, je n'ai pas besoin de tes paroles. Je les connais. Tu mérites des reproches ? Ne me les demande pas. Tu es assez grande pour te les faire toi-même ! Ils seront meilleurs que les miens qui te trouveraient l'excuse de la jeunesse alors que, si je te connais bien, les tiens en auront l'intransigeance.

Il ajoute :

— Va, Perlote. Pour être content de la vie qu'on nous donne, il faut d'abord être content de la vie que nous nous faisons.

Il se tait.

Pour la journée. Deux jours. Dix. Parlant seulement des vaches et du lait. Allant du chant du matin à la prière du soir. De l'artistique décoration du beurre avec une fourchette de fer à un pertinent conseil aux apprentis.

Ils sont contents les apprentis : ils ont exposé au soleil la tête de l'agneau mort-né puis ils l'ont fourrée dans un fagot qu'ils ont fixé dans le ruisseau : alléchées, les écrevisses sont venues se prendre toutes seules.

La Perlote se demande comment devant les brandons elle a pu supporter les bras de Bertrande la serrant sur sa poitrine, ses mains si coupables caressant son visage. La *tatéi* souvent jugée trop sévère lui paraît trop indulgente. Elle voudrait ne plus penser à ces histoires de garçons, d'hommes, d'Armelle Mauvoisin défoncée par son gros chapon, de la Fourmigo nue devant un inconnu qu'elle ne voulait pas recevoir.

Fernand rejoint Margalide chaque fois qu'il en a l'occasion. Les autres se moquent de lui. La Perlote, parfois, a envie de s'unir à eux. Elle voudrait rire. C'est ce qui lui manque, lui a toujours manqué.

Elle ne le fait pas : il est si doucet, Fernand ! Si angélique avec son baiser qu'il veut toujours placer au coin de la bouche. Quand elle le regarde, Margalide ressent un petit émoi. Tristounet : il y a tellement loin de ses mots, de ses gestes, et même de ses projets qu'elle connaît à la vie qu'elle devine. Tellement de démesure entre ce qu'il dit et ce que déjà elle a vu ; entre ce qu'elle voudrait savoir et ce qu'il n'a pas, une minute, l'idée d'imaginer. Sur un seul point, elle le trouve « homme ». C'est-à-dire, décidé. Se dégageant :

— Je n'irai plus au séminaire, la Perlote. Je te le jure.

La nuit a été froide.

Comme à l'ordinaire, Bartholomé Hourcade s'est levé le premier. Il va sur la pâture. L'herbe qui n'est pas mangée perd sa couleur d'été. Séchant.

Comme tous les gens de soleil et de vent pour lesquels un calendrier n'est qu'un papier imprimé par les messieurs de la ville savante, Bartholomé pense : l'année va finir. Bientôt, nous serons dans sa nuit. Elle durera jusqu'à jonquille et merle revenus.

Cette idée emplit l'âme de Margalide. Plus précise que les autres années : chaque automne, rentrant de l'estive j'avais l'impression de descendre dans le *couleyre* où, comme le lait, j'allais disparaître dans un goulet ; non à travers le bouquet de rhododendrons parfumant mes jours mais à travers tous les arbustes qui, perdant leurs feuilles, formeraient des barrières sinistres m'empêchant de remonter, de me sauver. La neige venant me paraissait noire : elle avait la noirceur de l'âtre, des poutres, du plafond, des murs ; la noirceur de cet univers qui, durant de longs mois, ajoute sa prison à la prison des règles et des interdictions, aux lourds massifs de menaces que, sur vous, font peser la Fourmigo et le curé Lahondes, le garde de la forêt, le loup et le gendarme, la jeunesse en solitude.

Quand tombe la feuille on voit le nid : à l'intérieur du sien, des mois durant, Margalide attendait le retour de la feuille.

Elle est dans ces moroses imaginations lorsque Lary paraît dans l'encadrement de la porte.

Lui à l'estive ? Que vient-il faire ?

Il demande :

— Bartholomé n'est pas là ?

— Il est allé donner du sel aux moutons.

Le colporteur s'égaye :

— Par ce temps ? Il veut les faire boire ? Il a peur qu'ils se dessèchent sur pied ?

— Je ne sais pas, répond Margalide.

Elle désigne, près du bois, la silhouette paisible du *pépi*. Il tend sa main à une brebis. A une autre. Elles se pressent. Se régalent. Le lait sera meilleur.

— Bonjour pastoureau, dit le colporteur.

— Bonjour colporteur, répond le pastoureau. Viens-tu déjeuner avec les bergers ? Tu vas vers la déception car tu n'es pas, à ce que j'ai pu voir, de ceux que l'on comble avec un foie de chardonneret.

Il fait glisser de son épaule la courroie d'une épaisse peau de mouton qui, formant sacoche, renferme le sel. Il la remet à l'apprenti chargé de poursuivre sa mission.

Berger et colporteur s'en vont à petits pas, l'un écoutant l'autre en se grattant le menton. Une conversation de terriens : pesant la parole comme on pèse le grain.

Après le lièvre que Margalide a relevé de petits oignons, ils restent dans l'*orri*.

Le *pépi* parle lentement :

— Perlote, Lary est venu me faire une proposition. Je vais te la transmettre. Comme il me l'a exposée. Sans indiquer mon avis. C'est toi qui donneras le tien.

Il y a un temps. Margalide se demande ce qui se passe. Ce que cachent cette entrée en matière en forme de devinette, cette petite solennité.

Contrairement à ce qui a été annoncé, c'est Lary qui entre dans le sujet :

— Perlote... ta marraine n'est pas vieille mais comme nous tous elle ne rajeunit pas. Elle m'a annoncé la semaine dernière que le colportage demandait une vigueur qui n'est plus dans ses jambes. Je veux dire : le grand colportage car ta marraine trouvera assez de force pour, une année ou deux, faire la petite campagne, celle que l'on dit « des débutants » ou encore « des trois départements ».

Le *pépi* tient à être de la conversation. Il poursuit le discours :

— Pour l'autre, la grande campagne qui mène son monde jusqu'à Paris, il faut une femme à Lary : pour la cuisine, les petits achats, l'entretien du linge de tous les hommes.

Voyant venir une proposition à laquelle elle n'avait jamais pensé, Margalide retient son souffle.

Lary Morère demande :

— Perlote... veux-tu être celle-là ? Tu m'arrangerais.

Margalide regarde son *pépi*. Ses yeux interrogent.

Impossible de lire un avis sur le visage de l'aïeul :

— C'est à toi de dire.

La Perlote est emplie d'une espérance soudaine. Elle va voyager, s'instruire. Elle va rire, vivre : c'est tout un. Quand elle reviendra, elle sera femme. On lui dira les secrets que l'on cache aux enfants.

Cette idée de l'enfance la ramène dans la maison d'hiver, aux froides journées que sa présence ne réchauffera plus :

— Toi, *pépi*…

— On ne parle pas de moi, tranche Bartholomé.

Deux regards l'attendent.

Elle se décide :

— Moi, parbleu… si ça arrange oncle Lary…

— Ça m'arrange, confirme le colporteur.

— Alors, pour conclure nous n'aurons pas besoin d'aller à la foire de Tarascon, dit le *pépi* tendant sa main.

Il se tourne vers Margalide :

— Viens m'embrasser, la Perlote. Ton existence commence.

Margalide a envie de pleurer. Elle se jette dans les bras de son grand-père.

Il caresse ses cheveux.

L'idée lui vient en regardant les rares étoiles : il faudrait dans le ciel une Notre-Dame de la Protection. Elle veillerait sur les filles qui prennent leur chemin.

Aux veillées du bel été, regardant la nuit on distinguait la montagne. Aujourd'hui, au soir tombant, déjà la brume cache les sommets.

Quand le pic met son chapeau,
Pâtre, enfile ton manteau.

Le *pépi* sur ses épaules lance sa vaste cape. Sa voix monte. Aussi grandiose que l'ombre l'entourant :

... Aquèros mountanios
Tant si hautes soun...

Margalide pleure vraiment : ces montagnes dures et hautaines qui vous menacent d'avalanches et vous confisquent vos libertés, il lui semble maintenant qu'elle ne pourra plus les quitter.

Le *pépi* l'entend-il ? Il rentre. S'assied. Regarde les apprentis au visage muet :

— Je sais un conte...

... Un conte que, à Margalide de tous les âges, il a dit cent, deux cents, cinq cents fois. Comme elle l'aimait, ce petit ourson qu'on appelait Jean-de-l'Ours. Il était né d'une imprudente jeune bergère se promenant dans la forêt et d'un ours en ayant vite fait la prisonnière de sa caverne ! « Petit ourson deviendra grand », dit à peu près le proverbe. Comme elle l'aimait, ce Jean-de-l'Ours de vingt ans gagnant de jour en jour la force de son père, sauvant sa mère qu'il ramenait au village et bientôt, aussi robuste que déluré, partant à la conquête du monde ! Dans des pays de bonheur, il gagne l'amitié de Roue-de-moulin capable, comme son nom l'indique, de porter seul une roue de moulin, de Lie-de-chênes qui, abattant les arbres centenaires, les lie pour en faire des fagots, de Porte-Montagne soulevant sans peine toutes les montagnes à la ronde. Comme elle souffrait, la Perlote de huit ans, de neuf ans, lorsque, pour avoir eu trop de confiance en ses trois amis, Jean-de-l'Ours se trouvait à son tour prisonnier dans les oubliettes d'un château ! Comme elle riait en apprenant que l'aventure finissait heureusement : une aigle aux plumes devenues blanches par les marques de l'âge le tirait de sa mauvaise situation.

« Cric-crac ! J'arrête ici. Mon conte est fini », disait traditionnellement le grand-père.

Margalide battait des mains ! Comme, ce soir, les jeunes apprentis.

Au milieu d'eux, Margalide pour la première fois comprend la morale de la fable, la leçon du grand-père : le chemin de Jean-de-l'Ours bientôt sera son chemin où il conviendra de se méfier grandement des amis de rencontre.

Comme pour voir déjà ce chemin, elle va à la porte.

Ses yeux fixent la nuit, regardant sur fond noir ces floraisons blanches dont on ne veut pas dire même qu'elles tombent du ciel : dans un mutisme paisible, imposant, elles dansent, s'envolent, et tant elles sont légères, méritent à peine le nom de flocons.

— C'est la neige du pâtre, dit posément Bartholomé Hourcade.

Premier fragile avertissement. Son silence murmure à l'oreille de chaque pastoureau : « Mon ami, il est temps de quitter les sommets. »

Les chiens ont abandonné leur collier à piques de fer : armés contre les loups. Sur les colliers de bois des brebis tintent les clochettes. Les chevaux suivent avec leurs gros sabots. Les vaches scandent la marche de leur cou épais, de leur mufle humide. Dans leurs cages les poules caquettent. Le chat se plaint. Le vent d'autan a beau ici être moins violent que dans le plat Languedoc, on en sent le souffle chaud, troublant qui, voici quelques siècles, servait de circonstance atténuante aux assassins : « Le bras fut armé par le maléfique vent des fous... »

C'est lui peut-être qui agite Fernand.

Il rejoint Margalide :

— La Perlote... tu ne vas pas partir ?

— Bien sûr, je vais partir.

Il est malheureux :

— Ça ne te fait rien de me quitter ?

— Tu m'as dit que tu partais !

— Je partais avec toi... mais... si tu pars avec Lary...

Margalide regarde l'épervier tournant au-dessus du convoi. Le vent frappe les visages. Il va pleuvoir : « Autan jamais n'est mort de soif. »

Le garçon s'accroche :

— Tu crois que Lary me prendrait ?

— Je ne sais pas. Demande-le-lui.

A aucun moment une fille ne paraît aussi indifférente que lorsque, ses yeux posés devant elle, elle se balance sur un mulet.

— Tu ne voudrais pas lui en parler, toi ? implore Fernand.

— Pourquoi moi ?

— Tu es de la parenté.

Une fois encore, Margalide se tait.

Elle voit des objets à vendre, des gens à connaître, des pays à apprendre. Gens, objets, pays s'appellent la plaine. C'est-à-dire l'inconnu. Il lui tarde d'y être. Victor ni Fernand ne font partie de son avenir.

Il le sent. Furibond, il expédie le licol sur le museau du mulet qui ne s'y attendait pas : il fait un écart. Margalide se rattrape comme elle peut. La voix de Fernand est déchirée :

— Tu es héritière !... Les héritières restent au pays ! Tu ne dois pas partir !

Margalide est peinée. Sous la colère, elle sait l'affection. Elle se penche. Parvient à passer sa main sur la joue de son ami. Il est comblé. Veut rattraper les doigts qui déjà s'enfuient.

Margalide se demande si, à aimer les gens qui pleurent pour vous, on ne risque pas, leurs larmes séchées, de n'avoir plus de raison d'aimer.

Antonia a entendu les cloches, les clochettes, les abois, les meuglements, le bourdonnement démesuré de cet essaim qui, passé fleur, entre dans la ruche. Elle est devant sa maison :

— Fernand !

Il fait celui qui n'entend pas.

Antonia répète :

— Fernand !

Il fait celui qui ne voit pas.

Elle a des larmes dans la voix.

Le *pépi* s'est approché du garçon :

— Tu veux ignorer celle qui t'a mis au monde ?

Fernand s'arrête.

Il regarde Margalide.

A pas lents il revient vers sa mère.

Et vers le curé Lahondes qui, près d'elle, attend au bas de l'escalier, les deux mains sur son bréviaire.

Passant devant chez lui, Bartholomé Hourcade confie à la Perlote le soin de rentrer ses quelques brebis. La mine assurée, le pied solide, il continue la descente : il convient de conduire chaque troupeau, chaque bête, à son propriétaire, d'en vérifier avec lui la santé, la qualité ; de dire les vêlages, les agnelages ; de régler les comptes. Cela demandera une bonne journée :

— Je serai là mercredi avant la nuit.

Loin derrière, remontant les marches d'ardoise avec Antonia, le curé Lahondes dit à Fernand :

— J'ai écrit à ton supérieur. Il m'a répondu la lettre que voici...

Mercredi est venu.

La nuit est là.

Margalide attend devant la ferme de chez Ricaud. Voulant rejointer quelques lauzes, Basile monte sur le toit par le fronton en escalier. Arrivant au faîte, il se rend compte qu'il a oublié son manteau. Il redescend. De lui, la *tatéi* dit toujours : « Il est tellement malin qu'il voit pousser l'herbe. »

Margalide ne voit rien. N'entendant pas les aboiements du chien, sa course furtive dans les buissons où il débusquerait quelque lièvre, elle revient vers la maison.

Une dispute violente l'arrête... l'intrigue. Elle s'approche, monte sur un tas de pierres appuyé au mur du côté. Elle glisse un œil dans le trou pioché par le pic-vert à l'automne dernier : lorsqu'il était à la recherche des mouches murées entre vitre et contrevent.

Sous la farandole de piments rouges qui, au plafond, semblent trembler de peur, la Fourmigo a saisi Lary aux revers de sa veste :

— Tu me prends ma Perlote, ça ne te suffit pas ?

— Une femme... pour la cuisine ça me suffit mais pour vendre il me faut des hommes.

— Et il n'y a qu'un homme qui puisse vendre, c'est Victor Dufourcq ?

Margalide reçoit le nom en plein front. Elle va chanceler. La *tatéi* ne lâche pas son cousin :

— Je te préviens, Lary : si tu emmènes ce fils d'*aoucatès*[1] et de sorcière, jamais plus tu ne passeras le seuil de cette maison !

Bertrande ne parlait pas. Ce n'est pas dans son habitude. Elle sort de l'ombre. Ironique :

— Je ne vois pas pourquoi tu t'inquiètes : avec la morale que tu lui as donnée, la Perlote ne craint pas les hommes.

La Fourmigo va lui sauter dessus :

— J'en connais qui ne voulaient pas des hommes et qui ont dû les subir !

Bertrande se tait. Lary en profite pour quitter ce terrain :

— Sincèrement, Jeannette... si j'avais su que ça t'incommoderait, je ne l'aurais pas engagé mais... maintenant c'est trop tard.

— Pourquoi trop tard ?

Bertrande intervient à nouveau :

— Nous avons donné notre parole.

La Fourmigo bondit, ricane. Elle ne peut pas croire ce qu'elle a entendu :

— Votre parole ? A un *courbas* ? Un homme qui volerait sur l'autel ! Chaque fois qu'il dit la vérité, un œil lui tombe ! Et il a bonne vue, crois-moi !

1. Eleveur d'oies.

Elle n'en revient pas. Elle pense qu'on se moque d'elle, qu'on veut la faire mourir. Elle s'emporte :

— Est-ce que ces mauvaises gens ne l'ont pas donnée cent fois, leur parole ?

— Je ne sais pas, risque petitement le colporteur.

La chandelle de résine éclaire mal, Margalide a un étroit champ de vision. Elle l'a vu pourtant : sa tante est devenue blême. Elle ne parle plus. On dirait qu'elle s'est arrêtée de respirer. Il lui faut plusieurs secondes avant d'articuler, la voix blanche :

— Tu oses dire que tu ne sais pas ?... A moi ?...

C'est Bertrande qui maintenant joue les raisonnables :

— Tu reviens toujours sur le passé...

La Fourmigo lui coupe la parole. Tranchante :

— Ton passé de scélérate, j'ai promis devant Dieu de n'y plus revenir : je tiens ma promesse. A la Perlote ou à d'autres, je n'ai jamais rien dit.

Bertrande se mord les lèvres. Lary pense qu'un compliment ne fera pas mal dans l'affaire :

— C'est bien, Jeannette, de respecter le serment.

La Fourmigo n'en a cure. Elle se plante devant le colporteur. Déterminée. Presque solennelle :

— Lary Morère, tu as le choix : ou tu emmènes la Perlote avec toi ou tu emmènes Victor. Pas les deux.

Sur la pierre boiteuse où elle s'était hissée, Margalide sent ses jambes qui s'en vont. Sa tête. Ses rêves. Son projet. Elle descend. A l'intérieur, la Fourmigo répète :

— Pas les deux !

Lary envisage une éventualité un peu craintive : puisque Victor a pris femme, il pourrait l'emmener à la place de la Perlote...

La proposition n'a pas le temps d'alarmer Margalide. C'est Bertrande qui hurle :

— Pour laver la chemise des hommes ? Elle ne lave pas la sienne ! Pour leur faire la soupe ? Le feu sera crevé avant qu'elle ait pelé les carottes ! Emmener la Veuve ? Tu perds la raison : elle ne gagne pas l'eau qu'elle boit !

Margalide s'en va : le mieux est de parler à Victor. Si elle lui explique la situation… Si elle lui dit qu'elle veut partir, il est possible qu'il accepte de s'effacer… Il est rude, c'est vrai mais il a de la gentillesse. Quand il sourit on peut même deviner qu'il a de la bonté. Pour elle, il en montrera. Margalide en est sûre.

Elle sursaute. S'arrête.

Mille bruits attaquent la nuit : sonnailles, clochettes, cornes, sifflets, pipeaux, tambourins sont de la fête. Sans oublier casseroles et chaudrons sur lesquels tapent des maillets frénétiques.

La Perlote s'est approchée. Cent personnes sont là, autant dire tout le hameau, entourant la masure de la Veuve, frappant à ses volets, cherchant à effrayer la pauvre fille qui doit se trouver à l'intérieur.

— Elle y est ! Je l'ai vue entrer ! affirme un gamin.

Un gros, rougeaud, ordonne :

— La Veuve, montre ton nez !

Les jeunes lui font écho :

— La Veuve, montre ton cul !

C'est le succès.

Margalide ne se joint ni aux gestes ni aux cris. Enfant, elle a déjà vu deux ou trois charivaris, organisés ainsi pour mortifier le mari battu, la femme adultère, le veuf prenant nouveau conjoint. Le prétexte à farces et chansons ne l'avait pas choquée.

Voyant les garçons frappant de plus en plus fort dans les contrevents, elle pense : la pauvre Junca doit mourir de peur, seule à l'intérieur.

Elle se demande ce qu'elle ferait à sa place.

Voici maintenant les jeunes du village. Ils portent des bâtons piqués d'une tête de vache, de mouton dont les yeux, la gueule sont éclairés par les flammes d'une chandelle. La musique redouble.

Elle s'apaise pour permettre à Antoine Lamourous de remplir son rôle de récitant. Il prend une voix enflée :

Sidonie la Veuve,
Ta fente n'est pas neuve.
Quand le Victor y passera.
Peut-être il la rajeunira.

Eclatent les bravos et les vivats. On tape plus fort sur les casseroles, on souffle plus fort dans les cornes et les pipeaux.

Un hêtre gisait, ébranché. Des hommes tiennent son tronc sous leurs bras rugueux. Ils prennent leur élan. Donnent un premier coup dans la porte vétuste qui déjà montre sa faiblesse. Le public encourage. Frappant ses sabots l'un contre l'autre, une belliqueuse stimule les assaillants. A nouveau, ils vont lancer le bélier lorsque la porte s'ouvre. Il y a un « Ah ! » de grande satisfaction. Tout de suite suivi d'une belle surprise. On le voit bien à la lueur des flambeaux :

— C'est Victor !

Un Victor partagé entre rire et colère :

— Vous n'allez pas casser ma maison ! Vous savez bien que désormais je n'aurai pas d'autre logis.

— Ce n'est pas toi qu'on veut, Victor, c'est la Veuve.

— Je le sais bien, les amis. Et je ne veux pas vous mécontenter.

Il se tourne vers l'intérieur de la masure :

— Avance, Sidonie ! C'est l'heure de la cérémonie.

Sidonie Junca paraît, ses cheveux éternellement emmêlés, mèches pendantes. Jambes et pieds nus dans ses sabots, elle porte une robe imprévue, ancienne, pas d'ici – espagnole peut-être – rouge et noire, avec des volants.

Unanimes, les participants chantonnent un « Hou ! » de fausse admiration.

— Prenez ma femme : vous ne serez pas les premiers ! dit Victor.

— Ni les derniers, peut-être ! lance Pierrot le Chapon serrant de près son Armelle.

Un homme s'est saisi d'un charbon. Grossièrement, il maquille le visage de la Veuve. Elle se débat, provoquant sur son front, ses joues, jusque dans son cou, des marques irrégulières, des traits noirs, cassés, que des torches s'approchant éclairent avec violence.

Les porteurs ont posé leur poutre désormais inutile. Deux d'entre eux hissent la future madame Dufourcq sur un âne qu'ils lui font chevaucher à l'envers.

Sidonie Junca,
Dans la posture où te voilà
Tu nous diras
Si l'âne fait caca !

déclame le récitant.

Son envolée lyrique est ponctuée par un vigoureux coup de marteau frappant sur un chaudron. Fifres, clochettes et tambourins ont compris le signal. L'ânier aussi : il tire sur le licol ; la bête suit. Les gens veulent toucher les jambes, la robe de la Veuve dont le regard est passé de la haine aux larmes, de la rébellion à la connivence : faisant mine d'accepter les hommages, Sidonie Junca prochainement Dufourcq prend des attitudes de reine charmée. Elle salue, envoie des baisers. Ponctuées, récompensées par l'hilarité de tous, ces gracieusetés paraissent à Margalide plus pitoyables que la révolte. La douleur.

Victor serre des mains, boit à la gourde qu'on lui tend avant de revenir bientôt vers sa fiancée :

— T'en fais pas, Sidonie, quand nous serons mariés, je serai là pour te défendre.

Margalide a un haut-le-cœur. Elle frissonne. Comment a-t-elle pu laisser ce fourbe s'approcher d'elle ?

Le cortège descend au village. Sur la place, devant les portes des maisons, sous les galeries, tout le monde attend.

Le récitant continue sa mission :

Victor a trouvé une fiancée
Qui se lave une fois l'année.
La Veuve, sale comme un porc,
Lui évitera de tirer au sort.

Margalide ne veut plus suivre. Les chants, les musiques et les rires se perdent entre les maisons.

Dérangé à cette heure inhabituelle, le portail du cimetière proteste d'une voix rouillée.

On n'enterre plus les morts comme jadis : riches à l'intérieur de l'église, pauvres à l'extérieur. La fraternité est descendue sous terre. Margalide met un nom sur chaque sépulture. Des prénoms même. Et des âges. Des années. Avec beaucoup de 1854, 1855.

Elle est à genoux, prévenant sa mère qu'elle veut partir :

— Vous qui êtes au ciel, demandez au Bon Dieu de m'envoyer au colportage. Je verrai du pays et me conduirai en bonne fille, je vous le promets.

La tombe, les croix, les nuages courant au-dessus des arbres immobiles ont le même impressionnant silence.

Margalide continue ses suppliques. Comme à chacune de ses visites, elle se reproche de ne pas parler à son père. Elle n'a pas plus connu l'une que l'autre. « Il vaut mieux s'adresser au Bon Dieu qu'à ses saints », disent les gens. Peut-être, quand on est fille, est-il plus facile de s'adresser à Marie qu'au Bon Dieu. A la mère qu'au père. A la femme qu'à l'homme.

— Vous que j'aurais tant aimée, faites que les anges me protègent. Et mon *pépi* aussi que j'aurai tant de peine à quitter. Et ma *tatéi*, bien qu'elle s'affronte toujours avec ma marraine Bertrande à cause de moi et de ce secret que je commence à comprendre. Pouvez-vous lui faire entendre que Victor Dufourcq est un vaurien dont je n'ai rien à craindre puisque pendant le colportage je ne lui adresserai jamais la parole ?

Elle prend un temps. N'est qu'un souffle :

— Maman... Je voudrais que *pépi* bénisse mon départ.

Une voix monte dans son dos. Trop grave pour ne pas venir d'en haut :

— Je te bénirai, la Perlote.

Margalide se tourne d'un trait.

Dans la nuit, le *pépi* la regarde :

— Tu as besoin des anges maintenant pour me faire tes demandes ?

Margalide est inquiète :

— Vous êtes là… depuis longtemps ?

— Depuis que tu y es. Je suis arrivé au village en même temps que le charivari. Je t'ai vue… Je t'ai suivie…

— … Vous… avez tout entendu ?

— Je crois.

Elle s'est levée.

Le *pépi* murmure :

— Les choses que tu veux connaître ne se disent pas dans un cimetière.

Ils marchent lentement. Le portail se fermant répète ses lamentations.

Fifres, chaudrons et tambourins sont loin dans la montagne.

— Ils ramènent la Veuve chez elle, estime Bartholomé.

Il va vers le quillier. S'assied sur cette longue pierre plate qui, sur ses pieds de granit, forme le seul banc réservé aux spectateurs du dimanche.

Margalide a hésité. Elle s'assied par terre. Face à son *pépi*. Qui hésite à son tour. C'est un homme de franc parler. De franche opinion. L'exprimer ne le gêne jamais. Ce qui l'embarrasse ce soir c'est de la faire entendre à Margalide, si jeune. De nommer sa tante, si proche. Sa marraine. « Dire le péché, jamais le pécheur », répète le dicton de la montagne.

— … Quand ma petite Jeanneton a eu ton âge… les garçons ont commencé à la regarder… comme il en est pour toi… comme il en est toujours… Elle, tout de suite, n'a eu qu'un regard : pour Adrien Dufourcq.

Margalide lève la tête.

Elle ne perdra pas un mot du récit que fait le grand-père.

Avec des images de souvenir, il dit ce couple se formant sous les yeux des familles, des voisins, du village. Il dit la sagesse de Jeannette Hourcade qui était reconnue de tous et qui, comme tant d'autres, s'envola au souffle caressant de la nuit de Pâques ou du 1er mai.

— C'était la tradition la liberté des filles à certaines dates. Presque une coutume, ta marraine Bertrande a raison de le dire.

Ça n'empêchait pas les inquiétudes de la *mémi*. Jeannette y répondait par la promesse de mariage qu'elle tenait d'Adrien Dufourcq.

— Il était plutôt beau, peut-être même qu'il était sincère, soupire le *pépi*… Mais un jour, une fille lui est tombée dans les bras…

— C'était ma marraine Bertrande ? demande Margalide prompte à bâtir un roman.

— Non, non, c'était quelqu'un que tu n'as pas connu… une héritière : cela suffisait à faire pencher vers elle le choix d'Adrien, disaient les mauvaises langues… C'était peut-être vrai, peut-être pas…

Une seule chose est sûre : l'héritière un jour s'était éteinte. Adrien serait revenu vers Jeannette mais elle qui avait eu tant d'amour ne lui montrait plus que de la haine.

— Il est parti faire l'orpailleur aux rives de l'Ariège. Après, on l'a dit aiguiseur de couteaux. Certains affirmaient qu'il avait gagné l'Espagne… On n'a jamais bien su. On a vu seulement qu'il revenait avec une Espagnole.

Margalide est satisfaite : il lui semble qu'elle vient d'entrer plus profond dans sa famille.

Pourtant, elle soupçonne le grand-père de ne pas lui avoir tout dit. Au sujet de Bertrande surtout. Elle voudrait poser des questions. N'en a pas le temps. La phrase du *pépi* a le ton de la conclusion :

— Voilà pourquoi ta tante Jeannette est un peu rude avec toi... Elle veut te protéger... de ce qu'elle a connu.

De son bâton de marche, il trace sur le sol le H des Hourcade, avec le cercle formant la marque de la maison. Les yeux regardant le dessin, il marmonne :

— ... Et encore... quand tu étais là... ça allait... mais... maintenant que tu vas partir... à la pensée de te savoir sur les chemins... croisant tous les dangers... et en premier ayant Victor près de toi...

Le *pépi* attend quelques secondes. Il ajoute :

— Pour ne rien te cacher... je la comprends un peu.

Margalide a sur le visage un grand étonnement :

— Tu as peur, toi aussi ?

Bartholomé Hourcade ne répond pas. Il ne voudrait pas parler du risque à la manière de Jeannette : pour devenir homme et femme, garçons et filles s'accordent tous de même façon. A quoi bon aller contre ? Ce qu'il voudrait dire, c'est que ces choses qui sont de beauté ne doivent pas être de salissure ; c'est que ces choses qui sont de nature sont aussi de danger. Surtout pour la femme...

Quand on est homme comment trouver la délicatesse ? Il ne va tout de même pas oser les mots d'ici pour indiquer à sa Perlote qu'on peut « monter l'escalier sans entrer dans la chambre ». Ou encore que le « meunier décharge devant la porte ». Ce sont dictons que l'on n'énonce pas devant les jeunesses.

Bartholomé Hourcade est fidèle à sa morale : elle s'inspire plus qu'elle se dit. Fidèle à lui-même : il est muet.

Margalide lui tend la main. Elle l'entraîne.

— Tu nous conduis dans le bois ? A cette heure ?

La Perlote fait quelques pas, écrasant l'habit rugueux des brandes, le chapeau mou des champignons.

Elle s'arrête :

— J'avais huit ans, *pépi*, quand à cet endroit tu passas marché de brebis avec Léonce Ricaud. T'en souviens-tu ?

— Je m'en souviens.

Margalide est satisfaite. Comme si ce souvenir devait l'aider.

Elle fait encore un pas.

Les choses d'importance ne se disent pas dans la précipitation. Elle attend que son secret mûrisse, monte, soit prêt à paraître.

Elle respire. Se lance :

— *Pépi*... tu m'as fait toujours de belles confidences, tu m'as donné toujours de belles leçons... Sans doute, j'ai oublié certaines d'entre elles. Il en est que je n'oublierai jamais.

Elle revoit, elle revit l'estive où, entre deux chants adressés au ciel et à la montagne, son grand-père lui disait : « Tant qu'on n'aura pas tordu le cou au mensonge, le monde ira dans le malheur. » Elle l'entend dans leurs soirées sous la galerie où, entre le conte de Jean-de-l'Ours et la légende des

Dames-de-l'eau, il lui enseignait le grand principe de l'engagement pris :

— Tu disais : « La parole vaut l'homme ou l'homme ne vaut rien. »

Le *pépi* approuve, fier d'avoir été si bien entendu. Il sait que la Perlote veut aller vers l'important. Il ignore lequel. Il attend. Pas longtemps. Un nuage s'en allant, il voit le visage de Margalide. Ses cils ont battu :

— Je suis sincère, *pépi*.

— Je n'en doute pas, répond le grand-père un peu gêné, un peu s'interrogeant.

Margalide ne veut pas de méprise :

— Sincère parce que... contre tout ce que tu m'as donné, ce que je te dois, ce que je te devrai toujours c'est la vérité. En tout. Sur tout.

Elle s'arrête encore. Reprend avec une voix qu'elle voudrait plus claire :

— Et puis... je suis sincère comme notre pays le dit des fruits et des filles que le ver n'a pas pénétrés.

— Ah ?

Le *pépi* est surpris. Pas du fait, de la confidence. Il est ému. Murmure un petit : « C'est bien » auquel Margalide ne s'attarde pas.

— Je te le dis pour que, moi partie, lorsque ma tante sera dans l'inquiétude, sans lui en faire l'aveu tu puisses la rassurer... Et tu la rassureras mieux encore si maintenant je te jure ceci...

Elle ne peut plus parler. Les mots sont voilés. Un peu solennels :

— Bartholomé Hourcade, mon grand-père, lorsque dans quelques mois je reparaîtrai devant toi, comme la pomme rouge auquel le ver n'a pas touché, je serai encore un fruit sincère.

Sachant tout de la vie, Bartholomé connaît la lourde charge des promesses d'enfant. Il va parler.

Il n'en a pas le temps :

— Voilà mon arbre.

— Mais…

— Il y a sept ans, pour le marché de brebis que tu traitas avec Léonce Ricaud, tu avais choisi ce frêne.

— Tu as bonne mémoire.

Margalide est grave :

— Ce soir, je choisis ce chêne fort. Devant lui, je m'engage.

Dans la nuit, le chêne ne bouge pas. Ayant, semble-t-il, entendu le serment ; compris la noblesse de sa tâche.

Minuscule devant l'arbre aux longues années, Margalide lève la main. Elle jure.

Au pays des montagnes, les hommes ne craignent pas le bavardage des arbres : sachant la honte qu'ils auraient à revoir les témoins de leur trahison, ils craignent les longs chemins difficiles que, leur vie durant, ils devraient prendre pour ne plus les rencontrer.

6

Des sources de la Neste ou du Salat, quittant pics en larmes et clochers endormis, ils sont vingt mille, dit-on, qui descendent de la montagne. Portant sur le dos leur caïche [1] de colporteur ou sachant que bientôt ils la retrouveront chez le cousin de Tarascon, de Saint-Girons, chez la tante d'Artichan-les-Frontignes où ils l'ont laissée voilà six mois, ils suivent la course bondissante de la Garonne et du Vicdessos émigrant vers mer ou océan, vers Toulouse, Bordeaux, Carcassonne aux terres jamais paralysées de froid. Colliers, dentelles, chapelets, rubans, almanachs, romans et prières, aiguilles, clous, serrures, ils ont dans leur charge tout le bric-à-brac nécessaire au quotidien et à la rêverie, à la parure, la piété, la connaissance du monde et de son actualité : fuyant les neiges qui ne fondront qu'au printemps, les caïchets [2] des Pyrénées vont inonder la France ; si nombreux que, les voyant paraître ou accueillant leurs frères de Lorraine ou du

1. Grande caisse ou armoire aux marchandises que les colporteurs portaient sur le dos.
2. Porteur de caisse : colporteur.

Jura, de l'Auvergne ou du Dauphiné, partout la France dira : « Voilà les Gascons ! »

Margalide porte sa couverture roulée haut sur son dos, maintenue par les lanières coupées dans un antique tablier. Dans son sac, elle a mis une coiffe et une jupe de parade, une chemise de rechange, l'obligatoire jupon rouge des jours de menstrues lui venant de sa mère.

Elle chante l'un de ces chants que les autres n'entendent pas. Dont les couplets sans paroles disent : « La vie commence. Mon cœur est content. »

A côté d'elle, marchent Pierre et Guillot, deux jeunots dont c'est le premier voyage, Victor Dufourcq qui, de joyeuse humeur lui aussi, siffle comme un pinson des montagnes, Bertrande et le grand Martin Cartailhac qui, depuis toujours, fait campagne avec les Morère. C'est l'un de ces gaillards à la stature décourageante qu'il est bon d'avoir avec soi au moment des mauvaises rencontres.

— Il ne manque pas de malandrins pour en vouloir à la marchandise, dit Lary qui a retrouvé son pas de soldat.

— Sans parler du pucelage que nous emmenons avec nous et qui pourrait bien intéresser l'un de ces brise-tout ! ajoute Victor radieux.

Margalide ne répond pas. Elle ne rougit même pas.

— Je crois que vous allez avoir un joyeux compagnon ! lui glisse Bertrande guettant sa réaction.

Margalide pense : « Elle est contente que Victor parte à mes côtés. C'est elle qui l'a voulu, j'en suis sûre. Pour embêter ma *tatéi.* Victor lui a obéi. Elle sera déçue, ma marraine. »

Elle ne la regarde pas ; ayant assez à voir, il est vrai, avec ce village que de loin on croit prendre dans sa main et qui bientôt n'est qu'une ruelle tournant autour d'un clocher où dix gorets fouissent un large baquet de mangeaille ; avec ces fumées bleues montant de l'inconnu avant de vous montrer qu'elles viennent d'actives charbonnières.

On descend pendant des lieues. On trouve, bordant le torrent, un bâtiment énorme dont, gigantesque, ruisselante, activée par la poussée des eaux, la vaste roue de fonte semble avoir pour mission d'alimenter l'inlassable cheminée. Là, des hommes forgent le fer. Là, le fer forge des hommes.

Rien pourtant ne surprendra autant la Perlote que ce sol plat enfin trouvé, cette campagne vide qui n'est qu'un ciel immense dont on ne voit pas le lointain. Se retournant, regardant sans cesse sur sa gauche, elle ne peut pas croire que sa maison, son pays sont un point invisible de ces arceaux bleus qui se suivent, la suivent, s'éloignent pour peut-être disparaître bientôt.

Hautes, be soun hautes
Mes s'abecheran
Las mies amourettes
Que s'approcheran...

A Saint-Gaudens, Catinette attendait ses parents dans son jardinet. Lary lui fait une bise sonore. Bertrande l'embrasse aussi, sachant qu'elle aura le temps « d'y revenir » : elle s'arrête ici. En échange, les colporteurs embarquent la marchandise abritée depuis la dernière campagne, deux marmottes [1] qui, reliées par un bât, iront désormais aux flancs de l'âne pour, sous leur toit de verre, offrir aux passants toutes les tentations d'un nécessaire de couture.

— Hue, Gaspenha !

La bête fait trois pas, s'arrête sous l'enseigne voisine : « TAJAN éditeur-dépositaire de librairie à l'usage de messieurs les colporteurs ». Un ballot de romans, opuscules et petits volumes y attendait Lary. Il le complète avec quelques recueils de chansons, *L'Histoire de Napoléon III* par Armand de Vresse, *Le Secrétaire pour tous* de Lebigue et une bonne charge du *Bonhomme Misère* qui, depuis deux siècles, fait la fortune des porte-balles.

Tout est calé dans les armoires, dans la bannette qu'on y ajoute.

Aux côtés de sa fille, Bertrande fait un signe d'adieu. Après deux journées familiales, elle partira pour « les trois départements ».

Lary sait qu'il n'y a pas de temps à perdre en effusions, même pas en tentatives de ventes : on est trop près du départ, la concurrence serait trop grande, le négoce commencera plus loin. Cela ne plaît pas à Victor qui prétend n'être là ni en touriste, ni en curiste, mais pour au plus tôt monnayer les bibelots.

Jetant à Margalide un regard en biais il ajoute :

1. Certains voyageurs et notamment les ramoneurs savoyards exhibaient une marmotte dans une caisse : cette caisse est devenue elle-même la *marmotte* du colporteur.

— J'ai pris femme devant Dieu, moi ! Et j'ai laissé mon épousée à la maison ! Il faut que je lui ramène de quoi tremper sa soupe et s'offrir des bijoux.

Margalide continue de l'ignorer. Elle revoit Fernand venu lui annoncer que sa mère en larmes s'était jetée à ses genoux, le suppliant de repartir pour le séminaire qui les sauverait de l'indigence. Le lendemain, cachée dans l'ombre de la galerie, elle lisait le désespoir sur son visage, elle entendait les exhortations de monsieur le curé Lahondes :

— Marche, Fernand !... Plus tard, tu me remercieras d'avoir fait ton bonheur.

Lary sait où il va. Il connaît les faux amis : dans la montagne, le sentier vous invitant à une descente rapide sans vous dire que dans quelques instants vous aurez à prodiguer mille efforts pour reprendre de l'altitude ; dans la plaine, l'encourageante cavée vous laissant croire à un raccourci alors qu'elle vous entraîne devant un infranchissable marécage.

Le soir, on couche dans la grange dont, depuis l'an dernier ou depuis son premier passage, le maître-colporteur connaît le propriétaire. On échange la paille d'une nuit contre une image pieuse, un porte-bonheur garanti. Pour le prix, le propriétaire ajoute parfois un litre de lait. Salé, il deviendra la soupe chaude dans laquelle chacun trempera son pain.

Ce matin à Marciac, on a perdu Victor.

Lary est plus inquiet qu'il veut le paraître. Il se demande si ce fils de *courbas* qui n'a jamais rien valu n'est pas parti avec sa marchandise.

A Riscle, il est rassuré : Victor rejoint, radieux, se moquant de ceux qui marchent comme des fantassins sans voir seulement le chaland qui les attend :

— J'ai vendu une bobine de fil, un éventail à dessins de soie et deux peignes de Bélesta, l'un de houx, l'autre de corne.

Lary tend la main, prêt à oublier sa colère et sa suspicion dans l'encaissement des pistoles.

Victor triomphe plus encore :

— J'ai même vendu *La Vie exemplaire du Grand Nostradamus*.

Lary, rembruni, ne veut pas le croire :

— Tu... as vendu un fascicule ?

— Cela ne m'a pas été difficile : le cloutier a couru dans la rue pour me demander si j'avais *Les Prédictions*.

Lary explose : aucun roman, aucun almanach, pas la moindre image ne peuvent être vendus s'ils ne portent l'estampille.

— Vous n'aviez qu'à la faire apposer avant de partir !

— Triple buse ! hurle le maître-colporteur : c'est à l'entrée du département que les services préfectoraux doivent l'apposer ! A quoi m'aurait-il servi de les faire apposer dans l'Ariège puisque nous sommes dans le Gers ?

— Il fallait les faire apposer à l'entrée du Gers !

Lary se déchaîne : dans un instant, la petite compagnie sera dans les Landes dont elle battra tout le territoire. Devait-il perdre son temps à quémander des autorisations dans le Gers dont on n'avait que quelques lieues à franchir ?

— Dans tous les cas, moi j'ai vendu ! répète Victor Dufourcq en montrant les pièces aux compagnons.

Lary se demande s'il n'a pas eu tort d'écouter Bertrande : d'emmener ce Courbas qui peut lui causer mille ennuis.

Il prend l'allée qui, sous les acacias, le conduit à la ferme de celui qui se disait *abeilleur*.

L'homme vient de mourir.

Sa fille va de ruche en ruche. Fixant sur le toit de chacune d'elle un ruban noir, elle murmure :

— Votre maître, ce jour, vous a quittées. Travaillez. Travaillez toujours. Bientôt, votre nouveau maître viendra vous saluer.

Montrant un raide chagrin, elle entraîne Lary dans la maison. Le colporteur s'incline devant le mort, cet homme de sagesse au fil des ans devenu un ami. N'osant pas parler, en ce lieu en cette heure, de porte-bonheur, il laisse un peu à regret le petit crucifix de buis dont il comptait tirer au moins vingt sous.

En reconnaissance, le fils apporte dans la grange un pot de terre couvert d'une toile bleue. On l'ouvre. On le respire et chacun étend sur des tartines une belle couche de miel doré : Margalide aujourd'hui n'aura pas à cuisiner.

Elle pense à son *pépi*. Lui aussi partira un jour pour le pays de tous les miels. De toutes les neiges.

Elle voudrait, ce jour-là, ne pas être sur les chemins. Loin de sa main. De ses yeux à fermer.

Une nuit d'estive, il avait murmuré : « Chaque heure m'a appris à vivre. Mon heure dernière m'apprendra à mourir. » Il avait son sage sourire.

Il avait le même beau sourire lorsque, partant avec Lary, elle lui donna le baiser d'adieu. Il chuchotait et cela paraissait un jeu : « Enroule-toi dans ta couverture. »

Elle s'enroule. S'allonge.

Les abeilles dorment-elles, la nuit ?

Margalide ne le saura jamais.

Elle marche.

Vêtu d'une veste en peau de mouton à manches amples, coiffé d'un large chapeau de feutre à la couleur brune volée par le temps, ses jambes équipées de *canaous* de laine blanche enserrées dans des croisillons de toile rouge, un berger enjambe un fossé sur le large compas de ses échasses. Il s'arrête. Un long bâton lui servant de siège, de loin il surveille son troupeau dont une imprudente pourrait bien disparaître dans une mare où elle aurait tôt fait de s'enliser.

Ces mares, ces marais, ce pays posent des questions aux réalités montagnardes de la Perlote. En premier : est-il vrai que ces rivières plates glissant sans bruit entre leurs berges vertes soient les torrents de sa jeunesse qui ne pouvaient faire un mètre sans courir, bondir, chanter, gronder, déchausser les arbres et mordre les rochers ?

Ayant perdu ses sauts et ses tourbillons, ses chevelures blanches et désordonnées qui, là-haut, coiffaient la moindre pierre, l'Adour paisible conduit à une petite colline habitée par une église sertie de maisons rouges. Les briques ont aussi réparé la façade, le clocher.

Lary entre, suivi de ses sujets.

Margalide s'étonne encore : le chemin de croix, au pays peint sur du bois, est ici sculpté dans la pierre ;

l'église est bâtie sur une cave ou, pour mieux dire, sur une autre église.

Ils descendent.

Margalide est pétrifiée : dans une cellule aux solides barreaux, tenu par de lourdes chaînes, un homme hurle un désespoir de bête. A deux pas de lui, son père, sa mère, des nièces et des cousins prient pour qu'il retrouve la raison : patronne des lieux, sainte Quitterie a le privilège de vaincre la démence. Le prisonnier ne le sait pas. Agitant ses fers, frappant son front contre la grille, il crie à l'assassinat, il implore la pitié, enrage, bave, se tape encore :

— Sainte Quitterie ! Ce sont des menteries ! Sainte Quitterie ! Ce sont des menteries !

Il hurle. Sanglote. Le sang de son front rejoint la bave de sa bouche, les larmes de son malheur. Tête basse, la famille continue ses oraisons.

Margalide voudrait s'en aller.

Victor Dufourcq qui ne cessait de regarder le détraqué se tourne vers elle :

— C'est comme ça que je finirai.

Elle frémit, tente de le faire taire.

C'est le contraire qui se produit. Victor a découvert un miracle : sa voix parlant devant cet autel en sous-sol s'amplifie. On l'entend à l'étage. Dans la rue :

— Si on veut m'enfermer dans un uniforme, c'est comme ça que je finirai.

Margalide s'enfuit. Elle pense à Cantopeire, le roc blanc où avec Fernand elle faisait parler la montagne. Le soleil l'éblouit. Deux moines gravissent la colline.

Victor est toujours dans le souterrain. Sa voix tombe du ciel :

— Fou ! Je suis fou et vous l'êtes plus que moi !

Les hurlements et les chaînes du prisonnier ponctuent les invocations rigolardes du Courbas.

La petite troupe a envie de courir. Martin Cartailhac se signe. Les deux jeunes ont pâli.

Victor finit par arriver : voulant s'amuser de ce qu'il a fait pour ne pas pleurer de ce qu'il a vu.

Très en colère, Lary montre le panneau du bureau des autorisations, écaillé par le temps. Il fait entrer tout son monde.

Les colporteurs s'assoient sur un banc, ayant pour mission d'attendre.

Devant sa table tachée d'encre et de bougie, un gratte-papier aux épaules mesquines s'emploie à examiner l'extrait de naissance, le certificat de bonnes vie et mœurs, la patente et la quittance d'acquittement des droits de colportage dont Lary a eu soin de se munir.

Après s'être appesanti sur chaque pièce, le gringalet soupire un « oui » minuscule qui, comme à regret, signifie : « C'est en règle. » Pour finir, il observe « l'autorisation préalable remise au sieur Morère par monsieur le Préfet de l'Ariège ». Il va, à contrecœur, consentir qu'elle est, elle aussi, conforme à tous les règlements lorsqu'un tourment le saisit :

— Tout cela serait bel et bon mais… mais… apparemment il ne s'agit pas du même Morère…

— Comment ?

D'un doigt sale dépassant sa manchette de lustrine, le scribe désigne deux pièces. Il les compare :

— Vous voyez comme moi que le Lary Morère dont il s'agit ici est orthographié avec un R… alors que le Lary Morrère que nous avons sur ce reçu en comporte deux.

— C'est une erreur, explique Lary un peu embêté.

Le rond-de-cuir se gratte le menton. Il hoche la tête. Réfléchit. Il ne peut pas prendre sous sa responsabilité de laisser entrer deux Lary Morère dans le département :

— Vous allez me laisser vos papiers. Je vais les envoyer à la préfecture…

Lary sursaute. Il exhibe son passeport délivré par le maire :

— … « Invitons les autorités civiles et militaires à laisser passer et librement circuler de l'Ariège à Paris… »

— Rassurez-vous, coupe le souffreteux : Mont-de-Marsan n'est qu'à huit lieues d'ici. La poste aux lettres est méthodique. Si là-bas messieurs les expéditionnaires opèrent avec célérité, dans trois ou quatre jours tout peut être revenu.

Depuis que le mercelot « portant au col la courroie tenant son éventaire » devait demander au seigneur l'autorisation de parcourir ses fiefs, depuis que, au fil des siècles, rois et empereurs publient interdits et arrêts, engagent poursuites et prononcent sentences contre *bloches, bricoleurs, pieds poudreux, baladeurs, porte-tablettes* et autres coltineurs de l'armoire à talons, les Jean-de-la-Bricole ont appris l'humilité : connaissant l'inutilité des éclats, Lary, en trente minutes de palabres doucereuses, ébranle le consciencieux qui, semblant déjà regretter sa mansuétude, lui remet ses papiers. Victor Dufourcq va à la fenêtre, poussant des soupirs d'impatience. Il en revient, s'assied, ses doigts roulant du tambour, ses pieds frappant le parquet.

Le fonctionnaire se tourne vers lui et, sans autre explication, il lit à son intention une circulaire ministérielle :

— « Toute espèce de colportage de livres est interdite. Si, mue par des sentiments d'humanité, l'Administration croit devoir tolérer un tel commerce comme offrant des moyens d'existence à des citoyens malheureux, cette faculté doit toujours être considérée comme une tolérance que l'autorité peut faire cesser aussitôt qu'une telle mesure lui paraît opportune. »

Cela suffit à Lary pour lui faire entendre qu'il faut presser le mouvement :

— Il n'y a plus qu'à poser le tampon sur les ouvrages.

— Il y en a beaucoup, fait le fonctionnaire évaluant les cinq piles de livrets.

Le clocher égrène des coups lourds. L'employé enlève ses manchettes :

— Nous ferons ça cet après-midi.

— Mais…

Le maladif explique :

— Je dois manger à heures fixes… C'est un ordre du médecin.

Il indique, dans la cour, un puits et une écurie sans emploi. Il les y conduit :

— Vous serez à l'aise pour m'attendre.

Il s'en va.

Victor fonce vers la fenêtre du bureau. Il pousse le battant, enjambe le muret. Le voilà dans la pièce.

— Qu'est-ce que tu fais ? demande Lary affolé.

— Vous ne pensez pas que je vais attendre cet endormi ?

— Tu n'as pas le droit d'entrer.

— Et vous, en Algérie ? La cartouche, avant d'ouvrir le ventre des bédouins, elle leur demandait la permission ?

Lary est outragé par cette comparaison.

Victor Dufourcq a disposé la première des cinq piles sur le bureau. Prenant un timbre au hasard, il va poser l'estampille sur le premier livret.

Le maître-colporteur pense in extremis que, posé en fraude ou pas, un tampon adéquat fait courir moins de risques qu'un tampon inconsidéré. Il crie :

— Non !… Pas celui-là !

Il est vaincu :

— C'est l'autre… le noir… marqué des deux clous de cuivre.

Satisfait, tranquille, le Courbas se met à empreindre son tas de livrets : dans quelques minutes ils seront « autorisés à la vente par colportage dans le département des Landes ».

Ce matin, malgré elle, Margalide a été émue par le trouble de Victor regardant la folie. Par sa démence trop effrayante pour n'être que simulée.

Elle est maintenant outrée par son comportement.

Pour être sans entraves, faut-il être sans conscience ?

Lary l'étonne. Le militaire que l'on voyait obéir aux ordres de sa femme retrouve à la tête de son escouade des allures de chef.

Défilant devant les platanes superbes de Mont-de-Marsan avec la majesté des platanes eux-mêmes c'est-à-dire avec la taille redressée d'un lieutenant de spahis, se sortant des marécages de Contis avec l'habileté de mille pontonniers, franchissant des lieues de sable blanc avec l'aisance d'un Touareg en son désert, il est à lui seul une armée, un exemple, un entraînement.

Arrivant au village, il entre dans l'église, se signe, remercie Dieu de lui conserver les forces nécessaires au combat de chaque jour puis, s'agenouillant sur le carreau, il prie avec ferveur pour la victoire des justes, c'est-à-dire pour la réussite de son commerce dans la paroisse.

Sortant de l'édifice, il se dirige vers son angle sud-ouest où, de la pointe d'un caillou, il trace sur le mur ses initiales surmontées d'une croix. Il les souligne d'un trait terminé d'une pointe. Ceci indique aux confrères la direction du territoire choisi par lui : il y a lieu de ne pas l'y concurrencer. Dans cette direction, il sait, sous un petit bois de chênes-lièges, une vaste hutte de planches mal jointes dont la haute toiture de brande s'effiloche, s'aère, ouvrant de larges horizons au soleil et à la pluie. Là, il établit le bivouac que Margalide aura la charge de faire vivre.

Au matin, les compagnons partent « en étoile » vers les fermes, les cabanes, les hameaux.

Le soir, ils font les comptes. Les comptes rendus. Ils disent les clients accueillants ou récalcitrants, s'amusent de cette fermière déclarant à Lary :

— Votre livre, je ne peux pas vous l'acheter, je ne l'ai pas lu !

Les deux jeunots ne vendent guère. L'imprimé leur fait peur. Aussi illettré qu'eux mais plus expérimenté, Martin Cartailhac se débrouille toujours à placer *L'Histoire de Jean de Paris, Roy de France, La Vie de Judas Iscariote qui vendit son Seigneur, L'Aventure du Juif-Errant, lequel depuis l'an trente-trois jusqu'à l'heure présente ne fait que marcher* : ce sont contes qui, depuis trois, quatre siècles, habitent la caisse du colporteur. Les clients en connaissent les titres. Victor les vend bien aussi. Il en montre une fatuité qui agace Margalide. Elle se dit que si Lary lui faisait confiance, elle saurait vendre. Aussi bien que d'autres. Mieux, peut-être.

Dans la journée, elle s'ennuie.

Elle voudrait qu'il y ait toujours le marché où l'on voit tant de monde et tant de couleurs, la fête, cette *assemblade* de Suzan où, dans une vaste prairie abritée de chênes antiques, près d'une chapelle fluette ornée d'un long porche en forme de lavoir, des centaines de personnes se sont retrouvées avec des milliers de cochons. Cette foire est la leur. Ils le savent, le disent de leur groin grognon, grognant. On jurerait qu'on les dérange alors que, affalée sur l'herbe, une truie indifférente allaite ses petits.

Il y a aussi des moutons, les maigrichotes vaches landaises « engraissées dans le sable des dunes », disent les acheteurs ; quelques chevaux, des bœufs accompagnés de leurs maîtres au surprenant tablier de cuir : il les couvre du dessus de la poitrine au-dessous des genoux. En bout de champ, les bergers échangent des béliers qui, ayant servi deux années chez eux, doivent s'expatrier pour éviter à leur descendance tous les dangers de la consanguinité. Un vieux pâtre fait tinter près de son oreille des clochettes dont les accents doivent s'harmoniser avec la musique du troupeau. D'un coup de lime, il les met dans la note.

Connu de tous, le grand Labat a posé son béret à terre. On jette quelque obole pour le plaisir de voir l'artiste, perché sur ses échasses, se saisir du béret sans perdre une pièce. Si l'une d'elles tombe, il met de sa poche autant d'argent qu'il y avait dans le béret. Il ne perd jamais. Sauf au début : pour encourager les parieurs.

Margalide est enchantée. Elle voit. Elle vit.

Victor la regarde de loin. Son œil assuré dit : « Toi, ma petite, je t'aurai un jour. »

Elle se détourne.

Lary a revêtu cette tenue qui la ravit. Portant culotte à l'ancienne, bas de coton mauve, habit bleu vétuste auquel pourtant ne manque aucun galon, le maître-colporteur se montre maître-bonimenteur :

— Approchez, les Landais ! Approchez, les Landaises ! Nos almanachs et tous nos opuscules ont été écrits et imprimés à l'intention spéciale des éleveurs de cochons, tondeurs de moutons, collecteurs de résine, à l'intention particulière des scieurs de bois, de leurs femmes et de leurs enfants !

Bergères à la coiffe pointue, jeunes femmes à la robe de laine protégée par un tablier qu'elles portent en triangle, un coin inférieur remonté à la taille, charretiers au ventre prisonnier de la ceinture de flanelle qui, après l'effort, leur évite de refroidir leur dos sensible aux courbatures, tous s'arrêtent. Curieux.

Lary les salue, ôtant son chapeau gris qui, dans ses voyages, a su conserver la forme évasée d'une cheminée de locomotive. Il prend dans sa boîte une estampe du bon curé d'Ars, un fascicule de la légende de Charlemagne. Il raconte par le détail la bataille de la Mort contre la Misère : avec avantage à cette dernière qui, en conséquence, « restera sur la terre tant que le monde sera monde ».

Dans leur costume de pâtre miniature, des bergerots aux yeux étonnés regardent les vieux aux rides blasées qui, d'un mouvement de tête, semblent dire : « Ça pourrait bien être vrai ! »

Les commis passent dans le public, présentant les livrets qu'ils reconnaissent aux fioritures de la couverture. *Les Contes des mille et une nuits* s'envolent avec *L'Escamoteur de bonne société* destiné à éclairer le joueur sur les bons tours que réservent les cartes.

Deux gendarmes sont descendus de cheval avant qu'on les ait vu venir :

— Veuillez nous montrer votre marchandise.

— Elle est en règle.

— Nous allons en juger.

— Vous pourrez en juger après l'assemblade, plaide Lary.

Au-dessus de « la sardine blanche » dont parle la chanson de Nadaud que désormais toute la France connaît, le brigadier porte une figure nocive :

— Nous avons des ordres. Et après l'assemblade, nous serons loin.

Sous son nez, un impertinent chante le refrain à la mode :

Brigadier, répondit Pandore,
Brigadier, vous avez raison !

Le brigadier fixe sur lui un regard froid comme les murs d'un prochain cachot. Le loustic disparaît. Les gens s'esquivent.

— Ouvrez toutes vos armoires !

Lary s'exécute.

Méthodiquement, le chef et son adjoint « au jaune baudrier » vérifient les livrets.

— Vous voyez bien qu'ils sont tous tamponnés ! s'écrie le maître-colporteur.

— Je vois, consent le chef.

Il est perplexe. Regarde Lary :

— J'aurais juré le contraire.

A Aire-sur-l'Adour, revenant l'après-midi à son bureau, le préposé avait eu la certitude que, pendant son absence, une pile avait disparu. Elle n'avait pas été soumise à l'estampille. Il n'avait rien dit mais, le maître-colporteur parti, il avait alerté les autorités.

Les gendarmes se retirent à contrecœur.

Victor Dufourcq a suivi la scène assis sur la forte branche d'un chêne. Il est radieux.

— Ma parole, ça t'amuse ! s'écrie Lary indigné.

— Les pandores ont fait vingt lieues pour rien, le cul sur leur selle !

Le maître-colporteur va et vient sous l'arbre, levant la tête pour maudire à la fois le ciel qui n'a rien empêché et cet écervelé qui parle sans savoir :

— C'est moi qui ai fait des lieues pour rien ! Tous les clients enfuis devant les bicornes ! Ma recette perdue ! Crois-tu que je parcoure les chemins du colportage pour le plaisir de rire de la maréchaussée ?

Margalide éprouve une véritable satisfaction. Elle ne le montre pas : cette colère, cette semonce, ces invectives lui semblent une justice. Peut-être une espérance.

La vie lui paraît plus légère.

Elle a fait bouillir en chantonnant les navets qui adouciront le goût du porc salé.

Elle étend sur de hautes fougères encore ensoleillées la flanelle[1] décrassée, la veste trempée par la pluie, le pantalon dont les jambières ont dû traverser le cours vaseux de la Midouze ou de la Leyre.

Rentré avant les autres, Victor la rejoint :

— Tu vas faire la fière longtemps ?

Elle s'éclipse avec la tranquillité de ceux qui n'ont pas de temps à perdre.

— Si tu ne parles pas, tu finiras par être comme les moines de Saint-Benoît que nous avons vus hier à la fontaine de Bourricos : ils ne s'adressent qu'à Dieu et à leur cithare !

Ayant enflammé un galipe[2], Margalide le glisse sous un tas de pignes et de petites branches : ici chauffera la soupe.

Elle va à la grange. Entre.

Le Courbas s'appuie au grand portail, se grattant le dos sur le chambranle :

— Tu n'es pas une vraie.

Elle se retourne. Déjà vexée par ce mot qu'elle ne comprend pas :

— Une vraie ?

— Tu vaux mieux que la domestique et tu fais la domestique. Tu n'es pas une vraie : les vrais font ce qu'ils veulent.

Elle demande :

— Les vrais quoi ?

— Sur la terre, il y a ceux qui vivent : ce sont les vrais ; et ceux qui croient vivre : ce sont les autres.

1. Maillot de corps en flanelle qui lui donna son nom.

2. Le bois tombant du pin entaillé par le hapchot pour obtenir la résine.

L'ironie change de camp :

— Toi, tu fais ce que tu veux sans doute ?

Il acquiesce. Elle ne retient pas sa question :

— Tu voulais te marier avec la Veuve alors ?

Il prend un temps. Ignore la moquerie :

— Je fais ce que je veux et surtout je ne fais pas ce que je ne veux pas. Entre me marier avec une idiote et risquer de me faire tuer comme un idiot au Mexique ou en Crimée, j'ai choisi.

Margalide est choquée. Non par ce refus de porter les armes dans des guerres qu'elle ignore mais par cet « idiote » tombant sur la tête d'une femme que l'on a épousée.

Victor Dufourcq comprend peut-être cela ? Il veut adoucir la rébellion, prend Margalide par la taille.

Elle se retourne d'un bloc :

— Jamais plus tu ne m'embrasseras.

L'entreprenant est surpris :

— Je n'ai pas dit que je voulais t'embrasser.

Une idée lui vient :

— Tu oublies que je suis marié !

Cette pensée le fait rire aux éclats.

Pas longtemps : un crépitement les affole. Le feu court sous les aiguilles de pin. Rampant. Comme une brûlante inondation. Les flammes sont rapides, elles avancent de front, obliquent, se dispersent, coulent vers un taillis. Avec un « Clac ! » énorme, une pigne semble éclater de bonheur. Margalide est pétrifiée. Le feu est plus sournois qu'un Courbas. Imprévu. Dangereux. Menaçant de ruiner la forêt.

Victor a foncé dans la bergerie, s'est emparé d'une couverture, il ressort, lance la couverture sur l'incendie, se jette dessus pour mieux l'aplatir, empêcher l'arrivée d'air, étouffer le foyer. Il se relève, recommence plus loin, à genoux, frappant, aidé maintenant par Margalide qui, sous ses ordres, s'est saisie d'un arbuste avec lequel elle tape, tape sur les flammes… Peu à peu, elles se transforment en fumées bleues, grises dans lesquelles se plaint une branchette chargée de résine.

C'est fini. Victor jette un seau d'eau sur le sinistre maîtrisé. Un autre. Il est sale. Noir. Brûlé à une main.

Margalide veut le soigner. Il refuse, rit de sa blessure qu'il croit guérir en aspirant le sang.

La couverture aussi est brûlée. Elle montre deux grands trous soulignés de bordures marron qui craquellent sous les doigts et, bien vite, deviennent cendres.

Dans la nuit, l'odeur en est obsédante. Enroulée, Margalide se demande si elle est toujours protégée. Si ces déchirures dans lesquelles elle passe sa main ne sont pas des brèches par lesquelles le malheur va entrer. Elle a laissé la sévérité dans laquelle sa *tatéi* l'enfermait pour les obligations monotones dans lesquelles Lary, Victor, tous les hommes la maintiennent. Tout le jour, elle sort de la bergerie au toit de brande touchant le sol pour se trouver dans les pins au toit vert cachant le ciel. Les fûts droits font, devant ses yeux, un mur d'écorce. Au pays, l'hiver la faisait prisonnière de la maison qui était prisonnière de la neige ; ici, chaque jour la fait prisonnière de la forêt qui se fait prisonnière de la forêt : les pins envahissent la lande aussi sûrement que, cet après-midi, le feu rognait le sous-bois.

Elle n'y tient plus.

Lary et sa troupe à peine partis, elle va sur un chemin ocre, blanc, mou. Il aboutit à une clairière animée par des pioches, des pelles, des hommes défonçant la couche d'alios qui empêcherait de s'épanouir les racines des pins futurs. Elle ne s'attarde pas, rencontre de lourds tombereaux roulant en marche cabossée sur une route faite de pins couchés côte à côte. Une bécasse s'envole. Des sarcelles. Margalide contourne une plaine boueuse où d'autres hommes se battent contre l'eau, la vase, les moustiques. Elle se retrouve grâce au soleil qu'elle sait devoir taper son dos. Elle a dérangé un troupeau de vachettes courant en liberté, est allée toujours vers ce grondement jamais entendu, grandissant comme elle approchait.

Un mur nouveau monte jusqu'aux nuages. Couleur de cendre claire. Etincelant. Fait de sable immobile qui voltige pourtant. Elle est aveuglée. Chaque pas s'enfonce dans le mur. Elle monte, monte, parvient sur la crête nue…

L'océan est là. Tableau inconcevable au regard montagnard : pas de pics, de massifs, pas la moindre colline. La vallée est sans fin, bordée très loin par une ligne invisible qui n'a pas une dent pour mordre le ciel. Dans cette prairie au vert profond, les labours apparaissent et disparaissent, les sillons se dressent en vagues bordées d'écume : comme en montraient les lèvres du fou hurlant sa détresse à sainte Quitterie.

— C'est beau, la mer, petite fille.

C'est un vieux, aux pieds nus. Son pantalon retroussé au-dessus des genoux est trop large pour ses os pointus. Il porte lui aussi la ceinture de flanelle mais elle est noire et la peau de mouton qui recouvre son torse a mis la laine à l'intérieur : pour qu'embruns et pluies d'automne glissent sur le cuir.

— Il y a quatre-vingts ans que je suis né ici. Depuis, chaque jour je regarde l'amie. Immense. Cruelle.

Margalide ne parle pas. Elle surveille ces yeux qui la surveillent. Etroits dans cet étroit visage aux rides profondes et sales : comme trop creusées par le vent et le sel.

— Je dis « chaque jour » et je pourrais dire « chaque nuit ».

Comme il prononce « la nuit », la Perlote sent monter toutes les menaces de l'ombre.

Les yeux sont immobiles :

— Tu as peur, petite fille ?

Margalide ment un peu :

— Non.

— Tu as tort. Tout le monde doit avoir peur de tout le monde.

La voix est persuadée. Persuasive.

Margalide va se lever. Le vieux l'oblige à rester. Comme si cela était la sagesse :

— Où irais-tu ? Le danger est partout. Tu fuirais celui d'ici pour tomber dans un autre qui t'attend à deux pas.

Il regarde le large :

— Pour les gens de la terre, le danger vient de l'océan car il se fâche, ronge, agresse, emporte, engloutit. Pour les gens de l'océan, il vient de la dune sage qui ne parle ni ne bouge.

Il a un rire maladif, orgueilleux, un peu anxieux. Son père, son grand-père venaient ici chaque nuit avec leurs bœufs équipés d'une lanterne portée entre les cornes. Par une longe, une corne était liée à la patte arrière de l'animal : il boitait et ce fanal balançant trompait les marins...

— ... Ils le prenaient pour le feu d'un navire... Ils pensaient, ayant ce navire entre la côte et eux, être éloignés des terres. Ils s'approchaient, s'échouaient sur un banc de sable. Ils étaient déclarés épaves... Il n'y avait qu'à se servir.

Le vieux est triste :

— Les navigateurs ne se laissent plus prendre... On dit que quelqu'un les a prévenus.

Toujours, il regarde l'eau, la dune, le passé, les ingéniosités perdues...

— ... Je viens quand même chaque nuit... avec mes bœufs et la lanterne.

Margalide se demande s'il dit vrai ou s'il est un peu fou.

Il se lève. Soupire. Explique sa faiblesse :

— J'espère toujours !

Il est parti.

Il est loin sur la plage.

Les vagues se roulent à ses pieds. Faisant soumission.

Il se retourne, mêle sa voix à la voix de l'océan :

— C'est l'espoir qui fait la vie des hommes... Les bêtes ont l'instinct, les hommes ont l'espoir.

Margalide s'est levée. Elle frissonne. Elle pense aux histoires de brigands que contaient son *pépi*, les voisins aux soirées de teillage. Tricotant « aux cinq aiguilles » pour bien arrondir la chaussette, avec les autres elle aimait Pelot, le bandit dont les veillées pyrénéennes voulaient croire qu'il prenait aux riches pour donner aux pauvres. Etait-ce vrai ? Elle avait peur des Espagnols attaquant la diligence près de la frontière pour être plus vite repassés dans leur pays. Elle détestait les voleurs de vaches et de chevaux, les jaloux incendiaires, les déserteurs se faisant détrousseurs de marchands.

Margalide le sait : il faut fuir la terre et les bois, la montagne et l'océan. Il faut fuir les Victor Dufourcq, les Lary Morère, ceux qui vous prennent comme la montagne, vous roulent comme l'océan. Il faut trouver ceux qui vous parlent et vous considèrent, des « *pépi* » qui chantent et savent aimer : il faut trouver ceux qui vous permettent de vous trouver.

On ne les rencontre ni dans l'aventure, ni dans la solitude.

Il a raison le patriarche de l'océan : les bêtes ont l'instinct.

Margalide a l'espoir. Elle va travailler. Chaque jour, sa tâche accomplie elle prendra la bannette, elle ira dans les fermes les plus proches : comme Bertrande elle fera une « petite tournée ». Cela apportera une recette supplémentaire. Lary l'appréciera. Et si...

C'est une idée folle qui lui est venue : si un jour, Lary Morère doit se séparer de Victor Dufourcq pour sa mauvaise conduite, elle prendra la place de Victor Dufourcq.

Une deuxième idée. Plus saugrenue : la *tatéi* sera vengée.

Lary rentre.

Il pose sa caïche, enlève ses pesants souliers, ses bas à grosses mailles.

Margalide emplit le seau dans lequel avec délice il trempe ses pieds.

Elle expose son projet.

Tout au bonheur de son délassement, il ne l'entend pas.

Elle reprend.

Il est bougon :

— Je te répète qu'avec cinq hommes sur la route, il faut une femme pour ravauder, cuire, pour garder la marchandise et s'occuper de l'âne.

Elle ne se laisse pas faire.

Il élève le ton.

Elle aussi. Il est son cousin, son oncle, le mari de sa marraine, le maître du colportage : tout cela, elle le respecte…

— … Mais après avoir pensé à soi, rien n'interdit de penser aux autres !

Lary est surpris par l'insolence. Il va se fâcher.

Cela ne mène jamais où l'on veut.

Il soupire :

— Dans moins d'une semaine, nous serons en Gironde. Tu y feras tes débuts. Nous verrons si le colportage te convient.

Margalide a un élan. Elle se jette sur son bienfaiteur pour un baiser de gratitude.

Il l'écarte du coude :

— Fais-moi passer le torchon. Tu ne penses pas que je vais me rechausser sans me sécher ?

La Perlote s'exécute. Joyeusement.

Il ajoute :

— Quand j'étais fatigué, ta marraine m'essuyait les pieds.

7

Parmi les contes moyenâgeux et toujours jeunes offerts par les colporteurs, Margalide doit avoir, dans sa marmotte, *Le Roman de Renart*. Si elle en connaissait quelque événement, elle saurait que le bélier moqueur y répond au nom de Belin.

Cela ne lui expliquerait pas pourquoi ce village de Belin, première paroisse girondine rencontrée sur sa route, est la mitoyenne voisine de Béliet ; pourquoi ces deux paroisses aux noms et aux terres si proches refusent de n'en faire qu'une ; pourquoi, têtus comme un même bélier, gens-d'ici et gens-de-là n'ont qu'un trait commun : l'ardeur mise à ne pas vouloir s'entendre.

C'est un autre trait que, depuis ce matin, leur connaît Margalide : ils refusent tout achat. A l'unanimité.

A midi, si l'on excepte une image de la Vierge achetée par madame Arnaudin tenant buvette à Béliet « pour marquer le passage et à titre de protection », elle n'a rien vendu, rien échangé. Ce n'est pas ainsi qu'elle convaincra Lary.

Elle est dans la boue d'une ferme où vivent la mère et le fils. Rien ne peut les intéresser : ni les imprimés parce qu'ils ne savent pas lire, ni les chapelets parce qu'ils ne croient pas en Dieu. Ni même les peignes de Bélesta : le fils est chauve ; la mère ne s'est jamais peignée de sa vie :

— Je ne vais pas à mon âge changer mes habitudes.

Hachurant la lande en rayures obliques, la pluie tombe sans vivacité, comme ayant pris l'habitude d'occuper le ciel et la terre, tous les regards. Avec douceur, elle se pose sur les dernières vieilles pierres du château où Aliénor d'Aquitaine vécut ses jeunes jours. Margalide ne le sait pas.

Au bas de la butte, une fille l'appelle. De mine fragile. De bonne tenue.

S'intéresserait-elle à son commerce ? Elle ne peut le croire. Se laisse glisser pourtant sur la forte pente.

C'est bien à elle que la fille en veut. A sa marchandise.

Elles entrent dans une maison de grande apparence, traversent une salle aux meubles de chêne, parviennent à un cabinet aux lourdes tentures. Il est habité d'un bureau, d'une bibliothèque d'acajou. Là se pressent cent tranches de cuir aux titres dorés. Dans la pièce voisine, une boule rouge, deux boules blanches attendent, sur tapis vert, le bon-savoir d'un amateur de billard.

La jeune fille s'appelle Clotilde Labarthe :

— L'an dernier, mon père acheta pour moi au colporteur *Les Civilités* de monsieur Erasme. J'ai pris à les lire un plaisir monotone. Je voudrais, pour faire pièce à mon père, un autre ouvrage… susceptible de le conduire vers de meilleures appréciations des êtres et des choses. Auriez-vous de quoi me satisfaire ?

Clotilde Labarthe lit une phrase relevée dans *Les Civilités* : « Quand une fille sait faire la révérence, tenir ses bras, sourire en se pinçant les lèvres, ne pas présenter la main droite au lieu de la main gauche, ne pas trop ouvrir la bouche en riant, en voilà assez : elle est bonne à marier. »

Elle regarde Margalide :

— Ne croyez-vous pas qu'il y ait à répondre à cela ?

Margalide est pétrifiée. Elle ignore Erasme. A ce jour, elle a ouvert la bouche à sa guise ; elle n'a jamais pincé ses sourires et, hormis en dansant quadrille ou réménille, elle n'a jamais pratiqué la révérence.

La jeune personne se méprend sur ce silence :

— Penseriez-vous, avec le philosophe, que notre sexe n'ait rien de mieux à connaître que sa main droite et sa main gauche et la façon convenable d'ouvrir la bouche ? Sont-ce là des connaissances nécessaires et suffisantes pour nous envoyer au mariage ?

Pauvre Perlote ! Etouffée par ces tentures et ces tapis, assommée par ces bibelots fragiles, ces livres, tout un monde qu'elle ne soupçonnait pas, elle voudrait s'enfuir, regagner les Pyrénées... Une idée lui vient qui, comme elle l'énonce, la fait rougir :

— Mademoiselle... je repasserai l'an prochain avec les colporteurs.

— L'an prochain ?

— Oui. Et... je vous promets qu'alors... je saurai vous répondre.

La jeune Clotilde considère Margalide. Elle comprend l'embarras dans lequel ses questions l'ont jetée. Elle prend sur un guéridon une bourse de soie bleue, en tire le cordon couleur d'orange :

— Mon père craint mes folies et me laisse peu d'argent. Je veux prélever sur mon propre avoir pour vous acheter une effigie de notre bonne Vierge. Elle me protégera peut-être contre mes plus dangereuses interrogations.

Un homme est entré. Sûr de sa force, de sa houppelande triomphant de la pluie, sûr de sa réussite et même, semble-t-il, de sa moustache retroussée. Cela se voit, s'entend, se hume : il est monsieur Labarthe, maître de la maison et de la fonderie dont, à une demi-lieue, fume la haute cheminée de briques. Là, depuis quelques petites décades l'alios que l'on trouve partout dans le pays devient fer pour les uns, gagne-pain pour les autres, fortune pour ce maître de tout qui, devant Margalide, fronce le sourcil :

— Jeune fille, je vous demande de me répondre en toute franchise : le portrait de la Vierge Marie que vous vendez deux sous assure-t-il le bonheur de ceux qui vous l'achètent ?

Margalide est très embarrassée.

Monsieur Labarthe est précis. Pressé.

— Oui ou non ?

— Oui… sans doute… Enfin… on me l'a dit, murmure Margalide.

Le maître agite l'effigie :

— C'est bien ce même portrait que vous avez vendu ce matin à madame Arnaudin tenant buvette en la paroisse de Béliet, n'est-ce pas ?

— C'est le même, consent la Perlote qui ne voit pas du tout où mène cet interrogatoire.

Le maître triomphe :

— Alors, jeune fille, voulez-vous m'expliquer comment, ayant en mémoire que les gens de Béliet n'ont d'autre bonheur que le malheur des gens de Belin et que, d'autre part, les gens de Belin ne peuvent avoir de joies plus grandes que de voir fondre les plus grandes calamités sur les gens de Béliet, oui, expliquez-moi comment, dans ces conditions, votre image pieuse peut apporter à la fois la félicité aux gens de Belin et aux gens de Béliet ?

Margalide est médusée. La démonstration a fait d'elle une muette. Elle n'a d'ailleurs pas le temps de parler :

— Dehors !... Dehors !... hurle le maître de tout. A la porte, les charlatans !

La frêle Clotilde veut intervenir. Elle supplie. Il n'y a rien à faire.

La Perlote est sortie. Elle est vaincue.

Sa bannette sur le dos, elle va dans la lande, marchant vers le hameau de Mons où elle doit retrouver Lary. Elle pense que bientôt les pins engloutiront aussi les clochers. Elle se sent disparaître.

Cette impression la suit lorsqu'elle aborde l'automnale commune de Pessac. Elle pense aux paroles de Clotilde. Peut-on être enfermé par des textes comme on peut l'être par la neige des montagnes ou par les pins sans fin de la terre landaise ? Face à Clotilde, n'était-elle pas, elle, plus enfermée encore par les textes qu'elle n'avait pas lus ? Et la mariée algérienne dont riait Lary ? Enfermée par la coutume abominable d'exposer son sang à la fenêtre ? Son plus intime secret à la curiosité des voisins ?

Sur le chemin blanc, les feuilles tombent, se poursuivent, s'enroulent, s'échappent. Elles vont former au pied des vignes des taches brunes, verdâtres, épaisses, bientôt corrompues.

La Perlote revoit sa mévente aussi. Elle entend la conclusion de Lary :

« Tu n'es pas faite pour le colportage. »

Elle était humiliée, aurait voulu protester. Bonhomme, il la rassurait :

« Ne t'inquiète pas. Tu ravaudes bien et ton fricot a bon goût : ce n'est pas moi qui te renverrai. »

Sur un sol rondelet, les raiges [1] disciplinées partent vers des chais bienfaisants, des demeures aux clochetons élégants, aux perrons fleuris.

Lary passe en revue le vignoble comme il passait en revue la forêt.

Il lance des noms inconnus du petit groupe : Haut-Brion, Pape Clément, les Carmes-Haut-Brion... Il affirme que, voici quatre années, la première Exposition universelle londonienne a accordé sa Médaille d'Or à ces vins du Château La Mission élevés jadis pour combler les palais des princes de l'Eglise. « Boire du bon vin, c'est honorer Dieu », disait Fénelon.

« Pas de vin, pas de soldats », disait de son côté Napoléon. Ils sont là, ses vieux de la Garde : en cette maison qui, derrière les sablières de la rue de Marseille, tout près des frais ombrages de Caudéran, abrite leurs derniers jours.

Crânes et bonnets de carabiniers ont perdu quelques poils, les cheveux noirs sont devenus blancs mais les dragons s'efforcent de rester aussi verts que leur

1. Les rangs des vignes. Mauriac écrit : « règes ».

uniforme pieusement entretenu. Un demi-siècle passé loin du champ de bataille n'a vaincu ni l'ardeur du carabinier roulant du tambour, ni le souffle du trompette de hussards qui, encore, sonne le rassemblement.

Lary connaissait le lieu.

Il savait que, pour l'offrande de quelques images d'Epinal, sous ce toit il trouverait le pain et le sel et même une chambre au chaleureux édredon. Il a pris la chambre, a montré aux quatre hommes un dortoir aux sobres paillasses. Aux murs pendaient la petite giberne d'un chasseur à cheval, une sabretache d'officier effilochée par l'âge et, ramené sans doute au titre de modeste trophée, le pantalon bleu pâle d'un fantassin espagnol.

A Margalide, on a octroyé sous les combles un réduit servant de réserve de linge.

Victor l'y a rejointe, prétendant choisir une chemise à emporter dans sa besace. Elle a protesté, il lui a fermé la bouche de sa main solide, en a profité pour l'attirer, a voulu remplacer sa main par ses lèvres, elle s'est battue jusqu'à ce que, une fois encore, il la traite de poule mouillée qui jamais ne comprendra rien à rien…

— Je comprends que je vais tout dire à Lary ! lance Margalide, farouche.

— Qu'est-ce que tu vas lui dire ?

— Que tu voles ceux qui nous hébergent ! Il te mettra à la porte !

Victor rit plus fort : met-on à la porte son meilleur vendeur ?

— Lary est honnête !

— Il a l'honnêteté des lâches : ceux qui sont vertueux par crainte de la prison.

— Lary n'est pas lâche : il a été soldat.

Victor est hilare. Lary est un mouton. Il a tiré devant lui pour éviter que ses chefs lui tirent dans le dos. Revenu de ses frayeurs, il les a baptisées « bravoure » :

— C'est un pleutre et un fourbe… Sais-tu pourquoi il t'a lancée dans le colportage sur ces territoires de Belin et Béliet ? Parce que c'est la plus mauvaise étape de sa campagne… Il savait que tu ne vendrais pas.

Elle crie :

— Tu mens !

— Il me l'a dit : depuis des années, il ne s'y arrêtait plus.

La phrase saisit Margalide.

Elle écoute :

— Tu as cru qu'il t'essayait à la vente ? Pas si bête : il te prouvait que tu ne valais rien ! Que ta place était à la cuisine… au ravaudage… à l'endroit où il a besoin de toi.

Les affirmations de Victor Dufourcq, le désarroi qu'elles éveillent chez Margalide s'accompagnent soudain d'un grand brouhaha.

En bas, le repas est terminé. Le vin coule dans les gobelets, dans une timbale cabossée où l'on peut lire encore une date, un prénom de femme, d'enfant, un nom qui ressemble à Austerlitz, la vie en un mot de ces hommes qui, hier vaincus par les armes, sont aujourd'hui vaincus par le temps : l'honneur est sauf.

La chanson née sous les pieds des grenadiers fondant sur Marengo est reprise par toute la Grande Armée :

Au pas, camarade, au pas camarade,

Au pas, au pas, au pas...

Les défaites s'effacent au souvenir des victoires qui les avaient précédées. Toutes les mains tapent sur les tables. En cadence. Mettant en joie ces grognards qui bientôt n'auront plus la force de grogner.

Lary se lève.

Au plus âgé, il remet *La Bataille et le Passage du pont de Lodi* où le plumet rouge des bicornes dit à lui seul la fierté de combattre. A celui qui, depuis cinquante années, marche avec une seule botte, son pantalon inutile replié à hauteur de sa cuisse perdue, il offre le portrait du général Drouet, son chef à la Moskova : là sa jambe est restée. Dans cette salle où, les heures passant, chacun attend que, de là-haut, le Bon Dieu sonne le dernier rappel, Lary fixe au mur *Napoléon et la mère du grenadier*, sortie tout droit des presses de la maison Perrin.

Croix de la Légion d'honneur pendue au revers de sa vieille redingote, un fantassin de ligne en lit la légende à haute voix :

— « Ma bonne vieille, dit l'empereur, vous aurez votre fils bientôt. En attendant, je vous fais une pension de 600 francs à prendre sur ma cassette particulière. »

Devant l'image de cette femme pleurant de reconnaissance, les anciens soldats pleureraient peut-être, eux aussi.

Une voix pétrifie leur émotion :

— Hé ! Les amis ! Ma mère n'aura pas besoin de demander mon retour à l'empereur ! Le Napoléon n'est plus le même mais vous auriez dû agir avec le numéro un comme j'agis avec le numéro trois !

Victor Dufourcq descend les escaliers. Il tient à la main une gourde à laquelle visiblement il a déjà goûté :

— Vous avez devant vous un héros !

Les vieux le regardent.

Lary pressent un mauvais moment :

— Tu devrais te coucher, Victor…

Le héros prend le maître-colporteur par les épaules :

— Deux fois, je suis un héros ! La première parce que d'un torchon j'ai fait ma femme. La deuxième parce que je n'irai pas, moi, déchirer la cartouche pour enrichir un empereur !

On entend des murmures.

Victor Dufourcq brandit sa gourde d'une main. De l'autre il frappe sa poitrine gonflée d'orgueil :

— Il n'y a qu'un héros sur la terre : celui qui refuse !

Les murmures se font grondement. Le tribun les surmonte :

— Refuse d'obéir, de tuer, de te faire tuer ! Refuse la médaille récompensant le crime, les galons préparant les crimes prochains…

Les vieux se sont levés. On veut leur voler ce dont ils se contentent.

Ils avancent. Ils croient avoir encore des muscles.

Ils croient former le carré. Comme au temps où, l'un d'eux tombant, pour toute oraison le sergent ordonnait : « Serrez les rangs ! »

Ils n'entendent plus les balles :

— Vous avez perdu votre vie ! hurle Victor Dufourcq.

— Traître ! répondent les soldats de la Gloire.

— L'Empereur remplissait ses fourgons de meubles et de tableaux !

De son seul bras valide, un hussard retrouvé saisit au mur sa banderole porte-mousqueton. Il va s'en servir comme d'un fouet.

Victor Dufourcq monte une marche :

— Il a pillé les châteaux et toutes vos existences !

— Arrête, Victor ! supplie Lary.

Au hussard se joint un dragon. Il lève son bras armé d'une hampe.

A reculons, le provocateur monte une autre marche. Une troisième.

Les vieillards ont avancé d'un coup. Plus agiles qu'on pouvait le penser, ils s'élancent dans l'escalier. Victor Dufourcq gagne l'étage, grimpe à l'échelle qui mène au grenier.

Dans sa couverture, Margalide entend le vacarme. Elle tremble. Comme tremblent l'échelle, le palier, les parquets, la porte derrière laquelle le Courbas s'est barricadé.

— Je te chasse, Victor Dufourcq ! Je te chasse ! hurle Lary.

D'autres mains doivent secouer l'huis, la poignée, le chambranle.

Dans cette explosion du bois et des hommes, des coups et des cris, la voix de Victor monte, comme suppliante, faussement pitoyable :

— Ne me chasse pas, Lary Morère ! Je pillerai et avec toi, je partagerai le butin. Comme l'autre ! Tu seras prince, Lary ! Nous serons grands seigneurs puisque nous serons grands voleurs !

C'en est trop. La porte n'est qu'un fracas. Les voix s'insurgent. Insultent. Le bois de la hampe frappe le bois du parquet. Peut-être va-t-il servir de bélier ?

Rien ne pourrait couvrir le rire de Victor Dufourcq.

Rien ne pourrait calmer la fièvre de Margalide : à coup sûr, Lary va chasser Victor.

Elle va vendre.

Au matin, les hommes s'en vont, conduits par Lary. Victor n'est pas avec eux. Tout le monde doit se retrouver ce soir place de la Bourse. Margalide est chargée de passer par le village de Nansouty où elle achètera l'élixir-dentifrice des Révérends Pères bénédictins de l'abbaye de Soulac que Lary veut rapporter à Bertrande.

Des jardinets bordent son chemin, habités de chétives demeures, d'échoppes comme on dit ici : ces petites maisons qui, des petits Bordelais, font de petits propriétaires.

Margalide pense à son *pépi.* Elle ne lui a jamais écrit : il y aurait trop de choses à raconter. Il doit être dans les Landes maintenant, guidant son troupeau en sa transhumance d'hiver. La Perlote se représente l'aïeul monté sur des échasses, comme les moutonniers vus près des marais, le long de sa route.

Ayant fait son emplette chez un dépositaire des bénédictins de Soulac qui voulait lui vendre aussi leur eau de toilette, elle va, guidée par les clochers de la ville, une flèche élégante dressée droit devant elle dans le ciel de midi. Elle s'engage dans un quartier sombre où la rue parle espagnol. Elle pense à la mère

Courbas. A Victor donc. Où est-il ? Lary l'a-t-il chassé vraiment ?

Une porte se dresse devant elle. Géante, parée de bossages émergeant de sa pierre rose. C'est peut-être un arc de triomphe.

Mais non, c'est une porte et même une frontière : dès qu'elle est passée sous sa voûte haute, Margalide se trouve dans un pays nouveau, commerçant, turbulent, où les marchands portent des barbes noires, une calotte sous leur chapeau. D'autres sont en blouse et béret et d'autres encore, coiffés d'un gibus fatigué, se montrent en gilet, les manches de leur chemise remontées par des élastiques. Ils offrent des tissus féeriques, des fripes qu'ils assurent « dégraissées conformément à la loi », des bottes et des bottines, des sabots qui, contre un mur, montent en colonnes jusqu'au vasistas de l'entresol.

— Gueille [1] ! Ferraille ! On achète les peaux de lapin ! lance le pousseur d'un charreton dont la roue menace d'accrocher la roue de l'omnibus. Les badauds vont à droite et à gauche, quittant le marchand de cruchades [2] pour contempler l'adresse étonnante de ce petit loqueteux qui, de sa main jaunie par la rouille, fait courir entre les passants le cercle de barrique qu'il vient de dérober au tonnelier.

Dans ce tumulte, Margalide reconnaît la voix, le boniment de Lary :

— Approchez les Bordelais, approchez les Bordelaises ! Nos almanachs et tous nos opuscules ont été

1. Vieux chiffon, tissu ayant fait son temps.

2. Rondelle de bouillie de maïs vendue dans le commerce pour être frite à la maison et servie sucrée.

écrits et imprimés spécialement à l'intention des marchands de vin et de bois, des ouvriers du savon et des sécheries...

Il a installé son éventaire sur une large avenue que les passants appellent « les fossés » bien que, ni à droite, ni à gauche, on n'y voie de fossés. Devant la porte d'une caserne, sur l'air depuis cinquante ans ressassé de *La Complainte de Fualdès*, un chanteur en veste de velours détaille les couplets par lui-même intitulés *La Frégate de Cérès* car...

Sur cett' frégate légère
A Toulon ont embarqué
Soixante-dix prisonnières
Que nous allons marier !
Avec qui marier tout ça ?
Avec soixante-dix forçats !

A l'annonce de ces détenues allant, sur les rives du Maroni, fonder ménage avec des bagnards repentis, la foule s'indigne :

— Ma France, mère maquerelle ! clame un boutiquier au gilet bedonnant.

— A la guillotine les homicides ! Pas à la noce !

On se presse autour du chanteur. On lui achète sa chanson. Lary a bien du mal à retenir quelques badauds.

La porte de pierre de la rue Sainte-Catherine n'était rien auprès de celle qui maintenant se dresse devant Margalide. Arrondie, ventrue, énorme, surmontée de fresques et de clochetons, flanquée de deux tours coiffées de poivrières, elle semble ne pas vouloir laisser passer la ruelle qui la traverse.

Elle aurait tort : ici est le beau monde. Servi par le beau commerce : bijoutiers, marchands d'épices, de soieries. Un horloger expose une pendule à angelots qu'il affirme « œuvre du regretté Louis XVI ».

Devant une corderie, un marin éprouve la solidité d'un filet dont, une à une, il tire les larges mailles.

Margalide se demande quels étaient les hommes de la chanson. Qu'avaient-ils fait pour devenir des bagnards ? Y avait-il parmi eux des Victor Dufourcq ? Des pères Courbas ? Des bannis de père en fils dont la *tatéi* dit que, quand on compte avec eux, il vaut mieux leur regarder les mains que les yeux ou encore que dans le cuir des autres ils savent se tailler de belles lanières ?

Le voilà, Victor Dufourcq, paraissant tout en haut d'une rue plus pentue que les autres. Il vient vers elle sans la voir. Elle presse le pas. Elle arrive à la porte déjà refermée où il vient d'entrer. Elle n'ose pas frapper. Derrière une fenêtre cadenassée, protégée par des grilles solides, deux filles la regardent en riant. Elles sont fardées. Elles vont en chercher une autre à laquelle elles la montrent du doigt. Margalide est mal à l'aise. Elle descend la rue, courant presque.

La Garonne est habillée de mâts et de cordages, de voiliers et de bateaux à vapeur. Des sirènes sifflent, des sifflets se croisent, des tonneaux roulent au bout des perches habiles. Ils grimpent à des planches qui grimpent à des cargos cependant que, sur d'autres planches grimpant à d'autres cargos, des gaillards coiffés d'un sac s'élancent lestement, un billon[1] sur l'épaule. Des promeneurs rencontrent des voyageurs.

1. Partie d'un tronc d'arbre lorsqu'il est ébranché.

Des couleurs exotiques se mêlent à la couleur locale, l'odeur des résineux s'ajoute aux parfums du rhum, du cacao. Les ordres s'affrontent, les langues et les accents se heurtent avec le si répandu accent charentais dont on ne sait pas, au milieu de toutes les gasconnades, s'il est étrange ou s'il est étranger.

Lary arrive.

La troupe s'en va. Sans Victor.

Personne ne parle. Sauf les marchands qui, sur les parapets du pont, ont installé leurs gravures et leurs bibelots :

— Fous le camp, colporteur !

— Tu n'as pas le droit de vendre ici !

Lary passe son chemin, aussi muet que l'âne, se contentant d'apprécier le seul événement qui le réconforte : on a supprimé le péage qui, voici cinq années encore, grevait son budget.

La route monte dans la nuit. On entend le frémissement des vignes, le battoir attardé d'une ménagère.

D'un pas sûr, Lary prend un chemin herbu, ronceux. On arrive ainsi devant une grille déplorable : usée, cassée, sombrant sur son ancien muret, elle est parée d'un portail dont les hauts battants n'ont plus la force de se mouvoir. Tout à côté, persiste une bâtisse qui devait être maison de gardes. Une femme en sort, matrone au fort accent, au parler local et inventif que les arrivants ont bien de la peine à comprendre.

Tout de suite, elle reconnaît Lary :

— Ah ! C'est toi, Pince-écu ! C'est à cette heure-ci que tu viens emmouscailler[1] les honnêtes gens ?

1. Embêter (pour ne pas dire plus).

Sans qu'on le lui demande, elle tire du puits un seau d'eau, le place devant Gaspenha qui lui en montre une belle reconnaissance :

— Chez moi, c'est les ânes d'abord, les femmes ensuite et les hommes dessus ! Dessus les femmes ou dessus les ânes : va-t'en savoir !

Margalide est surprise par cette tornade qui va, vient, dit qu'elle a mis le camageot[1] dans la soupe où chacun pourra tremper son pain. Elle attrape le pot, bouscule son chien qui y mettrait bien le nez, ouvre le vantail d'une grange en chantant le grand air de *La Juive*.

Le confort est inattendu : séparés par des cloisons de planches, dix anciens box à chevaux sont devenus des chambres où l'on dort sur des fanes de maïs, la tête sur un fagot de sarments qui, paré d'une antique toile à matelas, fait office de robuste traversin.

La femme s'en va, estimant que le temps va se mettre à brousiner, que ce sera bon pour la cagouille et que, de toute façon, avec quatre hommes autour d'elle, la drôlesse ne risque pas de prendre froid au tapanar. Il faudrait comprendre qu'une petite pluie va tomber, que ce sera bon pour les escargots et que, avec quatre hommes, la fille n'aura pas froid entre les jambes.

La troupe est à peine couchée que Victor montre son nez.

Il pose sa caïche, sa besace, tout le fourbi qu'il portait sur son dos. Sur le billot trônant au milieu de l'écurie, il goûte à la soupe froide qu'il abandonne vite

1. L'os du jambon dont on a mangé la chair.

au profit d'un stockfisch ramené de sa promenade sur les quais :

— Tu éteindras, dit Lary d'un ton grognon.

Victor Dufourcq ne répond pas. Sans un mot, il se dirige vers la case du maître-colporteur.

Margalide le voit ouvrir la porte de sa caisse, faire jouer à l'intérieur quelque chose qu'elle ne distingue pas : une réalisation dont il semble fier.

— Je t'ai dit que je ne voulais pas de double fond, proteste Lary d'une voix prudente.

Victor hausse les épaules :

— Hé ! Sans double fond, où veux-tu que je cache mes richesses ?

Il exhibe un lot de feuillets qui font sursauter le maître-colporteur :

— Tu ne vendras pas ça chez moi ! Je refuse !

— J'en ai déjà vendu, fait Victor, placide.

— Je ne veux pas le savoir.

Il se détourne.

Dans sa besace, Victor Dufourcq est allé chercher deux objets nouveaux. Il les dépose devant lui, ayant soin de les placer dans la petite clarté tombant d'une placide meurtrière. Deux coquillages que Margalide n'a pas de peine à reconnaître : il en est un semblable qui, l'hiver, orne la cheminée de la maison. A l'estive, le *pépi* le porte pendu à sa ceinture.

— Où as-tu trouvé ça ?

— Sur le port, bien sûr… J'avais trente-deux gravures. Je n'en ai plus que vingt-six… Trois gravures pour une conque, c'est une affaire, non ?

Lary est ébranlé. Il transpire, avance sa main.

Le Courbas ne le lâche pas des yeux :

— Tu te rends compte, au retour… combien tu vendras ça à l'un de nos bergers ?

Margalide le voit, le maître-colporteur s'est mis à trembler. Il n'ose comprendre :

— … Moi ?

Son espoir est enroué.

Victor Dufourcq a tous les naturels :

— Je te l'ai dit : dans mon commerce, nous sommes de compagnie. Ici, il y a deux fruits : un pour toi, un pour moi.

Pour bien montrer la véracité du propos, il prend une conque, laisse l'autre sur la paille. Lary s'en empare. Déjà, elle est cachée dans son fagot. Il est bouleversé par son geste. Imprévu.

Il se redresse. A la recherche de sa dignité.

Margalide croit qu'il va pleurer :

— Ça va pour aujourd'hui mais c'est la dernière fois ! Je ne veux plus de ça !

Victor désigne ses feuillets :

— Il faut bien que je vende les vingt-six autres !

Le maître-colporteur est intraitable :

— C'est ton affaire, ça ne me regarde pas. Si tu te fais prendre, je ne t'ai jamais vu.

Il fait signe à Victor de s'éloigner. Les autres, peut-être, les ont entendus. Il se tourne. Le maïs pétille sous ses mouvements.

Victor Dufourcq est souriant. Sifflotant.

Il regagne sa place, considère ses feuillets comme on regarde une promesse d'avenir. Il les range. Dans ses doigts apparaissent quelques pièces. Il les fait sauter, les glisse dans une bourse inconnue qui, elle aussi, s'enfonce sous les sarments.

Il éteint le falot.

Margalide sait qu'elle ne dormira pas. C'est drôle de passer son enfance près d'un Lary Morère que l'on ne connaît pas. De le découvrir en quelques jours tel qu'en tant d'années on ne l'avait pas vu.

Le *pépi* est-il différent lui aussi ?

Margalide le voit devant l'*orri*, parlant aux nuages, à celui qui les domine. Elle entend son chant profane aux élans de cantique, la musique grave de cette conque qui s'étend plus loin que la voix. Avec ce son grave, de crêtes en vallées, de pentes en replats, les bergers s'avertissent de l'arrivée de l'ours, de la menace du loup. C'est beau ce chant d'un coquillage venu des océans pour alerter la montagne.

La Perlote prête l'oreille.

La nuit est faite de ronflements et de respirations. Un soupir trahit un rêve adolescent.

Elle attend.

A quatre pattes, elle va sur la paille, la terre... Elle arrive à la caïche... Elle l'ouvre. Fait jouer le double fond. Elle se saisit des feuillets. Ce sont des images. Elle ne les voit pas, les approche de l'ajour où coule la lune.

Elle est affolée : le dessin représente un homme et une femme nus, faits comme Armelle Mauvoisin et son mari, le gros Pierrot, s'embrassant devant le menhir au matin de la Saint-Jean. Margalide cache ce dessin derrière les autres. Le deuxième ressemble au premier, le troisième au deuxième avec des femmes au fort derrière, des hommes au raide devant, des anges déployant leurs ailes au-dessus de filles aux cuisses ouvertes, aux seins caressés par d'autres filles, des garçons, un moine, des...

— Je savais que ça t'intéresserait !

Victor Dufourcq est derrière elle. Tout près :

— Tu es pucelle mais de bon vouloir.

Il place ses deux mains sur sa poitrine. Elle reconnaît sa force. Il l'embrasse dans le cou. Elle se défend. Des gravures tombent, s'envolent. Margalide retient les autres dans ses mains crispées. Elles se tordent, se froissent…

— Hé ! Là ! Fais attention ! C'est de l'or, ces choses-là !

— Si tu ne me lâches pas, je les déchire !

— Arrête ! Tu es folle !

Une voix intervient. Plus que menaçante :

— C'est toi qui vas arrêter !

Martin Cartailhac a saisi Victor Dufourcq par une épaule. Cela a suffi à le faire pivoter. Les deux hommes sont face à face, les poings du premier prêts à frapper cette face de Courbas ne comprenant sans doute que ce langage.

Victor Dufourcq le comprend en effet. Il s'efforce de rire :

— Toi aussi, tu veux voir les images ?

Tout est lourd chez le vieux colporteur ; les muscles, le regard, le ton, la morale :

— Les saloperies que tu contrebandes ne m'intéressent pas. Les autres, celles que tu veux faire, je suis là pour les empêcher.

— Qu'est-ce qu'il se passe ? demande Lary depuis son cagibi.

— C'est rien. On faisait une partie de tric-trac ; il y en a qui s'énervent ! répond Victor en ramassant ses gravures.

— Vous feriez mieux de dormir ! bougonne Lary.

C'est ce que chacun pense. Chacun sur son maïs.

Margalide bien roulée dans sa couverture.

La nuit suivante, elle perçoit les mêmes ombres aux mêmes chuchotements :

— Ces images ne sont pas autorisées à la vente. Elles ne sont pas tamponnées, nous contrevenons aux mœurs, dit Lary.

— Nous contribuons à l'éducation, affirme Victor.

Il raconte qu'au village de Carbon-Blanc, se cachant les uns des autres, un négociant, sa femme et leur donzelle de dix-sept ans lui ont acheté chacun une estampe.

Margalide pense à Clotilde. Dans sa soif d'instruction, lui aurait-elle pris une image, elle aussi ?

Lary est alarmé par cette fille achetant en cachette de sa famille. Dix-sept ans ; que dira-t-elle si elle est surprise ? Si on la questionne ?

— Le danger est trop grand. Nous partirons demain.

— Impossible. J'ai rendez-vous à Bordeaux. Je dois y trouver d'autres estampes.

Le maître-colporteur bondit. Il hurle :

— Je te l'interdis !

Il est surpris de ne s'être pas contenu. Du silence qui suit. De tous les regards que dans le noir il sent posés sur lui.

Il est plus surpris encore lorsque, au matin, il voit la couche de Victor désertée. Avec sur le fagot, un papier : « Je suis à Bordeaux. A ce soir. »

Peur, plainte, colère donnent le ton :

— Cet insensé va nous faire pincer ! Nous irons tous au cachot !

Margalide s'avance :

— Nous n'avons qu'à prendre la route. Nous n'avons pas besoin de lui.

Lary la regarde comme, pense-t-elle pour la première fois, le brigadier-chef Morère devait regarder ceux qu'il était parvenu à dépasser d'un galon :

— Qui le remplacera ? Toi peut-être ? Tu oublies tes résultats !

— Mais…

— N'insiste pas : il vaut mieux être bon valet que mauvais maître.

La Perlote est mortifiée. Elle voudrait se rebiffer. L'humiliation est allée profond. Elle a paralysé son corps, sa voix, ses arguments.

Les colporteurs s'en vont, l'un prenant la route et l'autre le chemin, l'un la vigne et l'autre le bosquet.

En prévision d'une grosse lessive, la matrone verse dans de l'eau la cendre qui lui servira de savon. Elle allume entre quatre pierres un feu de vieux ceps et de planches déchues. Dans un baquet qu'elle appelle une *baille*, elle tampougne [1] le linge qui s'obstine à faire une fesse ronde au pantalon, des abcès aux robes et aux tabliers. Elle porte, tire, trempe, ronchonne, prétend que son mari passe ses jours à pintocher [2] pendant qu'elle gringonne [3] à la maison.

1. Repousser le linge qui gonfle vers le fond avec une spatule de bois.

2. Vider des pintes, boire.

3. Accomplir toutes les tâches ménagères.

Margalide l'écoute sans rire, sans la plaindre, sans participer.

Dans l'écurie où elle pèle les légumes de la soupe, une idée lui vient. Autour d'elle, un homme fait ce qu'il veut, dit ce qu'il veut, va où il veut ; un homme vend ce qu'il veut ; un homme est libre : Victor Dufourcq.

Elle veut être libre et surtout elle ne veut pas être un Victor Dufourcq. Elle ne veut pas être un Lary. Pour ne pas suivre leurs pas, elle doit quitter leur chemin. Aller seule. Elle en a la force.

Le soir tombe lorsque la matrone ouvre la porte à un pauvre hère plutôt malfait, défait. Il est tondeur-castreur. Pour montrer ses compétences, il promène avec lui un gros chien roux tondu à ras avec, ici et là, des touffes taillées en ronds, en carrés, en losanges, frisées au fer ou figées par un onguent qu'il vend cinq sous le flacon. Il pose son barda et, avec satisfaction, il exhibe ses trophées de la journée : le bout de queue d'une levrette, les testicules d'un minou ayant eu la malchance de naître dans la bourgeoisie.

Margalide regarde sans bien comprendre.

Un garçon de vingt-cinq ans entre à son tour, inspirant naturellement la sympathie : il est colporteur.

A ce titre, la nuit venue Lary lui offre de manger « à même pot, feu et chanteau ».

La Perlote en ressent un petit agrément : l'invité a un sourire engageant qui souvent précède un rire franc. Il répond sans gêne ni forfanterie aux questions qu'on lui pose.

— Comment t'appelles-tu, garçon ?

— Florentin, maître.

— Cela sonne bien. Viens-tu de Limoges ? Colportes-tu pour Ardant ou pour Ardillier ?

— Oui et non, maître. Je viens d'Agen, La Réole, Cadillac et je remonte à Limoges où, chez Ardillier Pierre que vous semblez connaître, je trouverai la livraison qui renouvellera ma charge.

Flatté d'être appelé « maître », Lary montre un visage resplendissant.

Victor secoue la tête : décidément, on n'attrape pas les mouches avec du vinaigre. Ce nouveau venu a de l'habileté. On va voir s'il en aura autant devant lui :

— Tu arrives chez nous sans compagnon. Pratiques-tu le colportage en solitaire ? C'est bien mal commode.

— Je suis seul pourtant.

— … Et dangereux.

— Je n'ai pas peur.

— Sur le chemin, on rencontre des gens auxquels il ne fait pas bon se frotter.

— C'est ce que doivent penser ceux que je rencontre : ils ne se frottent pas.

Margalide s'amuse. Tout le monde le voit. Victor plus que tout autre. Il est un peu dépité. Il voudrait poursuivre l'interrogatoire, moucher le prétentieux mais, ne se lassant pas des égards qu'il lui prodigue, Lary prend Florentin sous sa coupe, heureux de rencontrer un garçon qui, malgré son jeune âge, connaît le métier. Il n'y a là, il est vrai, rien que de très naturel :

— Mes parents travaillent depuis toujours chez monsieur Lacoste, rue Saint-André-des-Arts à Paris, édition spécialisée dans le colportage.

— Je connais ce Lacoste, fait Lary, charmé de montrer l'étendue de son savoir professionnel. Il était jadis imprimeur impasse de la Forge-Royale, dans le faubourg. Et toi, mon garçon, tu es…

— Le fils de Maxime Langelier qui prend sa succession, maître.

— Le fils de Maxime et d'Angèle, la Creusoise : une maîtresse femme ! Va, n'en dis pas plus, tu es des nôtres. Reprends un peu de piquette.

On boit. On trinque. On boit. Sauf Margalide devant laquelle Florentin lève son gobelet :

— A votre bonheur, mademoiselle.

— Au vôtre, monsieur. Que le Seigneur protège votre commerce.

Victor est agacé :

— Et que les gendarmes ne chevauchent pas sur votre route !

Florentin le regarde. Surpris :

— Pourquoi me parlez-vous des gendarmes ? Auriez-vous à faire avec eux ?

Victor est bien décidé à ne pas se laisser faire. Il n'est pas là pour répondre mais pour interroger, surprendre, insinuer :

— Le commerce est florissant quand on écoule des gravures et des écrits contraires aux mœurs…

Florentin le prend en pitié :

— Je ne fais pas ce commerce-là.

Cela décuple l'irritation de Victor :

— Peut-être même méprisez-vous ceux qui le font ?

— Je ne connais personne qui le fasse ; je ne méprise personne.

Le Courbas voit pétiller les yeux de Margalide. Il perd ses moyens, tente de les rattraper, veut provoquer, déparle :

— Et si on vous en montrait un ?

— Celui qui me le montrerait serait un délateur.

Tout le monde suit cette balle faite de mots qui va d'un camp à l'autre, Victor croyant toujours la frapper plus fort :

— Et s'il se montrait lui-même ?

— Celui-là serait un pauvre d'esprit !

Les rires fusent.

Margalide est aux anges. Victor Dufourcq s'enfonce dans les marais où, de ses serres ironiques, ce jeune inconnu l'enfonce plus encore. Il le paralyse, l'étouffe, le plume. C'est le mot :

Alouette, gentille alouette
Alouette, je te plumerai.

Florentin s'est levé. Il chante, rit, mime. Son doigt en avant menace le drôle d'oiseau :

Et la tête ! Et la tête !
Et la queue ! Et la queue !

Tout le monde chante avec lui, reprend la ritournelle, applaudit à tout rompre. Le succès est complet. Le bonheur descend sur l'assemblée sous sa forme la plus vive. Rare : le rire, dont ces hommes qui usent leurs jours à marcher, leurs nuits à réparer leurs forces sont trop souvent privés.

Lary éteint la lanterne.

Les ténèbres n'arrêteront pas le bien-être : il vit dans l'ombre, gonfle les veines, embellit le premier sommeil.

Margalide a les yeux ouverts sur la nuit, la vie, un rêve nouveau qui l'émerveille et soudain la fait pouffer.

Une voix l'appelle.

Un chuchotement.

— Psstt !

Elle ne rêve plus : Florentin est devant elle.

A genoux, tout près. Il sourit.

Elle s'inquiète de le voir là avec les idées mauvaises d'un Courbas. Elle se ferme, serre contre elle sa couverture.

Il souffle :

— Hé !... Vous aimez rire ?

Elle n'attendait pas semblable question. Elle se croit endormie.

Cette fois, il affirme :

— Vous aimez rire, j'en suis sûr.

Elle n'y avait jamais pensé.

Elle finit par murmurer :

— Oui, j'aime rire.

Il répond :

— Tant mieux ! Moi aussi, j'aime rire.

Il s'en va. A quatre pattes. Satisfait.

Il revient :

— Ça me fait plaisir que vous soyez comme moi.

Il a disparu. Sans faire de bruit.

Elle aime vraiment rire.

Elle ne s'arrête plus.

Le matin pleure.

La matrone dit qu'il va *mouillasser* toute la journée.

Victor s'en va sous la petite pluie sans attendre personne, prétextant un client l'attendant au village d'Artigues.

En vérité, pense Martin Cartailhac, il ne veut pas saluer ce jeunot qui a fait rire à ses dépens.

Margalide tend sa main à Florentin.

Il la garde un peu longuement :

— Au revoir, mademoiselle. J'ai été bien heureux de vous connaître.

— Moi aussi.

La voix est chétive. Le sourire répond au sourire mais il se sait un sourire perdu. Il a toute la mélancolie des plaisirs qui ne se renouvelleront plus.

— Au revoir, garçon et bonne route, coupe Lary. Les amitiés à Lacoste et à tes parents.

— Au revoir, maître, répond Florentin comblant une dernière fois le colporteur.

Il part à l'opposé de Victor : montant vers Saint-André-de-Cubzac et Barbezieux d'où il se rabattra sur Limoges.

Avec des gestes lents, Margalide embarque les pots qui, pendant la nuit, ont séché la tête en bas.

— Pressons, pressons, dit Lary qui voit monter le jour.

Gaspenha attend, montrant son habituelle indifférence.

— Bonjour à tous et à la compagnie, lance la matrone en guise d'adieu bordelais, on se reverra à l'an cannelle[1]...

1. Un temps éloigné, passé ou à venir.

— … Quand les canards auront des bretelles ! termine Lary qui, en vingt années de passage, a appris quelques expressions de la bonne femme.

La petite troupe s'en va, les visages déjà mouillés, les vêtements bientôt alourdis.

Elle a pris le chemin d'Yvrac qui la conduira à Libourne lorsque deux « bicornes » la rejoignent au galop de leurs chevaux :

— Nous arrivons au bon moment ! constate le brigadier un peu narquois.

Lary se pare d'un sourire menteur :

— La bienvenue, messieurs ! La bienvenue !

Le chef le contemple :

— Ce n'est pas vous que nous cherchons.

— L'honnête homme n'a rien à craindre de l'honnête gendarme.

— … Mais celui que nous cherchons fait campagne avec vous, nous le savons… Où est-il ?

Lary se dandine :

— Ma foi…

— Inutile de le couvrir. Par deux fois il a acheté des gravures prohibées dans un établissement mal famé.

Le maître-colporteur a une idée : il offre de faire visiter les armoires, la bannette, tout le chargement.

Le chef s'impatiente :

— C'est lui que nous voulons. Avec sa caisse à double fond. Donnez-le-nous immédiatement si vous ne voulez pas avoir à redescendre sur Bordeaux pour y passer quelques jours.

Lary se décide. Il prend une mine vaincue, lève son bras en direction de Saint-André-de-Cubzac où s'en est allé Florentin.

— Vous le trouverez sur ce chemin.

Margalide veut rectifier.

Avant qu'elle ait ouvert la bouche, Lary lui a donné un coup de coude sans réplique, accompagné d'un regard qui la fait taire, rougir, se cabrer.

Le brigadier a-t-il vu ?... Il soupçonne, veut se garantir :

— Par là ? Vous êtes sûr ?

— Tout à fait. Il nous a dit : « Je vais au village de Saint-André. » Il n'y a pas d'autre route.

Les gendarmes se lèvent sur leurs étriers. La boue saute sous les fers des chevaux.

Margalide montre une indignation qui navre le maître-colporteur :

— Croyais-tu que j'allais donner Victor avec tout mon fond dans sa caïche ?

— Pour sauver un coupable, vous livrez un innocent !

— C'est bien là mon mérite ! Celui-là pourra montrer son armoire : il ne risque rien. Les pandores feront chou-blanc.

Lary Morère est fier de son invention.

Margalide n'a pas le cœur à admirer. Elle objecte, proteste, parlemente. Le chef ne veut pas l'entendre :

— Au lieu de perdre ton temps, va donc rejoindre Victor.

— Mais...

— Tu lui diras le danger et qu'il a, depuis Artigues, à gagner Mussidan en évitant Libourne. Nous le rejoindrons demain. Ce département ne vaut plus rien pour nous. Va.

Il commandait ainsi sans doute en Algérie.

L'âne s'éloigne, balançant son éventaire de sa marche fataliste.

Margalide regarde partir son petit monde.

Elle se décide. A pas lents. Elle n'a aucune envie de rejoindre Victor.

Elle arrive à la route.

En même temps que les gendarmes.

L'un porte, posée en travers sur la croupe de son cheval, une bannette de colporteur.

Il lance :

— Ça n'a pas été long !

Le brigadier est radieux :

— La prise est meilleure que nous le pensions !

Une chaîne pend à sa selle. Au bout de la chaîne : Florentin, les mains prises dans le cabriolet.

La Perlote croit défaillir.

Florentin la regarde :

— Adieu, mademoiselle ! Pour vous, j'avais de l'amitié.

Elle veut parler.

Les gendarmes lancent leurs chevaux. Cela fait, sur le visage de Florentin, une souffrance. Il doit courir pour ne pas laisser déchirer ses mains. Il veut se retourner. Ne le peut pas de crainte de buter sur un caillou.

8

Margalide est allée vers Victor Dufourcq auprès duquel l'envoyait sa mission. Elle s'est arrêtée, pensant que, les gendarmes partis, le message devenait inutile.

Elle est allée vers Lary et ses compagnons.

Pourquoi les rejoindre ?... Pour éplucher ? Ravauder ? Pour entendre les mensonges de Lary s'adressant aux clients ou s'adressant à elle ? Pour voir les fourberies du Courbas toujours désireux de tromper quelqu'un : Lary, les gendarmes, sa femme...

Elle a rebroussé chemin. Sa couverture bien fixée sur son dos, elle descend vers les bateaux aux mille mâts, le port de la Lune au pâle soleil de novembre. Tel un enfant dans sa mère, le fleuve loge sa forme arrondie dans le ventre de la ville ; Margalide va vers la route des Pyrénées.

Le *pépi* sera-t-il heureux de voir reparaître celle qu'il a laissé partir ? A l'heure de la séparation, son sourire disait : « Je te fais confiance. » Cela signifiait : toutes les confiances. Pourra-t-elle lui dire : « Je n'ai pas la force de voir le monde ? »

Une idée naît en elle. Elle a la forme d'un visage. Elle chasse ce sourire qui un soir aima rire avec elle. Le visage reparaît et ce n'est plus le même : Florentin va derrière les gendarmes, les mains prises dans la chaîne.

Elle en est sûre, ces mains jointes disaient une prière : elle doit prévenir la mère du garçon.

Elle se souvient très bien : rue Saint-André-des-Arts, à Paris. Monsieur Lacoste, libraire-éditeur. Florentin n'a-t-il pas donné l'adresse par un céleste pressentiment ? Margalide fera selon la volonté du ciel.

Elle remonte la côte, parcourt huit lieues, mange le soir une pomme tombée de l'arbre, couche dans un chai fleurant bon la dernière vendange, le vin au repos. Elle en part au petit jour pour ne pas être vue. Pour payer ses nuits, elle n'a rien à offrir. Ni image. Ni bibelot.

Une calèche la rejoint, capote mise. Elle la dépasse. S'arrête.

Une vieille dame montre à la portière sa tête ronde ornée de frisures qui servent de piédestal à un minuscule chapeau de paille.

— Psstt ! Venez !... Montez.

La Perlote ne comprend pas bien ce qui lui arrive.

— Montez. Je vous donnerai un franc, dit la dame.

Déjà, elle se pousse sur son siège. Le cocher regarde cette jeunesse qui s'interroge :

— Si c'est pour le risque, vous n'avez pas à avoir peur. Madame est une bonne personne.

Cette assurance, l'aubaine, la mine avenante de la passagère décident la Perlote. Elle grimpe. S'installe.

La dame habite Armentières. Elle appartient à la famille Goetals-Levasseur ou, plus exactement, elle est la fondatrice de la lignée étant elle-même une Levasseur qui a épousé Florimond Goetals il y a... ma foi bien longtemps. La jeune fille s'étonnera peut-être de voir un équipage valenciennois venir du Midi alors qu'il devrait, en toute logique, arriver du Nord : elle sera moins surprise lorsqu'elle saura que madame Anaïs Goetals-Levasseur ici présente revient de prendre les eaux à Luchon où elle va comme tout le monde soigner sa gorge et où son mari a refusé de l'accompagner prétextant un travail important à la filature alors que depuis trois ans il a, comme on dit, « passé la main » à ses deux fils et à sa fille, ayant eu le bonheur, comme on dit encore, de « mettre une cheminée d'usine » dans la corbeille de mariage de chacun d'eux. Madame Anaïs est furieuse de ce lâchage car il n'est pas drôle de parcourir des myrialieues seule dans une voiture. L'an dernier, une amie l'avait accompagnée mais cette année le docteur a interdit toute présence dans la calèche. Du moins pour le retour.

— Il est vrai que l'an dernier avant d'arriver à Paris ma voix avait à nouveau disparu. Le médecin attribue le fait à mes bavardages tout au long du chemin. La vérité est que les médecins sont tous des incapables, et celui-là en particulier, car si avec une eau aussi bienfaisante que l'eau de Luchon il ne parvient pas à vous redonner une voix apte à supporter la moindre conversation, il vaut mieux renoncer à croire à la médecine. Et même à Luchon. Or, vous le comprenez, le bon sens commande de croire à Luchon où fréquente monsieur de Lamartine qui, malgré quelques écarts dus à son grand cœur, n'est pas un méchant homme.

A Barbezieux, à la question : « Venez-vous de prendre les eaux, vous aussi ? » Margalide a réussi à répondre : « Non. » Vite coupée par un : « C'est dommage » que devaient suivre dix récits d'excursions à dos de mulets qui ont vraiment le pied marin, si l'on peut se permettre de dire qu'il faut avoir le pied marin pour escalader un sentier de montagne. A Angoulême et à Ruffec, elle a répondu « oui » à deux questions qui le méritaient. Le reste du temps, sa participation à la conversation se bornait à une approbation de la tête vite suivie d'un signe de dénégation lorsqu'elle s'apercevait qu'il était malvenu d'adhérer au propos.

A Orléans, pendant que madame Goetals-Levasseur disait sa joie de chanter prochainement le succès de Flotow (Martha ! Martha ! ô Martha ! Martha !...) dans les salons des Duquesne-Lentacker accompagnée à la flûte traversière par monsieur l'abbé Barrois, la Perlote se demandait quels seraient les mots à employer pour prévenir la mère de Florentin.

— De toute façon, disait madame Goetals-Levasseur en arrivant à Etampes, vous n'aurez pas de peine à trouver la rue Saint-André-des-Arts puisque, traversant Paris, je prendrai le boulevard de Sébastopol-rive-gauche [1] et vous arrêterai près d'une fontaine toute neuve où... où donne... où donne... la... la... la...

Là, se passe un événement insolite : madame Goetals-Levasseur ne dit plus un mot. Contre sa

1. Quelques mois plus tard, il deviendra le boulevard Saint-Michel.

volonté, on ne peut en douter : la bouche ouverte, tapotant sa pomme d'Adam de sa main horizontale, toussotant, raclant sa gorge, elle fait mille efforts pour expliquer son malaise et surtout reprendre la parole. En vain. Son visage se congestionne.

Margalide voudrait l'aider. Cela énerve la malade qui, de quelques mots épars, de quelques gestes tremblants, indique qu'elle veut revenir à Luchon. Non pour reprendre les eaux mais pour insulter le docteur. La sagesse l'en dissuade et l'on atteint Paris sans rien entendre d'autre que les cahots de la route, les sabots des chevaux, les claquements de fouet du cocher.

Place Saint-Michel, la voiture s'arrête. Madame Goetals-Levasseur tire sa bourse. Elle tend quelques pièces de monnaie, parvenant à chuchoter :

— Je vous ai... promis un franc par jour : voici vos cinq francs.

Elle explique :

— Nous avons eu... huit journées de voyage mais... au bout de cinq jours... je vous ai considérée... comme une amie : on ne paie pas ses amis.

— Hue !

Margalide s'est assise devant saint Michel noyant le démon du haut de sa masse de bronze. L'eau jaillit, ruisselle, glousse, s'amuse. Margalide rit avec la fontaine. De cette dame Goetals-Levasseur si mal récompensée de sa cure luchonnaise, de ce voyage, cette chance, de Paris qui l'entoure de maisons hautes, de fenêtres multiples, d'arbres, d'appels, de cornes annonçant l'arrivée de la diligence des messageries, d'un couple en phaéton, d'une dame à cheval, des robes à crinoline qui glissent sur le pavé, des chapeaux melon qui partent en avant pour les saluer, des crânes chauves qu'ils découvrent et de cette baraque octogonale coiffée d'un dôme à haute pointe devant laquelle s'arrêtent des messieurs à la mine inspirée. Elle croit à la boutique d'un cordonnier : c'est un kiosque à journaux. Elle pense que si Florentin était là, il rirait avec elle. Elle est heureuse. Elle est dans la capitale. Avec cinq francs dans la poche de son jupon.

Pas tout à fait : sur le pont, elle place un sou dans la sébile d'un joueur d'orgue portant au revers de son habit la médaille numérotée l'autorisant à exercer son métier dans les soixante-trois lieux de Paris reconnus par la Préfecture. Elle est devant une église à deux clochers comme elle n'en aurait jamais imaginée. Pensant aux minuscules proportions de la chapelle miraculeuse Saint-Jean-Baptiste de Suzan, elle se dit que cette immense Notre-Dame doit combler de bienfaits la population. Paré de la même médaille que le joueur d'orgue, un aveugle racle sur son violon les notes usées par les ans de « Venez, divin Messie ». Margalide lui donne un sou.

Sur la place, le kiosque à journaux est devenu lumineux.

Margalide prend la rue Saint-André-des-Arts. Des lampes à pétrole éclairent les boutiques des libraires qui succèdent aux éditeurs qui font suite aux marchands d'estampes, de papier en gros, dessinateurs, encadreurs, vernisseurs, relieurs, rentoileurs, graveurs, fabricants de cartes géographiques…

L'enseigne représente un atelier qui pourrait bien être celui de Gutenberg. Sur un panneau mural : « Lacoste Frédéric, maître-imprimeur et Langelier Maxime, son successeur. »

Margalide avance dans le noir, suivant un couloir suintant dans lequel elle perçoit une embrasure. Sur la porte, les lettres énormes permettent de lire : « Libraire, Editeur ». La porte résiste. Dans la cour étroite parviennent le bruit régulier d'une machine, la lumière faiblarde de loupiotes que l'on ne peut apercevoir : deux carreaux d'une fenêtre sont remplacés par un carton goudronné.

Il n'est peut-être pas l'heure de se présenter chez les gens.

La Perlote fait demi-tour. Elle reviendra demain.

Un garçon la rattrape, venant de l'atelier :

— Vous cherchez quelqu'un ?

Il est logique. Méfiant :

— Vous cherchez quelqu'un puisque vous êtes entrée…

Elle aussi est sur ses gardes.

Elle ne va pas se confier à cet inconnu :

— Je ne cherche personne.

— Alors, vous feriez mieux de passer votre chemin. Quand on ne cherche personne, on n'entre pas chez les gens.

Le garçon s'en va.

Sur le seuil du magasin « Au parchemin de Lutèce », une femme l'interpelle :

— Je vous le dis, monsieur Jérôme, nous sommes trop bons… Nous avons déjà les Auvergnats, les Bretons, les Picards, maintenant en voilà d'autres qui s'amènent on ne sait d'où. Ils nous prennent pour leur vache à lait et dans trois ans, ce sont eux qui nous mettront à la porte.

Monsieur Jérôme n'a pas répondu.

Sur son fourneau ambulant, le marchand fait sauter ses marrons. Il marmonne :

— Quand on est auverpin on a l'habitude d'en entendre.

Margalide finit par trouver un garni dans la petite rue des Ciseaux.

— Ce sera dix sous… C'est tout ce que vous avez comme bagage ? Si vous voulez la chambre pour demain soir, vous aurez à laisser votre baluchon en gage… Vous avez une bougie ? Je vous en prête une pour ce soir mais si vous revenez, vous devrez la fournir vous-même.

Margalide monte.

Elle veut fermer la porte. Il n'y a pas de verrou.

Elle descend.

La tenancière tombe des nues :

— Pour dix sous ? Vous ne voudriez pas aussi une serrure ?

Margalide veut réclamer son argent. Partir.

Pour aller où ?

La femme voit son désarroi. Elle l'assomme. La tutoie :

— A ton âge quand on va seule dans un garni, c'est qu'on ne craint pas les mauvaises rencontres.

C'est bizarre : la colère de la Perlote passe d'un coup. Remplacée par une formidable envie de pleurer.

Elle se jette sur le lit. Se relève. Marche sur le parquet bosselé où traîne, ratatinée, une carpette centenaire. Elle semble être là pour dégrader un peu plus le galetas. Margalide en fait un bouchon avec lequel elle cale la chaise dépaillée contre la porte.

Elle ouvre la fenêtre. Heureuse en tirant les battants de sentir son énergie. Elle ne se laissera pas faire.

Sur une enseigne, un artiste en lettres, amateur de charades, a peint six *o*.

Au matin elle part, son sac sur le dos, sa couverture roulée sur les épaules.

Elle ne les aurait pas laissés ; quand elle se voit dans la vitrine d'un café-billard, dans le marbre rouge d'une boulangerie annonçant sa spécialité de bretzels et de pain viennois, sa silhouette la rassure. Elle est elle-même et tout son bien.

Rue Saint-André-des-Arts, elle s'arrête. Figée : le garçon arrive, salué par la patronne du Parchemin.

— Bonjour, monsieur Jérôme. Bien dormi ?

— Bonjour, madame.

Il disparaît dans le couloir. Sûr, c'est un imprimeur. Il va la reconnaître, la soupçonner encore. Comment, devant lui, parler de Florentin, de son arrestation, de ce qui l'a motivée ? Comment condamner le commerce immonde de Victor Dufourçq et accepter celui de Florentin ? Même pour ne pas choquer ses parents. Il est vrai qu'elle n'a pas à donner son jugement.

Elle erre dans le quartier. Voit quai des Grands-Augustins des hommes apportant sur leur brouette une caisse de vieux livres. Ils la disposent sur le parapet, perpendiculairement au muret. Les acheteurs et les curieux furètent dans ces vieilleries. Le lourd vaisseau des Bateaux Parisiens, dont la cheminée ressemble à une énorme carafe, fait tanguer les barques des rameurs. Dérangés dans leur passion, des pêcheurs à la ligne protestent. Maniant le gouvernail au long manche depuis le pont supérieur du navire, le capitaine, malgré la dignité de sa fonction, n'hésite pas à leur répondre.

D'autres bateaux occupent l'après-midi de Margalide. Plus petits : accompagnés de leurs nurses ou de leurs bonnes, coiffés de chapeaux à rubans ou de casquettes à large visière, des enfants les font voguer dans le bassin du jardin du Luxembourg. A dix-sept heures, venue de la voisine caserne de la rue de Tournon, la musique de la Garde républicaine s'installe sur le kiosque. Elle attaque « Auprès de ma blonde ». Margalide est réjouie.

Une femme se présente, une sacoche sur le ventre :

— Vous avez pris un fauteuil : c'est deux sous.

La Perlote paie. S'en va.

— C'est idiot de partir maintenant que vous avez payé ! lance la chaisière.

Elle n'entend pas.

Dans la rue Saint-André-des-Arts, elle surveille la porte de l'imprimeur-éditeur. Elle attend la sortie de monsieur Jérôme qui est si peu encourageant. Dès qu'il s'éloignera, elle entrera, demandera madame Angèle. Elle préfère parler à une femme. Il est peut-être déjà sorti ? pense-t-elle au bout d'un instant.

Elle n'est pas venue à Paris pour peindre les haricots, dirait la *tatéi*. Elle entend ses leçons d'énergie : « Pour celui qui veut, il ne neige ni ne pleut. »

Elle veut : elle va. Elle entre dans le couloir humide. La librairie est fermée. Dans la cour, elle frappe à la porte de l'atelier. La mécanique au rythme régulier lui répond. Margalide frappe encore. Plus fort. Elle ouvre, accueillie par une odeur d'encre, de graisse, de colle, par le ronflement de la machine à vapeur entraînant la presse que le margeur nourrit de feuilles incessantes. L'opération faite, un receveur l'en débarrasse.

L'homme qui, une à une, en vérifie l'impression a levé la tête. Une belle femme brune, portant comme les hommes une longue blouse-tablier, s'approche. La cinquantaine avenante :

— C'est pour quoi ?

— Vous êtes Angèle Langelier ?

— Si on veut.

Elle abrite ses mèches grisonnantes sous un foulard sans ourlet : il a dû être coupé en deux ou en quatre pour devenir « mouchoir de tête ».

Margalide va parler. Intimidée par ces douze ou quinze regards posés sur elle.

Angèle l'entraîne vers un cagibi désordonné dont la petite table est chargée de bons de commande, de factures, de papiers divers marqués par les traces noires d'un pouce, d'une paume. L'autre partie du foulard est là, roulée en boule, devenue chiffon à dégraisser.

Monsieur Jérôme arrive du fond de l'atelier, portant un fascicule broché qu'il veut soumettre à examen. Il hausse les épaules :

— Je le savais bien que vous cherchiez quelqu'un !

Il n'est pas hostile, pas accueillant. Ce doit être un garçon méfiant, pense Margalide.

Elle regarde Angèle :

— Votre… votre fils… est en prison…

Angèle pince les lèvres, ferme les yeux.

Elle appelle :

— Maxime !

L'homme qui surveillait la qualité du travail arrive.

Margalide ne parle pas de Lary envoyant les gendarmes dans la mauvaise direction. Elle ne parle pas du message qu'elle devait signifier à Victor Dufourcq. Elle ne dit que la soirée passée dans l'écurie et, le lendemain, Florentin les mains enserrées, devant courir derrière les chevaux.

— Ça devait arriver, lâche Jérôme pour seul commentaire.

Il s'est encore assombri.

Maxime Langelier tire sur une chaînette pendant à un petit bras de la machine à vapeur. Elle se met à siffler.

— Vous pouvez partir. De toute façon, ça va être l'heure.

Les ouvriers enlèvent leur blouse. Muets. Comprenant à la mine des maîtres « qu'il se passe quelque chose ».

Angèle veut avoir des détails. Margalide doit expliquer son voyage. Angèle ne peut pas le croire :

— Vous êtes venue à Paris… exprès pour me prévenir ?

La Perlote hésite, bafouille un peu :

— Oui… Non… Je ne voulais pas vous laisser dans l'ignorance… Je me disais : « Si on l'envoie au bagne… »

La mère sursaute. Le père sourit :

— Badinguet est dur mais tout de même… il n'expédie pas les gens au bagne pour un colportage illicite.

Margalide est heureuse de l'entendre dire. Elle imaginait Florentin à Cayenne… avec des voleuses qu'on lui enverrait par bateau pour qu'il les épouse. Elle ne le dit pas.

— Vous allez souper avec nous.

Elle est sur ses gardes. Elle craint d'avoir à parler de Lary, de Victor, de la dernière phrase de Florentin. Roulant en compagnie de madame Goetals-Levasseur elle s'était interrogée sur la signification de ce « *J'avais* de l'amitié… »

Monsieur Jérôme lui tend la main :

— Vous pouvez accepter le manger. Chaque soir lorsqu'ils dressent la table pour eux deux, mes parents mettent cinq couverts : ça leur évite de se lever en cours de repas… lorsqu'il arrive quelqu'un.

Il s'en va. N'ayant jamais souri.

— Autant son frère est gai, autant celui-là est taciturne, dit Angèle en servant un fumant ragoût de mouton aux pommes de terre.

Maxime Langelier aussi est gai, cela se voit tout de suite.

— Il tient peut-être de vous ! dit Margalide pour montrer son sens de l'observation.

Maxime Langelier s'égaie un peu plus :

— C'est de l'imitation alors !… Ou de l'éducation…

Il explique que si depuis plus de quinze ans il considère Jérôme et Florentin comme ses enfants, il n'en est pas moins vrai qu'ils sont tous les deux *seulement* les enfants de sa femme [1].

— De ma femme qui n'est même pas ma femme ! lance-t-il en riant.

1. Cf. *Les Sabots d'Angèle*, Georges Coulonges, Editions Fixot, 1991.

La confidence ne paraît pas gêner Angèle.

Encore moins le maître-imprimeur. Il se lève, désigne au mur un tableau tricolore qu'il a confectionné lui-même. Il y est écrit en lettres dorées : « Vive la République ! »

En vérité, c'est un dépliant qui s'ouvre sur trois battants marqués chacun par un mot : *Liberté, Egalité, Fraternité.*

Maxime Langelier désigne le volet du milieu. Sous le nom *Egalité*, il a collé la nomenclature tarifée des neuf classes de mariage : les épousailles en classe n° 1 reviennent à 575 francs auxquels il convient d'ajouter le prix des cierges à 6 francs le kilo ; en classe n° 9, les pauvres convolent pour 12 francs.

— J'ai dit à Angèle : « Le jour où je pourrai t'offrir la première classe, je te passerai la bague au doigt, tu peux compter sur moi ! »

Angèle a un petit sourire indulgent. Maxime est guilleret. Il désigne le troisième volet :

— Malheureusement, les affaires étant ce qu'elles sont, je crains bien d'utiliser ce tarif-là avant l'autre.

Sous le mot *Fraternité*, les chiffres s'appliquent aux enterrements où un mort de 9e catégorie s'en tire avec 9,75 francs alors que du défunt de 1re classe on exige 6 288 francs… pour lesquels, il est vrai, au lieu d'un simple vicaire lui disant le dernier adieu, il a droit à la présence de vingt et un prêtres et d'un cocher de corbillard vêtu d'un habit à aiguillettes.

— Un vicaire ! Tu entends, Angèle, je me contenterai d'un vicaire ! s'esclaffe Maxime.

Margalide est un peu gênée. Surtout lorsque, s'approchant, sous le mot *Liberté* elle lit la condamnation à trois mois de prison du sieur Langelier Maxime ici pouffant.

La prison !... Comme le père Courbas, pense la Perlote. Seulement, au pays le Courbas se battait lorsqu'on lui parlait de ce souvenir. Ici, tout le monde est à l'aise. Margalide se demande chez qui elle est tombée.

— Tu es chez des gens qui ne te laisseront pas partir dans la nuit de Paris, dit Maxime comme s'il entendait sa question. Tu vas dormir ici. Demain il fera jour.

Comme elle se couche, Angèle lui dit à travers la porte :

— Voici les fêtes. Madame Winkel, la passementière de la rue de Buci, doit avoir du travail. Je t'y conduirai. Si elle en a, elle t'en donnera.

Maxime ajoute :

— Bonne nuit, petite. Fais de beaux rêves.

Le mot trouble la Perlote.

Elle est dans le lit de Florentin qui vend des dessins défendus. Comme Victor. Dont le père est allé en prison : comme le père de Victor.

Elle se lève. Va à la chaise sur laquelle elle a posé son barda.

Elle revient au lit dont elle remonte le drap. Elle se couche dessus. Enroulée dans sa couverture.

Elle embauche le matin à sept heures, termine le soir à sept heures après avoir observé une heure d'arrêt pour ce qu'on appelle le dîner.

— Vous êtes dans une bonne maison, dit madame Winkel à ses ouvrières : les filles qui sont payées aux pièces travaillent plus longtemps que vous et elles s'en sortent moins bien. En plus, je fournis le fil, les aiguilles, le carreau et même la bougie.

Avec une unanimité calme, les ouvrières conviennent qu'elles ne sont pas malheureuses.

C'est vraiment ce qu'on appelle du travail en chambre : les douze femmes tirent l'aiguille chacune sur une chaise autour du lit qui leur sert de table, d'armoire, d'établi. Elles y posent leur ouvrage, le reprennent. Il est toujours encombré de tissus, de modèles, de patrons, d'une pelote d'épingles, d'un carton à livrer la marchandise, de fuseaux provisoirement au repos.

Margalide est pailleteuse.

— C'est par là qu'il faut commencer, affirme la maîtresse de passementerie : la paillette, ça donne de la finesse aux doigts.

C'est peut-être vrai, pense Margalide en s'appliquant.

Au bout de quelques jours elle atteint un rythme satisfaisant.

— C'est bien, dit madame Winkel, à partir de maintenant, je vous donnerai vos trente sous comme convenu.

Margalide lève sur elle ses yeux étonnés : ce n'est pas ce qui était convenu.

Madame Winkel n'a pas besoin d'entendre l'observation pour y répondre :

— Vous ne voudriez tout de même pas 1,75 francs : c'est ce que je donne aux Parisiennes !

La Perlote ne commente pas.

Elle a mal à la nuque, au dos. La couturière, la dentellière devant soudainement arpenter la montagne pour courir derrière des brebis n'éprouveraient pas plus de fatigue que la bergère assise douze heures d'affilée dans une pièce où l'on respire mal, l'œil fixé sur la robe ou le plastron qu'il convient toujours de terminer avant de rentrer chez soi.

— 1,50 francs, ce n'est pas le rêve, dit Angèle, mais c'est mieux que rien.

Elle ajoute deux mots sur son installation dans la capitale quand, voilà vingt ans, elle arrivait de sa Creuse. Avec discrétion, elle évoque son travail et ses peines à la Manufacture des tabacs. Elle paraît heureuse de donner à vivre :

— De toute façon, nous sommes là. Le soir, ton couvert sera mis.

Margalide a voulu payer ou alors apporter son manger. Ça a été pour Maxime une nouvelle occasion de rire.

Quant au coucher, il n'est pas question de le chercher ailleurs :

— On ne va pas laisser un lit inoccupé dans la maison pendant que tu courrais tous les risques dehors.

Au fil des jours, Margalide comprend la raison de tant de gentillesse : comme l'avait dit Jérôme, quand ils sont tous les deux « ses parents mettent cinq couverts ». Bien souvent toutes les assiettes servent et parfois il convient d'en ajouter : monsieur Lacoste qui, à soixante-quinze ans tenant chaque jour la librairie, n'a pas envie, le soir, de rentrer « dans son gourbi » de veuf ; un couple de chamagnons [1] qui s'est attardé

1. « Marchand de relations » comme il était écrit sur le passeport de ces habitants du village de Chamagne (en Lorraine) qui sillon-

auprès de lui dans ses achats de recueils chantés, des typographes au chômage, des étudiants venus lire un texte de leur composition, la table ne manque pas d'hôtes attendus ou improvisés, comme ce journaliste sans journal qui, à l'heure de la soupe chaude, « passait par hasard dans le quartier ». Comme beaucoup, il tient à Maxime Langelier des propos à voix basse et, le fromage à peine avalé, il va terminer sa conversation dans le magasin.

Il y a du mystère et de la bonté dans l'air, penserait Margalide si sa jeune expérience, déjà, ne lui avait appris que la bonté est toujours un mystère.

Comme pour présenter des excuses à sa sollicitude envers elle, Angèle prétend qu'elle et beaucoup d'autres auraient moins souffert si, en arrivant dans la ville des fauves, elles avaient trouvé un foyer accueillant.

Un jour qu'elles étaient seules dans l'atelier, elle a pris un air détaché :

— Ainsi... Florentin... tu ne l'as vu qu'un soir ?

— Oui. Un soir... et le lendemain matin.

Angèle la regardait :

— J'aurais pensé que tu le connaissais mieux.

Margalide se sentait rougir :

— Ah ! Bon ?... Pourquoi dites-vous ça ?

Angèle voulait être évasive :

— Je ne sais pas... A la façon dont tu parles de lui... il me semblait que tu le connaissais mieux.

naient la France pour *relater* en chansons l'actualité et surtout le fait divers. Les Chamagnons étaient si nombreux sur les routes que leur nom s'appliqua à tous les chanteurs et colporteurs lorrains.

Cela n'était rien par rapport aux mots qu'elle devait oser comme, à la veille de Noël, avec elle Margalide préparait la creusoise aumaille[1] des jours de fête. Un murmure :

— C'est drôle, il y a des moments où il me semble que tu es ma fille.

La Perlote était gênée. Elle avait quitté le pays pour être libre. L'affection vous fait aussi facilement prisonnière que la rudesse. Les jours suivants, elle avait pensé : il faut que je parte.

La lettre était arrivée de Bordeaux. Enfermé au fort du Hà, Florentin pour écrire avait attendu de connaître sa condamnation : trois mois de prison.

C'est peu, mes chers parents, si on compare cette punition à celle infligée à d'autres pour le même délit. C'est suffisant pour réfléchir. Il n'y a pas un jour où je ne pense à mon arrestation et ma réflexion me conduit à une certitude : j'ai été livré... Par qui ? Je penserais volontiers aux Gascons avec lesquels j'avais passé la nuit mais... pourquoi l'auraient-ils fait ? Et surtout de quoi m'auraient-ils accusé ? Ils ne savaient rien de moi. Et puis, comment seraient-ils allés à Bordeaux chercher les gendarmes ? Ils n'en ont pas eu le temps. Mes chers parents, il est triste de penser que certains hommes sont des délateurs. Heureusement la tristesse n'est pas de mon tempérament et dans mon cachot je souris à la vie qui a, depuis que je suis là, le visage d'une fille que vous ne connaissez pas, que vous ne connaîtrez jamais et que malheureusement je ne verrai

1. Le pot-au-feu que les Parisiens appelaient alors « la soupe et le bœuf ».

plus. C'est la fille qui allait avec les colporteurs gascons. Elle s'appelle Marguerite ou un nom comme celui-là car elle le prononce à la façon de son pays, avec des syllabes qui chantent comme sa voix qui est douce et décidée, son accent que l'on peut trouver beau mais que personnellement je trouve profondément comique.

Margalide est vexée. Elle ne savait pas qu'elle avait un accent. Encore moins qu'il était comique. Elle savait que Florentin était gai : elle n'aurait jamais pensé qu'il pouvait rire d'elle. Surtout que, quand on a un accent comme le sien, on ne se moque pas de celui des autres !

— Tu ne sais pas ce que nous allons faire ? demande Angèle. Nous allons lui répondre.

Une petite peur s'empare de la Perlote. Pourquoi écrirait-elle à ce jeune homme qu'elle ne connaît pas ?... Elle n'a jamais écrit à personne.

— Je suis sûre que ça lui fera plaisir, dit Angèle.

Evidemment, il est difficile de ne pas satisfaire au vœu d'une mère qui vous montre tant de bienveillance. Il n'est pas charitable de refuser un message au prisonnier qui se morfond dans sa geôle.

... « Cher monsieur Florentin,

« J'ai été profondément chagrinée d'apprendre votre condamn... »

Elle s'arrête. Elle réfléchit. Elle barre « profondément ».

« J'ai été chagrinée... »

Le terme lui paraît un peu fort : on n'a pas de chagrin pour quelqu'un qu'on n'a jamais vu.

En revanche, « J'ai été » semble dire qu'on n'est plus. « Je suis » est donc mieux : il indique le sentiment au moment où l'on écrit.

« Cher monsieur Florentin,

« Je suis bien embêtée... »

« Embêtée » est pudique, c'est sûr.

Ne l'est-il pas un peu trop ?... Qu'un jeune homme – *quel qu'il soit* – vive trois mois entre les murs sales d'une prison ne vous cause pas qu'un simple embêtement.

Margalide rature. Elle recommence.

Il faut bien avouer aussi que si ledit jeune homme n'avait pas colporté des gravures qui choquent l'honnêteté, les juges ne l'auraient pas condamné.

Margalide voudrait écrire cela, tempérer son propos par des mots comme « Je vous plains malgré tout ». Et puis, il faudrait innocenter les Gascons, dire qu'ils ne sont pas des traîtres...

Angèle a fini sa lettre.

Margalide la trouve parfaite.

Sous la signature de la mère, elle ajoute : « Cher monsieur Florentin, je vous souhaite bon courage et je vous embrasse. »

Angèle prend une enveloppe. Détachant un timbre sans avoir recours aux ciseaux, elle dit :

— C'est une bonne idée de les avoir dentelés.

Elle va clore.

Margalide rattrape le pli.

Après : « Je vous embrasse », elle ajoute : « Comme un frère ».

9

Chez madame Winkel, les ouvrières s'animent contre cette maquerelle qui vient d'être condamnée à cinq ans de prison pour avoir initié sa filleule de onze ans à la prostitution.

La grosse Bernarde en appelle à la morale.

Emilienne a l'âge de Margalide. Elle hausse les épaules :

— La morale, c'est l'hypocrisie : à Paris, la Préfecture remet des autorisations aux mineures comme aux autres.

— C'est interdit !

— C'est pour ça que c'est de l'hypocrisie. Si la fille est mineure, l'argousin lui fait changer son année de naissance. Si elle ne veut pas la changer, il lui fait signer une déclaration qui dégage sa responsabilité.

La grosse Bernarde demande :

— Comment tu sais ça, toi ? Tu as l'air bien renseignée.

La petite Emilienne baisse la tête sur l'entre-deux qu'elle rattache à la chemise. Elle est rouge. Margalide voit son aiguille qui tremble, une larme au coin de sa paupière.

— Allons, mesdemoiselles, nous ne sommes pas là pour commérer. J'ai promis la marchandise au Bon Marché pour samedi.

Les doigts, la soie, les ciseaux repartent. De ses mollets farouches la grosse Bernarde relance la Singer qui vient de crever, presque de créer, le marché de la machine à coudre. Elle a coûté 800 francs, rappelle madame Winkel :

— A ce prix-là, on ne va pas la laisser rouiller !

Les yeux sur ses paillettes, Margalide ne s'explique pas l'angoisse qui monte en elle : plus Angèle lui montre de prévenance plus elle se répète qu'elle doit partir. Plus elle voit Paris sale et dévergondé, plus elle entend la voix du *pépi*, son conte de Jean-de-l'Ours disant combien il convient de se méfier de ses nouveaux amis.

Florentin vendait des images interdites. Elle est sûre que Maxime et même la bonne Angèle les impriment en cachette : la presse tourne lorsque les typographes sont partis. Un matin, près de la table à clicher, les flans étaient encore encrés. C'est pour cela peut-être que Jérôme vit ailleurs, que le premier soir lorsqu'elle a annoncé l'arrestation de Florentin, il a proféré ce « Ça devait arriver ! »

La maquerelle a lancé sa filleule dans la prostitution : c'est peut-être Maxime et Angèle qui ont lancé Florentin dans le colportage de contrebande. Face à ses parents, il n'a pas su résister. Il n'a pas vu la gravité de l'affaire. Il est si gai !

Elle arrive rue Saint-André-des-Arts.

Jérôme est devant la porte.

Il l'accueille avec son ton un peu brusque :

— Ton fiancé est là.

D'un mouvement de tête, il a indiqué le couloir. Margalide n'a pas eu le temps de le voir. Elle a couru jusqu'à l'atelier. Au moment d'entrer, elle s'est arrêtée d'un coup. Clouée par cette idée tardive : elle n'a pas de fiancé.

Angèle l'appelle :

— Nous sommes ici.

La Perlote revient vers la librairie. Lentement.

Victor Dufourcq a son sourire flambard :

— Tu vois : je t'ai retrouvée.

La Perlote est foudroyée. Stupide.

— Ça n'était pas bien difficile. Le soir, j'avais vu tes manigances envers le garçon. Le lendemain, quand vous avez disparu tous les deux j'ai compris tout de suite. Avec une fille comme toi, c'est facile.

Elle n'a qu'un mot :

— Va-t'en.

Il accentue ce rictus imbécile qu'elle lui connaît bien :

— Tu oublies que je suis ton fiancé.

Aux leçons du *pépi* devant le monde des loups et des gardes, des avalanches et des vautours, aux déchirements de la *tatéi* et de Bertrande, Margalide avait compris que l'heure viendrait où elle devrait se battre.

L'heure est venue :

— Tu n'es rien du tout.

Angèle suit la scène sans dire un mot. Jérôme est sur le pas de la porte. Plus sombre que jamais.

Victor les désigne de son pouce retourné :

— Tu n'as peut-être pas dit à ces messieurs-dames que je t'ai demandée en mariage ?

— Je n'avais pas à le dire.

— Le mariage, c'est important.

— Très important. C'est pour ça que je t'ai répondu : « Non ! »

— Non ?

— Non ! Et même, jamais !

Margalide pense que Victor Dufourcq va porter la main à son visage, qu'il va demander une tranche de pomme de terre pour panser ses blessures : chaque réplique l'a brûlé comme, au premier soir, le *coucaril*.

Il se tait un instant. Veut se montrer conciliant. Il a la mine stupide du vaincu se voulant magnanime :

— Viens… Nous oublierons tout ça.

— Pas moi.

— Lary t'attend.

Le nom a cinglé.

Victor Dufourcq voit le fléchissement. Il en profite :

— Tu penses bien que ce n'est pas pour moi que je suis ici… Il te fait dire que si tu ne le rejoins pas, il viendra te chercher par les cheveux !

— Tu diras à Lary…

Victor Dufourcq hurle :

— Je ne dirai rien à Lary !

Le beuglement est aussi imprévu que le geste : il a saisi Margalide aux deux oreilles et avec une force, une colère aveugles, il la fait sauter devant lui. Angèle intervient. Il la repousse, déchaîné. Jérôme fonce sur le forcené. Margalide parvient à s'échapper. Elle sort. Vite rattrapée par Victor, lui-même rattrapé par Jérôme.

— Ces gens-là sont des sauvages ! clame la marchande du Parchemin.

Victor Dufourcq lui arrache la perche à capuchon avec laquelle elle éteignait ses lanternes. Il tient cette matraque à deux mains, attendant l'adversaire.

Jérôme est devant lui.

C'est comme si, ayant une arme, Victor n'était plus le même :

— Recule-toi. J'ai besoin de parler à ma fiancée.

— Mais...

Il est maître de lui :

— Je te promets qu'il n'arrivera rien. Recule.

Le ton est rassurant.

Jérôme fait quelques pas en arrière. Son œil ne quitte pas la perche de bois.

Victor Dufourcq se tourne vers Margalide. Il est transformé, vraiment. Presque doux :

— La Perlote... Je comprends que tu refuses la vie de chez nous. Moi aussi, je la refuse. Comme j'ai refusé l'armée. Je suis fort, tu l'as vu... mais pour être fort, j'ai besoin d'un soutien. Au pays qui peut me soutenir ? Mon père ? Il ne sait rien faire de propre ! Ma mère qui se tait devant lui, comme toutes les Espagnoles devant leur mari ? Les camarades ? Ils m'acceptent comme un Courbas ! Je leur fais peur, tu le sais bien... La Perlote, j'ai besoin de toi... pour t'aimer.

Il est ému. Paraît sincère. Il baisse la voix :

— J'ai quitté Lary. Pour toi, je gagnerai des pistoles... et même des écus. Viens, la Perlote. Mon colportage rapporte, je te marierai.

— Tu es déjà marié.

— Tu appelles ça une femme ? Je la quitterai... Je l'ai déjà quittée.

Il veut s'approcher.

— Ne me touche pas.

Angèle est allée chercher Maxime. Les ouvriers l'entourent. L'un d'eux tient à la main un dangereux morceau de plomb, l'une de ces lourdes bandes dans lesquelles on fond les lettres d'imprimerie.

— Mazette ! fait Victor, narquois : en peu de temps, tu as su trouver des hommes !

— Je n'ai pas d'homme !

— Ça tombe bien : je t'en offre un.

Il gonfle la poitrine. Jérôme se saisit de l'arme de plomb. Il s'avance :

— Elle n'a pas besoin d'un infirme.

L'arrogant résiste prudemment :

— Je ne suis pas infirme.

— Tu le seras dans peu de temps.

Victor Dufourcq comprend que l'affaire est sérieuse. Avec violence il expédie la perche à capuchon aux pieds de sa propriétaire :

— Attrape, la vieille ! La fête est finie !

Il s'en va, vérifiant d'un œil par-dessus son épaule que personne ne le suit.

Angèle ne peut pas calmer Margalide. Elle verse de l'eau sur un linge blanc. Y ajoute du vinaigre. L'applique sur le front. Les paupières de la Perlote sont agitées par la fièvre. Il faudra de longues minutes pour qu'elle murmure :

— Je dois partir.

— C'est bien le moment ! répond Angèle en haussant les épaules.

Soignée, dorlotée, revenant à elle, la malade s'affermit :

— Je ne veux plus rester ici. Je ne peux plus. La honte…

Angèle lui coupe la parole, la berce, parle de la honte avec des mots de fierté. Margalide ne veut rien entendre.

Pour qu'elle se déshabille, s'allonge, s'endorme, Angèle promet :

— Tu partiras demain. Je ne te retiendrai pas… Je te le jure.

La Perlote s'est levée avant le jour qui, rue Saint-André-des-Arts comme en vallée pyrénéenne, paraît bien avant le soleil.

Le froid est vif. Il est collé en lignes givrantes à la grille d'un portail. Les volets engourdis refusent de s'ouvrir. D'un soupirail parvient un caressant parfum de boulange, le souvenir d'une joie d'enfance : cette boule de pâte de maïs que la *tatéi* plaçait dans le four pour en éprouver la chaleur avant « de cuire ». Elle la retirait dorée, devenue la « coque » ou l'« avant-pelle » toujours offerte en montagne par la mère heureuse de voir son enfant ne pas manquer de pain. L'avant-pelle, c'est une friandise, presque une bénédiction.

Bien qu'il ait fermé son Café de Buci fort tard en compagnie de monsieur de Banville venu fêter une fois encore son succès de *Gringoire* au Théâtre-Français, le patron, à six heures, est à la caisse de son établissement.

Il coupe une tartine que Margalide trempe dans la classique demi-tasse.

Deux habitués n'ont pas eu besoin de parler pour qu'il leur serve leur casse-pattes.

Un consommateur commande un *bock*, aussitôt accusé de vouloir « faire moderne » par un matinal buveur d'absinthe. Désignant Margalide, il ajoute que de son temps l'estaminet était réservé aux hommes et qu'aucune jeunesse ne s'y serait risquée.

A l'atelier, madame Winkel lève les bras au ciel :

— Ma pauvre petite ! Vous aviez le gîte et le couvert et vous partez sans raison ? Où pensez-vous aller maintenant ?

— On m'a parlé d'un garni où on loge à cinq sous, rue de la Huchette. Vous me direz où elle est.

La maîtresse de passementerie devient sévère :

— Je ne vous le dirai certainement pas. Courez les bouges si vous voulez mais laissez-moi en dehors de tout ça !

Elle va, vient :

— Rue de la Huchette !... J'espère que vous ne craignez pas les odeurs : il n'y a que des Corréziens, là-dedans ! Des Cantalous !

Il est vrai que le soir la rue embaume.

Ça sent la soupe aux choux, reconnaît Margalide satisfaite de retrouver le parfum du pays.

— Ça sent surtout le maquereau ! fait un quidam en la voyant entrer à l'hôtel.

Il a raison : ceux que leurs villages appellent des émigrés se nourrissent de soupe aux choux, de maquereaux et surtout de saumon puisque, on le sait bien, le saumon sera toujours le poisson du pauvre. Sur leur contrat d'engagement, les bateliers de la Loire n'ont-ils pas dû faire préciser par le maître d'équipage qu'il ne leur en serait pas servi plus de trois jours par semaine ?

La chambre de Margalide ferme avec un crochet. C'est mieux qu'aux Ciseaux, pense-t-elle. Grimpée sur une chaise qui avait été paillée, elle voit, par la minuscule fenêtre, le Bouillon de la Huchette où, pour deux sous, on vous sert une assiette de légumes, pour quatre sous un morceau de viande. C'est beaucoup mieux ! murmure-t-elle en descendant.

C'est pourquoi deux jours plus tard elle n'est pas peu surprise d'entendre madame Winkel :

— Ma petite, je vous avais mise en garde contre certaines fréquentations, vous n'en avez tenu aucun compte. C'est votre droit mais je fournis maintenant les Grands Magasins du Louvre. C'est-à-dire la clientèle la plus respectable. Alors, je vous préviens : ou vous vous trouvez un hôtel, une pension, une chambre où l'on n'ait pas honte de vous voir et, en cas de presse, d'aller vous chercher, ou vous quittez mon atelier.

Les fêtes sont passées, le travail s'est ralenti, ce ne sont pas des paroles en l'air, juge Margalide.

Il se passe en elle quelque chose d'extrêmement rapide : elle se lève, plante son aiguille dans la bobine de fil grège. Le plastron à tuyaux tombe à ses pieds :

— Mon choix est fait : vous me payez. Je m'en vais.

Madame Winkel n'en croit pas ses oreilles. Margalide non plus. Elle entend vaguement la maîtresse ès passementeries :

— Ah ! Ça, ma petite, vous êtes folle !... Qu'est-ce que vous allez trouver ? Vous ne savez rien faire ! Ici, vous apprenez un métier.

Pour toute réponse, la Perlote tend la main. La referme sur les quelques pièces restant en compte.

Tous les regards sont posés sur elle. Les aiguillées pendent au bout des doigts. La grosse Bernarde a immobilisé ses mollets sur la pédale de la Singer.

Ayant refermé la porte, Margalide entend un « Ça, par exemple ! » dubitatif de madame Winkel.

Elle descend. Se dit qu'elle s'enfonce.

Mais non ! Elle monte au contraire. Vers la liberté !... La belle malice d'accepter tous les ordres ! « Quand je vends une poule, l'acheteur n'a pas à me dire ce que je dois faire de mon argent. »

Elle a envie de chanter.

Devant la vitrine Aux Dames françaises : Angèle.

Margalide voudrait s'enfuir. Angèle vient vers elle. Margalide se défend :

— Vous êtes bonne, madame Angèle. Très bonne mais je ne veux pas revenir chez vous. Je sais ce que je vous dois. Je vous le paierai de mon argent et de ma reconnaissance. Maintenant, il faut que je sois seule. Pour tout.

Angèle la regarde. Son silence donne à la Perlote l'envie de parler :

— Je suis bien désolée du scandale dans la rue, l'autre soir... Il me faut vous dire que Victor Dufourcq n'a jamais été mon fiancé... Ni un autre garçon... Je voudrais que vous en informiez Florentin lorsque vous lui écrirez.

Angèle tire une enveloppe de son jupon :

— Tu l'en informeras toi-même si tu veux.

La Perlote semble ne pas comprendre.

— La lettre vient de Bordeaux. Elle est à ton nom. C'est pour ça que je suis venue.

Angèle tend le pli. Il est marqué : « Pour Mlle Margalide. »

La rue se met à tourner. Les Dames françaises entrent A la Botte de cuir, le magasin Aux deux Magots court après le Café de Buci, le crémier embrasse la drapière dans les bocaux bleus de la pharmacie-herboristerie. Margalide a le vertige.

Elle vient de recevoir la première lettre de sa vie.

Elle la lit dans la rue de Seine, la relit rue Mazarine, elle tournique dans la rue Guénégaud. Des bonheurs virevoltent dans sa tête. Elle remonte le quai des Grands-Augustins en pensant à la *tatéi*, à Bertrande, aux autres filles la forçant à l'amour. Elle se répète que madame Winkel est une sorte de Bertrande, que nous sommes libres vraiment : pour se le prouver, sans raison et désormais sans travail elle saute dans l'omnibus à deux chevaux qui traverse le pont.

— Trente centimes à l'intérieur, quinze sous sur l'impériale.

Elle grimpe. L'impériale a douze places assises. Elle se tient debout. Venant de Notre-Dame, un promeneur d'un geste arrête le convoi. Il monte. Au Palais de Justice deux voyageurs descendent. Devant l'Horloge, un autre appelle. On le prend.

— Hue !

A nouveau, voici la Seine. A droite, les parfums du marché aux fleurs sont en lutte avec les senteurs du port aux pommes : quarante gabarres peuplées de jaunes rondeurs sont amarrées devant l'Hôtel de Ville. A gauche, se mêlent les odeurs chaudes du pin des Landes et du bois de campêche. Deux grands théâtres blancs vous accueillent, tout neufs, séparés par une place faite de verdure et d'une haute fontaine dont le chant ne parvient pas à couvrir les roucoulades, trilles, hululements du quai de la Mégisserie.

Pour se prouver mieux encore son indépendance, Margalide descend de l'omnibus. Sous l'œil désapprobateur de ses compagnons de voyage :

— La jeunesse est gaspilleuse ! déclare la marchande de chiffons qu'on aurait pu croire dans l'incapacité de voir : regorgeant de vieilles hardes, son gros balluchon installé sur ses genoux monte au-dessus de sa tête.

Son voisin renchérit :

— Les jeunes ? Ils ne peuvent plus faire cent mètres à pied ! Ça les fatigue.

Margalide est sur le quai.

Un homme s'approche : serrée en sa pointe par un cordonnet rouge, sa longue barbe blanche figure, sur sa poitrine, un vase ou un grand verre à pied. Une chouette se tient placidement sur son épaule. Le dos de sa redingote en porte les traces.

La Perlote a envie de sourire à ces yeux qui lui sourient.

— Ce pont, ma jeune amie, s'appelle le Pont-au-Change. On le baptisa ainsi parce que, voici bien longtemps, les changeurs de monnaie avaient, sur sa chaussée, établi leurs boutiques.

Le bonhomme la regarde :

— Voulez-vous que je vous dise mon savoir ?... Vous me donnerez un sou.

Margalide cherche une pièce.

— Non ! Non ! fait le bonhomme : vous me paierez après. Si vous êtes contente.

Il se lance dans un discours émerveillé relatant l'histoire du pont depuis sept siècles bâti, souvent emporté par les eaux, reconstruit, honoré bientôt par la présence d'un fonctionnaire dit *avaleur de nefs*...

— ... Non parce qu'il avalait les navires mais parce que, faisant baisser la voile de ceux qui venaient de l'amont, il les conduisait en aval transformés en bateaux plats.

Margalide voit les voiles s'abaissant. Elle a de la peine à se représenter un pont chargé de maisons.

— Imaginez cela, ma chère enfant : le roi de France entre dans sa bonne ville. Il a devant lui la redoutable prison-forteresse du Châtelet dont mon âge me permet de vous dire que je l'ai vue sur pied. Eh bien ! dès que le carrosse paraît, les oiseleurs du quai libèrent leurs pensionnaires qui, dans un immense froufrou de plumes, s'envolent au plus haut... Comprenez-vous ce geste, aimable jeunesse ?

— Non, fait Margalide d'une petite voix.

Les yeux du conteur se sont mis à briller :

— Ces pigeons et ces colombes disent au roi : « Il faut ouvrir les portes des prisons. » Le souverain s'exécute. Les oiseaux alors disent au monde : « Paris est la capitale de la liberté. »

Margalide glisse sa pièce dans la main du poète.

Elle ne murmure pas le « Merci » qu'elle pense. Elle court jusqu'à la rue de la Huchette. Que lui importent les crinolines et les melons, les fiacres et les omnibus, le chant du cordonnier ambulant ou la course à cheval du garde de Paris dont le casque doré bondit et rebondit sous le flot de la crinière rouge qui lui bat les épaules ?

Elle monte, se précipite sur son encrier :

« Cher monsieur Florentin,

« Vous ne devinerez jamais la grande joie que m'a procurée votre lettre et je vous en remercie très vivement. »

Elle va rayer « grande ». Elle pense que si le mot a jailli de l'encrier c'est qu'il est juste. Elle le laisse, est pressée d'avancer, donne des nouvelles de sa santé qui est très bonne, demande des siennes au détenu. Elle termine en affirmant que les oiseaux de Paris demandent sa liberté. Ils l'attendent. Ils lui portent ce message et dès qu'il paraîtra, ils lui feront fête.

Florentin répond que tout cela ne le surprend guère. Les oiseaux de Paris sont déjà à Bordeaux. Du matin au soir, il les entend. Ils l'appellent et la nuit est venue lorsque les martinets harcèlent encore le feuillage du platane qui s'encadre entre les barreaux de sa cellule. Le prisonnier espère que d'autres personnes l'attendent aussi, par exemple sa mère, son père, son frère... La lettre s'arrête là.

Assise sur la chaise sans paille, le corps penché sur la cantine qui tour à tour lui sert d'écritoire et d'armoire de rangement, la Perlote met autant d'application au dire qu'à la calligraphie :

« Cher monsieur Florentin,

« Vous pouvez être sûr que votre mère et les personnes que vous me citez guettent votre retour avec impatience.

« Moi, je passe mes journées à chercher du travail mais ça n'est pas facile parce que Paris n'a pas de brebis à garder. On m'avait signalé une place de corsetière. On m'a répondu que je ne faisais pas l'affaire. Il y a dans le garni une Alsacienne qui s'appelle Emilie. On l'a engagée comme bonne à tout faire mais ses patrons l'appellent Justine. Ils disent qu'ils ont toujours appelé leur domestique Justine et que ça n'est pas aux maîtres à obéir aux caprices des domestiques. Elle pleure. C'est bien triste. »

Florentin n'est pas fait pour les larmes. La Perlote en tient compte :

« Je vais vous faire rire : les Cantalous et les Corréziens dont me parlait madame Winkel viennent parfois d'Aurillac et d'Argentat mais aussi des rives de l'Allier ou du plateau du Larzac... quand ce n'est pas des Flandres ou de l'Artois et, pour le plus grand nombre, de Rennes ou de Guingamp. Evidemment, je ne connais pas ces pays et c'est mon voisin d'étage qui me renseigne. Il est gentil, pas plus sale qu'un autre mais on l'appelle Crassou car c'est le nom de son métier : à la gare Montparnasse, avec d'autres Bretons il prépare le feu de la locomotive qui va partir. Comme, l'autre jour, des vaches noires et blanches traversaient Paris, il m'a dit avec un air ému que peut-être elles venaient de Bretagne. Moi, ce noir et blanc m'a fait penser à nos cimes où les mouchetons de terre alternent avec les tapis de neige. Ça fait que maintenant quand je pense à nos hautes montagnes, je les crois recouvertes d'une grande peau de vache. »

Depuis que le chemin de fer a remplacé la malle-poste, le courrier est rapide.

La réponse est déjà là :

« Vous pouvez dire que vous m'avez fait rire avec votre peau de vache recouvrant les Pyrénées ! »

Elle écrit :

« Vous aussi, vous me faites rire et c'est pour ça qu'il me tarde de vous voir ! »

Elle descend, glisse sa lettre dans l'une de ces boîtes-bornes qui auront tôt fait de remplacer les antiques boîtes murales.

En ce soir de Mardi gras, Crassou est assis sur la margelle de la fontaine. Il fredonne la chanson du Meurlarjez, la chanson du Carnaval breton qui, en célébrant les joies, demande qu'elles durent toujours avec « l'août deux fois l'an et la Saint-Michel tous les sept ans[1] ! »

Il ajoute :

— Moi, je voudrais qu'il n'y ait jamais eu de Saint-Michel.

Il désigne la place, le boulevard ainsi baptisés mais, on le voit bien, ses yeux vont dans la lande dénudée, dans le bourg coloré de fête où, sur un char, on traînait le « Saint du Gras » dont le corps de paille flamberait bientôt au milieu des vivats saluant la mort de l'hiver.

Jérôme a débouché de la rue Saint-André-des-Arts :

— Suzanne Gandon va avoir son bébé. Elle quitte l'atelier pendant dix jours. Peut-être plus. Il faudrait que tu viennes la remplacer. Ça nous rendrait service.

Margalide bondit de joie.

— Mes parents sont d'accord, ajoute Jérôme.

Elle se rembrunit :

— Comment « ils sont d'accord ? » Ce ne sont pas eux qui me demandent ?

Jérôme est hésitant :

1. En Bretagne comme en d'autres provinces, le paiement des fermages s'effectuait à la Saint-Michel, c'est-à-dire le 29 septembre... Ce pouvait être aussi la date de la « Foire aux domestiques ».

— Si... Si... Ils te demandent puisque je suis là. Mais... auparavant... nous en avons parlé... tous ensemble.

Il la regarde :

— Est-ce que tu peux venir ?

Elle met de l'ordre dans les casses.

— Elles en avaient besoin, dit Angèle en la regardant travailler. Suzanne est une brave fille mais elle fait toujours ce qu'on ne lui demande pas.

Margalide ne se laisse pas détourner de sa tâche : les majuscules vont en haut, les autres caractères dans le bas. Pour les italiques, les encadrés, les enluminés de début de chapitre qu'elle a trouvés traînant sur les tables et même sur le sol, elle les glisse dans le casseau en se promettant de l'ordonner lui aussi dès qu'elle aura une minute.

— C'est bien que tu saches lire, dit Angèle : à notre époque, il y en a tellement peu.

— Ne t'inquiète pas, lance Maxime : la République arrive. Elle nous donnera l'école pour tous.

Angèle murmure :

— Ce sera bien. Si au Gros-Caillou je n'avais pas rencontré Louison, je ne me serais jamais lancée [1]. Seul, ce n'est pas facile de s'instruire. On a peur de ne pas être assez enfant pour apprendre.

Margalide l'admire.

Le soir, elle écrit :

« Cher monsieur Florentin,

1. Cf. Georges Coulonges, *Les Sabots d'Angèle*, Editions Fixot, 1991.

« Lorsque dans nos montagnes je voyais mon *pépi* réussir ses fromages, je lisais dans ses yeux la fierté sage que je lis dans les yeux de vos parents tenant entre leurs doigts le livre sortant de leur travail. Aujourd'hui, je pense que le fromage allait emplir le ventre des gens alors que le livre va emplir la tête des hommes et des femmes qui sauront y mordre. »

Jérôme aussi aide Margalide. Il lui montre comment encrer le rouleau pour faire deux épreuves d'un coup, en prenant garde à la brosse qui déchire facilement le papier.

Elle se dit : il est sérieux. C'est mon application qui m'a gagné son estime.

Elle lui dit :

— C'est drôle, monsieur Jérôme, je ne devrais pas me plaire dans cet atelier... Les murs y remplacent les crêts. Le ciel est une verrière traversée de barres rouillées. Elle fait mûrir des fleurs noires qu'on appelle des machines. Tout cela semble toujours en deuil et pourtant, dans cette odeur d'encre qui a remplacé le parfum des fougères, je suis contente.

Cela fait plaisir au garçon. Il la surveille du coin de l'œil, revient lui donner un conseil, guide sa main en lui prenant le poignet pour l'aider à composer. Il est comme l'ours des Pyrénées, pense Margalide : on le croit méchant et quand on l'apprivoise, il suffit de deux notes pour le faire danser.

Le soir, sa lettre n'est qu'un cri de joie :

« Votre frère m'a parlé de monsieur Victor Hugo. Il m'a fait lire quelques-uns des poèmes groupés sous le titre : *La Légende des siècles*. Vous allez me trouver bête : je savais qu'il y avait des poèmes puisque toujours mon *pépi* m'en a dit dans sa langue de pays mais je ne savais pas qu'il y avait des poètes. C'est je crois parce que leurs vers semblent venir du vent et du soleil et c'est bien le cas des poèmes de monsieur Victor Hugo. Par exemple lorsque l'amoureux invite sa belle à partir avec lui sur leurs chevaux :

Nous donnerons à ces bêtes
Une avoine de baisers.

« Je trouve cela très beau. Et aussi :

Ce ne sera point ma faute
Si les forêts et les monts
En nous voyant côte à côte
Ne murmurent pas : "Aimons !"

« Quel magnifique serment, monsieur Florentin, ne trouvez-vous pas ? »

Le lendemain, à l'atelier, son enthousiasme n'a pas fléchi :

— Les poèmes de monsieur Victor Hugo ressemblent à des lettres d'amour… N'est-ce pas votre avis, madame Angèle ?

Angèle s'attendrit devant cette joie d'enfant.

L'enfant est indiscret :

— Avez-vous reçu des lettres d'amour, madame Angèle ?

Angèle rougit :

— J'en ai reçu mais… je ne les lisais pas.

La Perlote est déçue.

Angèle se tait.

Elle se décide. A voix basse :

— J'étais mariée et ces lettres n'étaient pas de mon mari.

— Elles n'étaient pas de monsieur Maxime ?

La voix basse devient éclat de rire :

— Mais si ! Elles étaient de monsieur Maxime ! Seulement… à ce moment-là… il n'était pas mon mari !

On ne sait même pas si la Perlote a entendu : elle est dans son poème, dans ses idées, dans la rue Saint-André-des-Arts.

Elle est dans le garni de la rue de la Huchette :

« Viens, sois tendre, je suis ivre
Ô les verts taillis mouillés !
Ton souffle te fera suivre
Des papillons réveillés !

« Les papillons sont réveillés et moi ce soir, je ne peux pas m'endormir, cher monsieur Florentin !

« Nous entrerons à l'auberge
Et nous paierons l'hôtelier.
De ton sourire de vierge
De mon bonjour d'écolier. »

Margalide rêve, dans ses yeux rires et larmes mêlés.

Au-dessus d'elle, un Breton joue de la bombarde. Les autres chantent, dansent, tapent sur le parquet de leurs sabots ou de leurs gros souliers ferrés pour célébrer la *fest au hoc'h* ou, si l'on préfère, la fête du cochon : le jour des Cendres, ils avaient réussi à conduire un goret au cinquième étage. Ils l'ont tué puis ils ont dépecé la bête pendue sur l'échelle du grenier.

Margalide relit sa lettre.

Elle rougit :

— Je ne l'enverrai pas.

A cause du sourire de vierge. De ce souffle d'amour qui réveille les papillons…

Elle pense à sa *tatéi* refusant ce que toutes les filles espèrent. Sans le dire, bien sûr. Elle se demande ce qui bouleverse sa poitrine. Tout son corps. Elle se demande « ce que ça fait ». Elle repousse ses imaginations.

Le lendemain, elle va voir l'homme des quais. Il lui offre de l'emmener à Bercy pour lui montrer « le spectacle magnifique des eaux de la Seine apportant le vin de Bourgogne ». Ou alors ils descendront aux berges de Meudon « où meurt dans la pourriture la prison-ponton qui, dans la pourriture, fit mourir les victimes de Badinguet… »

— Là, nous dirons à la Seine : « Va vers Londres, Cayenne, Guernesey… Porte notre salut aux proscrits de la liberté. »

Elle aime ces proscrits de la liberté. Elle pense qu'ils lui ressemblent. Sauf monsieur Victor Hugo qui est beaucoup plus grand qu'elle. Sur la première page de *La Légende des siècles* il a écrit :

Livre, qu'un vent t'emporte
En France où je suis né !
L'arbre déraciné
Donne sa feuille morte.

Elle est déracinée. Devrait écrire à son *pépi*. Elle ne veut pas d'une feuille morte : elle lui enverra une lettre lorsque la feuille au contraire vivra de son bonheur établi.

Ce bonheur bientôt sera en elle.

Elle le sent lorsque, guidée par Angèle, par Jérôme, elle s'exerce à marger, à encrer, à composer des mots de papier avec des lettres de plomb.

Il lui faut quelques secondes pour se rendre compte que tous les typos ont suspendu leurs gestes, leurs yeux fixés vers le même point.

Angèle regarde avec eux.

Des sanglots soudain la secouent.

La voyant, Margalide se retourne.

Florentin est sur la porte.

Il ne voit qu'elle.

Elle ne voit que lui.

En trois enjambées, il traverse l'atelier.

Elle est dans ses bras. La tête sur son épaule. Ne bougeant pas. Sa poitrine écrasée par la force qu'elle met à serrer contre elle la poitrine du garçon.

Le père, la mère, les ouvriers, tout le monde est immobile. On voudrait dire : respectueux.

Alors intervient l'imprévisible : la machine à vapeur lance un sifflet de fête.

On regarde : Jérôme tient dans sa main la chaîne de la sirène. Il ne la lâche plus.

Margalide pense : c'est la première fois que je le vois sourire.

10

Elle est surprise de ce qui lui est arrivé. Surprise d'avoir été vue dans les bras d'un homme : heureuse, elle le sait.

Elle ne veut pas l'avouer. Même à elle.

Elle voudrait « revenir en arrière ». A cause des autres. Et surtout de Florentin. Il pourrait bien se faire des idées.

Il ne reprend pas le colportage. Il travaille à la composition, près de son frère.

Il s'approche de Margalide :

— Ce soir, je vais voir un ami. Si tu veux, je t'emmène.

— Pourquoi j'irais voir vos amis ? Je ne les connais pas.

Il part seul.

Elle le regrette.

La voyant morose, Crassou lui raconte qu'au dépôt de Montparnasse, les ouvriers ont fait circuler la caisse noire pour aider un mécanicien accidenté.

Il voit bien que ça n'intéresse pas beaucoup sa protégée.

Cela ne le décourage pas :

— C'est moi qui l'ai peinte en noir il y a quinze ans. De toute façon, avec l'huile et le charbon, en passant de main en main elle l'était toujours !

Le résultat n'est pas meilleur.

Le lendemain Florentin présente à nouveau son invitation. La Perlote a bien envie d'accepter.

Elle refuse.

Cela lui vaut une offense qui n'est pas loin de l'outrage : Florentin s'en va dans un éclat de rire. Insolent. Toute son attitude dit : « Voilà une fille qui ne sait pas ce qu'elle veut ! » Ou encore : « Pauvre niaise qui croit cacher ses sentiments ! » A moins que – pis encore ! – ce ne soit : « Les sermons forment des godiches qui sont fières de l'être ! »

La Perlote ressent la colère que, chez Françoise Dauzades, elle avait éprouvée devant Victor Dufourcq. A coup sûr, il lui faudrait ici un *coucaril*.

Devant la presse où aujourd'hui elle fait office de margeuse, elle trouve sinon de quoi brûler le nez de ce nouveau prétentieux, du moins de le moucher : on ne va pas en prison quand on est honnête homme.

Il devine les choses ? Elle les sait. Elle va les lui dire. Pas plus tard que ce soir.

Le sifflet libère les typographes.

Florentin s'en va avec les autres. Sans lui adresser la parole.

Elle est dépitée.

Il s'en va aussi le lendemain.

Elle est furieuse.

Maxime lui confie un véritable travail. Elle fait une marge trop large.

Jérôme lui demande :

— Ça ne va pas ?

Il paraît plus triste que jamais. Il va rejoindre Florentin au massicot. Il lui dit des racontars qui les amusent tous les deux.

Angèle est heureuse de les voir ensemble. Comme complices :

— C'est « Jean qui grogne et Jean qui rit ! » dit Maxime en faisant allusion à l'ouvrage que madame la Comtesse de Ségur vient de faire paraître en librairie.

A la sortie, Florentin s'approche. L'air négligent :

— J'ai rendez-vous devant le Panthéon avec Pipe-en-bois. Tu viens ?

Margalide ne connaît ni Pipe-en-bois ni le Panthéon. Elle va refuser.

Elle se trouve stupide. Ne voudrait pas le paraître :

— Vous savez bien, monsieur Florentin, que je ne peux pas sortir avec vous.

Il se demande, il demande quel est l'empêchement. Margalide répond :

— Ça ne serait pas bien.

Il va rire. Elle l'arrête :

— Je n'ai pas peur de vous. Ni de ce que disent les gens.

Elle prend un petit temps. Baisse les yeux. Se détourne :

— Je ne veux pas aller en prison.

Il est tout à fait décontenancé.

Elle souffle :

— Et même... même... Je ne veux pas me promener avec un garçon qui vend des gravures... déshonnêtes.

Pour l'empêcher de rire, c'est manqué : il s'esclaffe. Il est plié en deux. Ne s'arrête plus. Margalide a l'impression qu'il la montre du doigt. Que les passants, les marchands, que toute la rue la regarde et se paie sa tête.

Elle s'en va.

Il la rattrape :

— Je croyais que tu aimais t'amuser…

— Ces dessins ne m'amusent pas !

Il lui prend le bras :

— Viens. Je t'emmène.

Elle est sur ses gardes :

— Si votre ami Pipe-en-bois n'est pas un garçon convenable, je partirai aussitôt.

Florentin est formel : on ne va plus voir Pipe-en-bois.

Ils traversent la Seine.

Il y a encore, à cette heure, un porteur d'eau remplissant sa cuve à bricole à la fontaine.

Ils s'enfoncent vers les Halles. Les rues sont étroites. Florentin la prend par les épaules. Elle se dégage, marche deux pas devant lui. Un homme s'approche. Il murmure quelques mots avinés. La Perlote attend Florentin.

— Passe, dit-il en poussant une porte.

Elle ne peut pas avancer : la fumée la repousse. Et l'odeur du vin chaud, de l'absinthe, de la bière, du café, des fruits à l'eau-de-vie. L'odeur des hommes et des femmes en transpiration, des garçons faisant voltiger de lourds plateaux. La jeune marchande de fleurs, la vieille loueuse de lorgnettes se faufilent entre les tables du beuglant.

— Viens à la corde, dit Florentin en entraînant la Perlote sous la galerie.

La corde en fait le tour. Ils parviennent à s'y appuyer, coincés entre une mémère qui tient son chien entre ses bras et un fort des Halles fumant un cigare à deux sous. Derrière eux, en blouse et casquette un ouvrier tire sur sa pipe, sa femme à son bras. Elle est en pantoufles, vêtue d'un tablier propre, repassé, comme empesé. Un quidam portant bésicles sort de la poche de sa redingote une forte tartine de pain et de pâté. Il mange de bon appétit.

— Eventail ! Qui n'a pas son éventail ? demande une poupée rose dont la corbeille comporte encore des gâteaux chauds et des pastilles digestives.

Un homme en habit trouve son chemin dans la cohue, portant son violon.

— Vas-y, Raoul ! crie un gamin dépeigné.

Raoul se glisse dans la minuscule fosse d'orchestre. Il lève son archet. Un autre crincrin lui répond, un hautbois, un piano, un tambour surmonté d'une cymbale.

— Pour qui la demi-tasse ? A qui le bock ? demande un garçon à la recherche de ses clients.

Le tambour roule plus fort pour obtenir le silence.

Ceux de la corde en profitent pour crier :

— A la porte, les gandins !

Florentin souffle à l'oreille de Margalide :

— Les gandins, se sont les pâlichons qui sont dans la loge. On les appelle comme ça parce qu'ils se pavanent boulevard de Gand [1].

Une voix lance :

1. Boulevard des Italiens.

— Dehors, les petits-crevés !

— Ce sont les mêmes ! murmure Florentin devenu parfait cicerone.

Il s'amuse. Des lazzis, de la musique, des boulettes de papier à la trajectoire bien ajustée par les spectateurs de la galerie : elles tombent dans le décolleté des bourgeoises, dans le verre des bourgeois installés aux « tables infernales » ou, si l'on préfère, aux tables réservées aux privilégiés, devant la scène dont maintenant on ouvre le rideau.

La bonne humeur de la salle devient long cri d'amour :

— Thérésa !

Elle paraît. Immense. Forte. Lèvres exagérément charnues.

— Ouvre pas ta bouche, tu me fais peur ! lance le titi.

— Elle est trop grande, ta goule ! Tu vois pas comme la salle est petite !

On fait taire les turbulents.

Roulant des yeux, des épaules, des hanches, Thérésa attaque son refrain fétiche : « Rien n'est sacré pour un sapeur ! »

On l'applaudit. On lui lance des fleurs. On tape des pieds, des mains.

Abasourdie par l'atmosphère, Margalide est portée par l'entrain de la chanteuse, de l'orchestre, par la satisfaction éclatante de Florentin. Le plaisir du public est grandiose. Le sien aussi. C'est le bonheur éternel de la jeunesse qui découvre.

Entre deux chansons, Thérésa s'éponge le front :

— Il fait trop chaud. Vous ne pourriez pas sortir pour que je respire un peu ?

Le triomphe devient du délire. Elle s'assied sur le bord de la scène, prenant garde aux feux de gaz qui la bordent.

Un marchand en profite pour passer dans la salle, montrant au bout de son bras des feuilles imprimées :

— Demandez les chansons de Thérésa ! Demandez « Mon Eulalie » et le magnifique succès : « C'est dans le nez que ça me chatouille ! » Quarante centimes le recueil avec « La Gardeuse d'ours » et l'immortel chef-d'œuvre : « Va téter Titine ! »

— Je t'ai emmenée ici pour te montrer ce que je fais, dit Florentin en désignant le vendeur.

Margalide ne comprend pas.

— Je vends des chansons… comme lui, explique son compagnon.

La Perlote est sur la réserve :

— Lui… on ne le met pas en prison !

— Eh ! Non !… L'empereur est injuste ! conclut Florentin, avec son rire habituel.

Il ajoute qu'un jour il lui expliquera des choses.

— Pourquoi pas maintenant ?

Pourquoi ?… Parce que maintenant, Thérésa annonce une chanson toute nouvelle : « La Femme à barbe ». Parce que la salle déjà la chante avec elle. Parce que, ovationnée, saluée, rappelée, Thérésa revient pour lancer la ritournelle, les paroles qui l'ont conduite à la gloire :

Quand les canards s'en vont en tas
C'est qu'ça leur plaît… Ça nous regarde pas !
Ah ! Ah ! Ah !

— Ah ! Ah ! Ah ! fait la salle à son tour.

— Ah ! Ah ! Ah ! finit par lancer Margalide.

Son allégresse comble Florentin. Il l'attire contre lui. Elle est heureuse de lui offrir sa liesse. De la placer sur son épaule. Même gaieté dans les yeux. Même bonheur de frapper ensemble dans leurs mains applaudissant Thérésa, le caf'conç, la vie parisienne. La vie. Toujours belle à qui sait la rencontrer.

Lary Morère est atterré :

— Tu suis les hommes dans des endroits semblables ?

Venu alimenter sa caïche chez les éditeurs parisiens, il est arrivé ce matin à l'atelier, invitant Margalide à rentrer avec lui.

La Perlote est ébranlée. Elle savait bien que son escapade ne pouvait pas durer, que la ville pour elle n'était qu'une aventure : elle ne voulait pas croire que le jour était venu de lui dire adieu.

— Ton *pépi* t'a confiée à moi, répète Lary.

Il soupire :

— Victor m'avait bien dit que tu faisais la vie.

Margalide avale sa salive. Elle pense à Victor Dufourcq avec colère. Elle regarde son cousin avec des yeux de pitié.

Il la place devant une évidence :

— Tu ne veux plus revoir les tiens… Il y a bien une raison…

Rentrant de quelque livraison, Florentin passe dans le couloir.

— La voilà ta raison ! murmure le colporteur conforté dans ses hypothèses.

Margalide s'indigne. A l'intérieur. Va-t-elle dire à ce maître l'enfermant dans des lessives à faire et des légumes à éplucher : « C'est toi que j'ai fui ? » Peut-elle expliquer à ce marchand capable de vendre toutes les marchandises qu'elle a soif d'autres commerces ? Est-il possible de lui faire comprendre que Paris lui enseigne l'art d'imprimer et la joie de lire, qu'elle aime le parfum du papier, la caresse du vélin, la seule magie de noms en ramettes capables de vous faire rêver : Hollande, Chine, Japon ?... Osera-t-elle lui avouer que cette magie est plus grande encore lorsque sous ses doigts le papier blanc s'habille de lignes noires, lorsque sous ses yeux les lignes noires se parent d'images en couleurs ?

La Perlote regarde Lary : elle ne connaît pas les chansons que Florentin colporte en cachette. Puisqu'elle ne connaît pas ses chansons, elle ne connaît pas Florentin... Elle veut le connaître. Peut-elle en faire la confidence ?

On dit l'intime à qui l'on donne l'estime.

Elle se tait. Préfère laisser croire au plaisir : elle reparle du caf'conç.

Lary secoue la tête. Il finit par proposer de revenir dans deux jours. Au matin du départ.

— Ce n'est pas la peine, dit Margalide.

Il ne veut pas l'entendre :

— Sois prête. Après, tu mèneras ta vie comme tu l'entends. Pour moi, je ne me représenterai pas sans toi devant Bartholomé Hourcade, mon cousin.

Il s'en va. Vieilli.

Elle pense qu'il la jugera mal. Il dira son jugement au *pépi*. Elle ne peut pas rester.

Elle ne peut pas partir.

Tout le jour la Perlote garde dans le cœur un brouillamini bien lourd à porter.

Les ouvriers sont sortis.

Devant les presses immobiles, Florentin se dirige vers le fond de l'atelier.

Il pousse une table chargée de vieux clichés de cuivre, réussit à déplacer la poussiéreuse presse à bras héritée du premier atelier de monsieur Lacoste. Cela libère une armoire qu'il fait glisser le long du mur. Apparaît une cavité peuplée d'étagères qui sont peuplées de papiers, de fascicules, de recueils jaunis par les ans ou qui, au contraire, sentent l'encre fraîche :

— Voilà ce que je fais circuler ! dit Florentin. Cherche. Tu trouveras peut-être les dessins qui t'effraient.

Margalide ne bouge pas. Ne comprend pas.

— Lis ! Tu peux lire ! Ça ne mord pas !... Du moins, pas toi !

Elle demande :

— Ce sont des chansons ?

— Tu veux des chansons ? J'en ai une.

Il fouille, furète, finit par trouver un paquet de feuilles volantes. Il en montre le titre : *Chanson, par monsieur Victor Hugo.*

Il avertit :

— C'est une comparaison entre Napoléon, le vrai... et l'autre : le nôtre.

Il lit pour elle, détaillant chaque vers :

Sa grandeur éblouit l'histoire.
Quinze ans, il fut
Le Dieu qui traînait la victoire
Sur un affût ;
L'Europe sous la loi guerrière

Se débattit. –
Toi, son singe, marche derrière
Petit, petit...

Devant Margalide désorientée, il décoche ce rire sonore qui, dès la rencontre bordelaise, l'avait attirée.

Napoléon dans la bataille
Grave et serein,
Guidait à travers la mitraille
L'aigle d'airain.
Il entra sur le pont d'Arcole,
Il en sortit. –
Voici de l'or, viens, pille et vole,
Petit, petit.

Margalide n'est pas sûre de bien comprendre. Victor Dufourcq bravait les forestiers : le *pépi* et tous les hommes s'unissaient pour le protéger. Les jeunes garçons brûlaient les registres de l'état civil ou se coupaient deux doigts pour ne pas porter le fusil : lorsqu'ils recevaient de monsieur le préfet des demandes concernant ces jeunes, les maires s'abstenaient d'y répondre. Lorsque, au village, les gendarmes cherchaient un déserteur, tous les habitants juraient ne pas l'avoir vu. Il en était de même pour le contrebandier que chacun savait tapi dans la grange voisine ; de même pour tous ceux qui, trompant l'Etat, semblaient par là mériter l'estime de la population. L'opprobre n'était portée que sur les « franchimans » : ceux qui, nés en Vicdessos ou en Couserans, prenaient l'habitude de parler français. Margalide savait cela et aussi que lorsque Bertrande Morère s'en prenait aux voleurs de libertés, si la *tatéi* ne voulait pas l'entendre d'autres se joignaient à elle pour mettre monsieur le curé et monsieur le préfet dans le même sac à malices : ce qu'elle ne savait pas c'est qu'un poète aux tendres mots d'amour pouvait trouver tant de mépris pour rejeter le maître du sac d'écus.

Le soir, dans l'arrière-salle du café dont avec une prudence insuffisante on a tiré le rideau taillé dans un coupon de toile à peinture, Florentin déclame, debout :

Berlin, Vienne étaient ses maîtresses ;
Il les forçait,
Leste et prenant les forteresses
Par le corset ;
Il triompha de cent bastilles
Qu'il investit. –
Voici pour toi, voici des filles,
Petit, petit.

Sa strophe terminée, il trempe son écuelle dans le saladier, boit du punch, passe son écuelle ainsi que la parole à un autre garçon qui déclame à son tour, boit le punch, passe l'écuelle à l'artiste qui a l'honneur de terminer le récit :

Quand il tomba, lâchant le monde,
L'immense mer
Ouvrit à sa chute profonde
Son gouffre amer ;
Il y plongea, sinistre archange,
Et s'engloutit. –
Toi, tu te noieras dans la fange,
Petit, petit.

Les étudiants coiffés de velours enrubanné, les révolutionnaires barbus, les rancuniers de l'infortune, les rêveurs acharnés, les bâtisseurs d'égalité applaudissent à tout rompre. Avec Thérésa, les spectateurs faisaient : « Ah ! Ah ! Ah ! », ici, immédiatement ils répètent :

— Petit, petit…

Un enseigneur de latin à six sous la leçon réclame :

— *Plaudite, cives !* [1]

On s'exécute avec énergie. Margalide n'aime pas du tout les maîtresses que l'on force de monsieur Victor Hugo. Cela lui fait penser à la *tatéi*, à Bertrande. Elle voudrait le dire à Florentin, à ces bavards qui semblent si heureux de l'être.

Les bavards ne la regardent pas. Florentin croit qu'elle approuve leurs jacasseries. Se figure-t-il qu'on force aussi les têtes ? Qu'elle va applaudir des braillards qui s'applaudissent eux-mêmes ? C'est agaçant quand on veut exister d'avoir devant soi des gens qui existent déjà, quand on ne sait rien d'être prisonnier de gens qui savent tout ! L'empereur demande l'annexion de la Belgique et du Luxembourg ? C'est pour trouver motif à la guerre ! L'armée adopte le fusil chassepot ? C'est pour tirer sur les insurgés ! Les Michaux inventent le vélocipède ? On va en équiper les régiments de hussards : le cycle coûtera moins cher que les chevaux ! Elle n'y tient plus. Elle se lève. On est prêt à lui donner la parole. Elle l'a déjà prise. En musique. Avec entrain, elle chante :

Quand les canards s'en vont en tas
C'est qu'ça leur plaît… Ça nous regarde pas !
Ah ! Ah ! Ah !

1. Public, applaudissez !

Les révolutionnaires sont éberlués. Ils se demandent s'il y a un message entre les notes.

Un suspicieux inspecte cette provinciale :

— Je ne t'ai jamais vue par ici… Qui es-tu ?

Margalide répond :

— La femme à barbe !

Il y a un éclat de rire. Un seul : Florentin l'a prise dans ses bras. Il est hilare. Comblé. Les autres montrent des visages aux lourdes condamnations.

Ils s'humanisent dans la rue. Le débat est lancé sur l'évacuation du Mexique, la honte accablant nos armées, leurs chefs, Badinguet qui, sans souci des jeunes morts, a eu l'idée de cette expédition imbécile en des terres aussi lointaines, habitées seulement par les fièvres et les moustiques. Ah ! Il y a de quoi chanter « La bonne aventure, ô gué ! »

Vive l'empereur, ô gué !
Vive l'empereur – re !

Margalide connaît l'air. Elle chante avec tout le monde. On l'adopte.

On descend le boulevard Saint-Michel. Des gens se montrent aux balcons. D'autres ferment leurs volets prudents. Cela n'arrête pas les palabres. On parle des dix-sept directeurs de journaux inculpés pour avoir fait d'une séance à la Chambre un compte rendu peu dans le goût du Prince.

Faisant mine de le défendre, le professeur de latin affirme :

— Ce n'est pas un méchant homme…

— Hou !

— … Mais il a en horreur les vingt-quatre lettres de l'alphabet !

Les « Petit Petit ! » partent à l'assaut de la nuit, appliqués à Badinguet et à tous ceux qui le servent. Haussmann est accusé d'urbanisation tendancieuse. Coupable de macadamiser la chaussée pour ne pas fournir de pavés aux amateurs de barricades, d'abolir les sinuosités des rues pour mieux tirer sur les émeutiers.

Florentin chante le couplet :

Il fait des quartiers nouveaux
Droits comme des flèches
Et le jour où ces bourreaux
Seront à leurs mèches
Vous verrez qu'au bon endroit
Les boulets iront tout droit !

Le refrain est repris d'un même chœur.

Le couplet suivant est déjà dans l'air :

Il n'ouvre pas un chemin
Sans une caserne...

On ne peut avoir plus d'à-propos : la petite troupe est dans l'île où, justement, on vient d'inaugurer la caserne de la Cité.

Des soldats en sortent. Ou plutôt des sergents. Ils devaient être cachés sous la voûte. Guettant.

Margalide n'a pas eu le temps de voir. Encore moins de réfléchir. Sa main prise dans un étau, elle a voltigé en arrière, s'est trouvée lancée dans une course fulgurante. En trois enjambées elle traverse le Petit-Pont, le quai. Elle s'engouffre dans une ruelle d'où, toujours tirée par le bras de Florentin, elle débouche dans la rue de la Huchette. Elle glisse sur quelque immondice. Elle pouffe. Elle entend les souliers menaçants qui tintent dans son dos, se redresse, fonce et, riant de son équipée, elle se retrouve dans le couloir du garni. Elle veut monter l'escalier pour gagner sa chambre. Florentin l'en détourne. Ils traversent la courette, escaladent des marches de bois, se retrouvent sous une galerie, une autre, avant d'arriver devant une échelle qui les conduit sur les toits.

Margalide voit le visage du garçon. Il est rayonnant :

— Tu es gaie… je savais que tu étais gaie.

Près d'un tuyau de poêle qui, tenu vertical par quatre fils de fer, fait penser à un mât ayant perdu son cirque, la nuit roucoule à plusieurs gorges : dans leurs cages de bois, les pigeons des cochers lensois, des frotteurs roubaisiens, se montrent à peine intrigués par ces nouveaux arrivants.

— Même à Paris, les gars du Nord ne peuvent pas se passer de leurs voyageurs, explique Florentin. Ils organisent des concours et l'on dit même que, par eux, ils correspondent avec leur famille.

Il est pensif :

— Ce doit être beau de voir arriver des nouvelles sur un toit.

Il a passé sa main derrière un treillage. Il retire un pigeon. Le caresse. Le tend à Margalide. Comme une offrande. Elle place contre son cœur le cœur battant, la plume chaude ; contre sa gorge la gorge au profond ramage. L'oiseau ne bouge pas. L'œil vif. Dans leurs logettes, les autres regardent le spectacle de cette inconnue approchant sa bouche du bec de leur frère. Elle l'embrasse. Le garçon embrasse le bec lui aussi et, par là, ses lèvres rencontrent les lèvres de l'inconnue. L'oiseau en est étouffé.

Florentin le remet à sa place.

Il dit :

— Tu es celle que j'attendais.

— Les sergents sont partis, souffle Margalide.

Il veut la retenir. Elle l'entend à peine :

— Je t'aime.

Elle déplisse sa jupe.

Elle ne savait pas qu'on disait ces choses.

Elle descend.

Au bout de la rue, un petit attroupement s'est formé : on emmène deux jeunes garçons.

D'une fenêtre du garni, Crassou crie :

— Ce n'est pas eux !... Vous savez bien que ce n'était pas eux qui couraient ! Ils dormaient.

Un agent lève un doigt vers lui :

— Toi, l'auverpin, si tu veux les suivre tu n'as qu'à continuer !

— Ils dormaient, répète Crassou.

Margalide le retrouve sur le palier.

Ses yeux pèsent sur elle comme un reproche.

Lorsqu'il devinait son mensonge d'enfant, le *pépi* la regardait ainsi.

Elle le voit, le *pépi*. Debout devant la maison.

Il doit attendre son pigeon voyageur.

11

Angèle est une femme à laquelle on n'a pas besoin de dire les choses ; au travail de Margalide, à ses gestes pour l'accomplir, à ses yeux sans regard, dès ce matin, elle a compris : la Perlote s'en va.

Maxime est moins finaud. Il montre à l'apprentie des tringles et des disques qu'il vient d'acheter pour tirer des registres de caisse dont il aura la commande le mois prochain :

— Tu feras ça avec Jérôme.

La Perlote ne répond pas. Ses mains se trompent dans le travail parce que ses idées se mêlent dans sa tête. Elle pense à son *pépi*. A la *tatéi*. Aux lis violines des bois en pente, aux crocus bleus qui dans l'herbe du printemps remplacent la neige. Elle pense aux myosotis roses que l'été va bleuir. Elle pense à Paris, à Lary, à l'obligation de rentrer, au rire de Florentin, à ce « je t'aime » qu'elle n'avait jamais entendu qu'en chanson et qui chante en elle depuis qu'elle l'a entendu sans musique. Il faut fuir.

A la sortie, elle refuse de suivre Florentin.

C'est lui qui la suit :

— Tu es fâchée ?... C'est à cause d'hier soir ?

Elle continue sa marche. Son mutisme.

— C'était rigolo, non ?

Il est vrai qu'il s'amuse. Comme toujours. Il se lance dans un discours sur l'injustice du monde, le plaisir qu'il y a à faire courir les sergents.

Une phrase l'arrête :

— Je m'en vais demain.

Il ne veut pas le croire.

Elle répète.

Il le croit maintenant : il a pâli, elle en est sûre.

Sûre aussi qu'elle doit partir. De Paris, demain. De ces arcades à l'instant même.

Il la rattrape. Ses bras arrêtent ses bras, son corps, sa marche :

— Je te garde.

Elle veut se libérer :

— Je ne suis pas à toi.

— Je te garde quand même.

Des passants les observent. Un roulier arrête son fardier. Il se demande s'il doit intervenir.

Florentin entraîne sa prisonnière. Il lui fait descendre quelques marches qui mènent à une ruelle. Il la bloque contre la porte d'un cabaret. Jamais elle ne l'aurait pensé si fort. De muscles. De sentiments :

— J'ai besoin de toi.

— Pour quoi faire ?

— Pour vivre.

Elle ne veut pas le croire : il a vécu sans elle, non ?

— J'ai vécu en prison aussi. Maintenant, je ne veux plus y aller !

— On ne le dirait pas !

La phrase est partie sans qu'elle le sache. Un petit cri rebelle.

Il est surpris :

— C'est ce que je fais qui te déplaît ?

Elle n'ose pas répondre.

— Tu ne comprends pas qu'il faut se battre ?

Elle le comprend un peu. Pas beaucoup.

Il insiste :

— L'empereur... tu sais comment il est devenu empereur ?

Elle ne le sait pas.

Il raconte les barricades de 48, la victoire de la rue, la République à laquelle ce Napoléon jure de rester fidèle « en présence de Dieu et devant le peuple français ». Il dit comment, trois ans plus tard, faisant arrêter les républicains il devient empereur : en trahissant son serment.

— Tu sais ce que c'est trahir son serment ?

Oui, ça, la Perlote le sait : « La parole vaut l'homme ou l'homme ne vaut rien », disait le *pépi*.

— Eh bien ! voilà : il ne vaut rien !

La Perlote est presque heureuse : monsieur Victor Hugo et son *pépi* ont les mêmes pensées. Et aussi Florentin. C'est bien ce qu'elle avait compris. Ce sont de belles pensées : les siennes sont pareilles.

Le garçon a baissé la voix :

— Sur l'une de ces barricades trahies par Badinguet, mon père est mort.

Margalide n'ose plus parler. Plus penser.

— Ma mère et Maxime étaient là... Maxime... C'est pour la liberté qu'il est allé en prison... Des hommes comme lui, il n'en existe pas beaucoup.

Margalide en est sûre.

Elle en connaît pourtant.

La vision d'un *pépi* à ne pas décevoir l'entraîne loin. Haut.

Elle raconte l'Ariège, l'estive, les bonshommes de neige et les courses dans le printemps. Elle aussi a perdu ses parents.

Florentin est formel :

— Dans le monde que nous bâtirons, il n'y aura plus de choléra.

Il ne lui laisse pas le temps de douter : le monde futur vouera ses efforts à la science. La science chassera à jamais les grands fléaux. Ses recherches seront au service de tous et non pas au profit de quelques-uns.

Margalide est attendrie, croyant peut-être elle aussi à ce futur où les mères n'emporteront pas sous terre les caresses dues à leurs enfants.

Levant les yeux, elle lit, gravé dans la pierre : « Rue de l'Hirondelle ». C'en est assez pour que, de cette venelle au ciel étroit, l'hirondelle et les pigeons et tous les oiseaux volent vers la montagne… Vers le chêne de sa promesse.

Florentin la regarde. Il veut ordonner. Il supplie :

— Tu partiras plus tard.

Elle sait qu'elle partira demain.

— De toute façon, le 1er j'ai besoin de toi.

— Le 1er ?

— Le 1er avril. Tu verras que je ne te mens pas.

Elle ne pense pas qu'il lui mente. Parfois, elle croit qu'il se trompe. Et surtout, elle sait qu'elle doit rentrer. Pour ne pas trahir.

Elle ne veut pas être une Badinguette.

Elle dit adieu à ses amis : l'historien du Pont-au-Change, sa chouette sur l'épaule, l'informe avec gravité que la capitale de l'Empire et de toutes les beautés va la regretter ; Crassou voudrait la retenir à Paris avec des mots aux parfums de lande bretonne. Il lui parle des chemins profonds bordés de chênes, de châtaigniers, de fougères vertes, dorées... à nouveau vertes, à nouveau dorées, brunes, s'affaissant pour renaître bientôt comme, en Pyrénées, sous la neige qui va fondre, primevères et renoncules savent préparer leur avril mauve et blanc.

Au premier du mois il y avait toujours un voisin pour venir vous annoncer que la nuit avait apporté un veau à cinq pattes à la vache des Dauzades, qu'elle avait empli de noix le noyer des Arbanère. On allait voir. On portait son chou et ses carottes sur la place du village où, c'était assuré, Berthe Joisten allait faire la soupe pour tout le monde. Jamet Camelat s'était engagé à fournir le vin ! Tout cela n'était qu'invention !

Ah ! Oui, on s'amusait au pays !

La Perlote se demande quelle facétie Florentin pourrait imaginer en ce 1er avril. Ne lui raconte-t-il pas quelque calembredaine pour la garder près de lui ? Dans le genre : « Tu es restée, croyant qu'il se passerait quelque chose ? Poisson d'avril ! » La pense-t-il aussi naïve que le jeune curé Lahondes auprès duquel, en ce matin de farces, le futur père Courbas était venu confesser le vol d'un coq ?

« Puisque tu ne l'as pas encore mangé, tu dois le rendre à son propriétaire, disait le confesseur.

— Son propriétaire en a d'autres dans son poulailler, répondait le confessé.

— Ce n'est pas une raison !

— Il est bien gras. Je vais vous l'apporter. »

Cette pensée indignait le prêtre :

« Jamais je ne serai le complice d'un larcin. Tu ramènes cette bête à son propriétaire ou je te refuse l'absolution.

— C'est que… son propriétaire n'en veut pas.

— Il n'en veut pas ?

— Hé ! Non ! disait le repenti : il n'en veut pas et moi, je tiens à l'absolution. »

Lahondes avait fini par céder… jusqu'au moment où, entrant dans son poulailler, il avait dû se rendre à l'évidence : son coq magnifique, réservé pour la visite de Monseigneur, avait disparu.

Alors, monsieur le curé était parti dans le village à la recherche du chenapan auquel il promettait toutes les flammes de l'enfer.

Le chenapan n'en souffrait pas : à l'auberge Joisten, il prétendait pouvoir montrer un coq qui ressemblait à un poisson ! C'était le 1er avril : personne ne voulait le croire.

Sur ce lit où elle est allongée pour la dernière fois, Margalide rit de cette épopée transmise par les générations… Ah ! On s'amuse dans la montagne qu'elle va revoir ! Comme il va être content le *pépi* ! Et même la *tatéi* ! La marraine Bertrande ! Et cet imbécile de Lary : il va croire qu'elle revient à cause de son discours !

Elle plie sa robe, son jupon de dessous. Déjà, elle entend Léonce Ricaud entrant dans la maison pour, toujours de même façon, demander un peu de levain pour cuire son pain :

— Bonjour, ceux de chez Hourcade !... Me prêteras-tu, Bartholomé, le *galinfoufou* [1] ?

... Elle entend le *pépi* toujours de même façon lui répondre :

— Je te prête le *galinfoufou*, Léonce Ricaud, mais quand tu auras fait la *galinfoufeto*, tu me rendras le *galinfoufou* !

Margalide revoit le Carnaval aux crêpes, le Pèle-porc où chaque voisin vient « tenir une patte », où, avant de remplir leur estomac, les convives vident leurs poumons dans la vessie de l'écorché dont il convient de faire le plus gros ballon. Florentin aurait-il gagné ce concours ? La Perlote aurait aimé lui présenter ces festivités.

Elle étire ses vêtements. Elle les pose sur la malle, les repasse avec le plat de la main : il ne faut plus de plis, de froncis, de pince-tissu, de pince-cœur.

Il est stupide de pleurer quand on va retrouver le rire du pays.

Elle arrive à l'imprimerie telle que, voici quelques mois, elle y est apparue : son baluchon sur le dos, sa couverture roulée haut sur les épaules.

— Je n'avais jamais pensé que tu partirais, dit Angèle.

— Pour vous, je voudrais rester.

Elle est surprise. Elle sourit :

— Pour moi ? Ce n'est pas ce que j'imaginais.

La Perlote ne veut pas connaître ces imaginations.

1. *Le galinfoufou* : le levain – *la galinfounfeto* : le pain.

— Je vous remercie… pour le manger et le boire. Et la chambre. Et le travail. Vous êtes le bien, madame Angèle.

Angèle est touchée. Pensive :

— Le bien… c'est Paris qui me l'a enseigné.

La surprise change de visage :

— Paris fait le bien, croyez-vous ?

Angèle pose ses yeux sur des souvenirs :

— Il faut vivre le mal pour avoir envie de faire le bien.

Margalide se tait. Elle pense à sa mère. Veut ainsi l'imaginer. Sur sa mère, elle a toujours voulu savoir les choses : sur Angèle, elle voudrait les apprendre aussi. Les vivre. Elle voudrait rester.

Le premier ouvrier arrive.

On dirait que Margalide présente des excuses :

— Madame Angèle… Je suis obligée de partir.

— Obligée ?

C'est Angèle qui maintenant voudrait savoir.

— Pourquoi obligée ?

Entre Suzanne Gandon, la margeuse.

Margalide murmure :

— Je n'ai pas su vous parler.

— On apprend à parler des autres… Parler de soi, on ne sait jamais.

Maxime enfile sa longue blouse blanche. Jérôme est lugubre.

Angèle pense : « C'est fini. Nous nous sommes frôlés. Nous ne nous connaîtrons pas. »

Le sifflet lance les machines.

Florentin s'approche :

— J'ai dit que j'avais une livraison à faire. Je pars. Je ne veux pas être là quand ton cousin viendra te prendre. Adieu.

Dans ses jambes, Margalide a senti une douleur. Elle aurait voulu mettre son bras sur le bras du garçon. Le retenir. Elle pensait : si je l'embrasse, je vais rester. Elle a tendu sa main.

Il a répété : « Adieu ! »

Il est parti.

Angèle, Maxime, Jérôme semblaient ne pas comprendre : abandonne-t-on la presse, le rouleau encreur, les lettres et les enluminures pour des roches arides ?

La Perlote roulait de mêmes idées : dans la montagne, certains choisissent de ne plus tenir l'araire, de ne pas conduire les moutons. Ils creusent le hêtre et vendent des sabots. Ils frappent le fer et louent leurs chaudrons. On dit : « Ils ont un métier. » Margalide apprenait ici le plus beau métier du monde. Elle ne l'exercera pas.

La matinée s'est passée ainsi : à attendre Lary.

Il en a été de même l'après-midi.

Le bruit des machines disait le temps qui tourne.

Lary Morère n'est pas venu.

Lorsque Maxime a tiré la chaîne du sifflet, la Perlote était désemparée.

Florentin la rassurait :

— Il viendra demain.

On voyait qu'il ne le souhaitait pas : il avait sur ses lèvres un sourire. Encore plus grand lorsqu'il apprit qu'elle ne pouvait pas revenir rue de la Huchette où la logeuse, à l'avance, avait loué sa chambre.

Il a offert la sienne.

Margalide ne voulait pas.

Florentin s'obstinait :

— J'irai coucher chez mon frère.

Le frère approuvait :

— Ça n'est pas grand mais on se serrera. Eugénie sera contente.

Ainsi, la Perlote apprit que Jérôme était marié. Eugénie est alsacienne. Et caissière dans un grand restaurant :

— Ça lui donne le goût de recevoir.

Angèle arrivait :

— J'ai mis des draps propres.

Maxime disait :

— On a offert un lapin au père Lacoste. Il tombe à pic.

Tout recommençait.

Dans cette maison qu'elle avait quittée pour ne pas être prisonnière, Lary l'enfermait. C'était heureux et inacceptable. Elle devait le rejoindre... Où ? Comment ?

— S'il ne vient pas demain, qu'est-ce que je vais faire ?

Personne ne répondait.

Elle pensait : ailleurs, on voit le monde tel qu'il est. Ici, on vit le monde tel qu'il devrait être.

En ce 1er avril 1867, le monde est devant elle : le Champ-de-Mars disparaît sous cent cinquante mille mètres carrés de palais, kiosques, salons, galeries, pavillons, escaliers, fabriques, jardins dans lesquels, devant lesquels, entre lesquels s'agitent l'Europe, l'Afrique, l'Amérique, l'Asie, l'Océanie, hommes blancs, femmes noires, peaux rouges, peaux jaunes, rousses, bistrées, chiens de tout poil, chevaux de tout trait, autruches, bisons, éléphants, la faune, la flore, l'agriculture et l'industrie, l'art et les sciences, le naturel et l'invention : l'Exposition universelle éblouit, émerveille, surprend, anéantit. Margalide doit s'asseoir.

Chaussé de babouches sur lesquelles tombe un pantalon bouffant, vêtu d'une blouse aux multiples incrustations, un digne Tunisien lui sert un café arabe. Un autre verse d'une hauteur prodigieuse un thé à la menthe dans le verre de Florentin. Sans y paraître, Florentin fait glisser le verre sur la table. Le serveur comprend le jeu. Il suit, sa théière toujours aussi haute. Pas une goutte ne tombe. Il s'amuse autant que Florentin, que Margalide, que huit enfants montés sur un chameau. Un Anglais vêtu de noir offre la lecture de la Bible.

— Bonjour concurrent ! dit Florentin en serrant la main de ce colporteur.

L'Anglais évidemment ne comprend pas. Rien de tel pour faire rire les deux larrons.

Une femme voilée dit la bonne aventure. Une chapelle la promet dans un autre monde. Une chorale en djellaba vous fait entendre son chant du désert.

— Je voulais que tu voies ça, murmure Florentin.

Et, plus bas :

— Je voulais que nous le voyions ensemble.

Margalide n'est plus sûre de voir. On la pousse, on la tire, elle découvre, suit, dépasse. Elle est dépassée : allant de la Prusse à l'Hindoustan, elle quitte Rome, arrive à Moscou, se retrouve à New York pour admirer Suez aux artisans habiles qui, sous vos yeux, fabriquent des nattes et des chibouques, des selles si travaillées qu'on ne doit pas oser s'asseoir dessus.

Elle est comblée. Troublée. Reconnaissante. Elle ne veut pas le dire. Soupire :

— Il faudra bien que je m'en aille.

Il est en pleine joie de vivre :

— Tu partiras quand tu auras tout vu !

Il faudrait des mois pour visiter tous les kiosques et tous les jardins, les palais, les zoos, les écuries : ils ne viennent que le dimanche.

Pour ne pas perdre de temps à marcher à l'intérieur, ils ont appris sur quoi débouche chacune des quinze portes, entrent une fois par l'avenue de La Bourdonnais, le dimanche suivant par l'avenue de La Motte-Picquet.

Aujourd'hui, le bonheur dans les yeux, ils embarquent sur l'une de ces « Mouches » dont l'Exposition a permis d'inaugurer le trafic entre le pont Napoléon [1] et le viaduc d'Auteuil.

L'entrée de Suffren donne sur le restaurant russe. Des filles à cheveux blonds et corsages brodés, à bottes rouges et accent d'Aubervilliers servent caviar et saumon cru. Margalide voudrait que son *pépi* voie tout ça. Florentin l'entraîne. Ils longent le jardin chinois où, au son d'instruments aux formes étranges, des artistes jonglent avec des porcelaines aux riches couleurs, des coffres en ivoire, des meubles de laque et d'or.

Elle voudrait voir son *pépi* regardant tout ça.

Il y a devant eux plus de deux cents locomotives et tenders. Au milieu d'elles, la toute nouvelle « 1-2-0

1. Qui deviendra en 1870 le pont National.

Forquenot » dont les grosses lanternes de cuivre semblent devoir vaincre la nuit du monde.

Elle pense : il faut que je parte.

Penchant sa tête sur l'épaule de Florentin, elle s'entend dire :

— Je voudrais toujours rester près de toi.

Des grues démesurées lèvent des charges de fonte. Des machines rabotent, percent, scient, dévident, cousent : devant les visiteurs stupéfaits, elles fabriquent un wagon.

M'installant dans ce compartiment j'arriverais au pays avant Lary, estime Margalide.

S'appuyant un peu plus, elle murmure :

— Je n'ai jamais été si heureuse.

Sur une estrade figurant un bateau à vapeur dit *Le Surcouf*, un bonimenteur vêtu en amiral établit les mérites de la ceinture contre le mal de mer fabriquée par monsieur Charbonnier, l'émérite bandagiste de la rue Saint-Honoré, n° 233 :

— D'une forme savamment calculée, permettant d'arrimer les intestins de telle sorte qu'ils ne viennent plus titiller le diaphragme et provoquer le hoquet vomitif, la ceinture de messieurs Charbonnier, de Paris, et Jobard, de Bruxelles, est d'une efficacité qui nous fait dire : gloire à ses inventeurs !

Le public est impressionné. Le démonstrateur fait monter Florentin sur le pont du navire. Il fixe la ceinture autour de ses reins :

— N'est-ce pas jeune homme que vous vous sentez tenu ?

— Oui, répond Florentin.

— Tenu et protégé ?

— Oui.

L'amiral place son sujet face à l'assistance :

— Voulez-vous dire à ces messieurs-dames ce que vous ressentez ?

— J'ai envie de vomir !

Les gens s'esclaffent. Florentin prend Margalide par la main. Elle lui donne des petits coups sur l'épaule en lui montrant l'amiral :

— Regarde sa tête !

Sous la tonnelle marquée « Tribune de l'Avenir », deux professeurs en redingote s'affrontent avec énergie :

— Le fait qu'il y ait en France un million de domestiques pour trois millions d'ouvriers prouve le bien-être de notre société, clame le premier.

Le second ricane :

— Le fait qu'il y ait en France un domestique pour trois ouvriers nous conduit à la ruine prochaine d'un peuple d'improductifs !

— C'est scandaleux ! lance Florentin au milieu de la douzaine d'auditeurs qu'il réveille en sursaut.

— Qu'est-ce qui est scandaleux ? demande l'un des orateurs.

— Les ouvriers n'ont pas besoin de domestiques ! répond le perturbateur avec le plus grand naturel.

Les deux tribuns sont aussi hébétés l'un que l'autre. Florentin n'en démord pas :

— Désormais, ouvrier ou pas, chacun devra se contenter d'un domestique pour cinq personnes. C'est bien suffisant !

Margalide saute de joie. Elle est attendrie. Elle se dit : je commence à le comprendre. Il est capable de rire de tout. Même de ses rêves. Et encore : ses joyeusetés sont des cache-bonté.

Rue Saint-André-des-Arts, ils soupent tête-à-tête.

Angèle et Maxime avaient laissé un mot : « Nous rentrerons tard. » Florentin a organisé un petit repas froid. Si chaud.

Il l'embrasse.

Elle se dit : ses projets sont grands parce que son âme est immense. Il l'abrite sous un rire énorme qui m'entraîne. Victor Dufourcq avait des idées dans la tête, Florentin en a plein le cœur. Il y a six mois, je n'aurais pas su penser cela. C'est lui qui en peu de temps m'a faite comme je suis. Capable. Je vais le dire à Angèle. Ça lui fera plaisir.

Il l'embrasse.

Pas capable de tout. J'ai beaucoup à apprendre. Avec lui je découvrirai.

Ils s'embrassent.

Paris me prend par la main de Florentin. Elle passe dans mes cheveux, sur mon cou...

Ils s'étreignent longuement. Il a des tendresses dans les doigts. Des curiosités.

Jamais en elle des idées, des caresses, un bonheur n'ont été aussi loin.

Interrompus par l'arrivée d'Angèle et Maxime.

Repris le lendemain en rentrant d'une petite réunion au café de Fleurus.

Ecrabouillés le surlendemain par un incident local qui, en quelques jours, devient cause nationale : *Le Progrès de Lyon* dénonce avec vigueur « ces messieurs de Saint-Vincent-de-Paul » qui, emmenés par un certain abbé Chausse, prétendent nettoyer deux bibliothèques de Saint-Etienne dont les rayons « sont remplis en majeure partie des publications malsaines, antisociales et antichrétiennes de ces écrivains que l'on a appelés à bon droit des malfaiteurs intellectuels ». Suit une liste de noms qui, commençant par Voltaire et Rousseau, passe par George Sand, Eugène Sue, Lamennais, Renan, Rabelais, Pascal, Taine pour arriver à Honoré de Balzac.

Le quartier latin est en émoi. Place du Panthéon, les étudiants conspuent les cent deux signataires, tous magistrats, médecins, ingénieurs, notaires, avocats, négociants, banquiers...

Le dimanche à l'Exposition, la « Galerie des Machines » tremble de colère. Serrés entre mécaniques à mouler et presses à cylindres, maîtres et ouvriers imprimeurs s'insurgent d'un même chœur :

— A quoi sert d'imprimer si d'aucuns écartent des bibliothèques ce que nous imprimons ? demande Angèle.

— La bibliothèque est l'avenir de la lecture populaire, affirme Maxime.

— La bibliothèque et la liberté sont l'avenir de la lecture.

Margalide admire l'autorité d'Angèle.

Pour s'adresser à elle, un bourgeois grassouillet et de bonne tenue soulève son melon :

— Madame, ne voyez-vous pas le danger qu'il y aurait à laisser certains livres entre les mains de citoyens à peine instruits ?

Angèle le déboute d'un trait :

— C'est pour cela, monsieur, qu'il faut instruire les citoyens !

Le quidam avait remis son melon. A nouveau, il le hausse au-dessus de son crâne :

— Instruit-on une âme fragile avec des livres qui, tels ceux de madame George Sand ou monsieur de Balzac, montrent le sentiment plutôt que le devoir ?

— Pour ma part, j'ai ressenti un devoir en lisant ces livres sur le sentiment... le devoir de les faire lire !

Margalide a envie d'applaudir.

Le bonhomme lève son chapeau :

— Peut-on vous demander pourquoi ?

— Hé ! monsieur, parce que c'est l'homme privé du libre exercice de ses sentiments qui refuse d'accomplir son devoir.

Florentin exulte. La salle est en joie.

Un homme agite sa moustache, ses yeux véhéments, son haut casque de cheveux noirs. Il a trente-cinq ans, s'appelle Henri de Rochefort, est présentement journaliste au *Figaro*, connu de tous ceux qui gravitent autour des presses à imprimer, redouté de tous ceux qui s'affairent autour du Gouvernement. Il se tourne vers Angèle :

— Rassurez-vous, madame, ces messieurs seront obligés de vous donner l'Ecole et de laisser à chacun le soin de choisir ses livres.

— En êtes-vous certain ? demande Florentin intimidé.

La belle question ! Le maître n'a que des certitudes :

— Imaginez, charmant garçon, qu'il prenne fantaisie à l'un de vos pétitionnaires de Saint-Etienne de se présenter aux électeurs de son département... Il devra leur adresser la proclamation suivante : « Mes chers amis, je vous ai signalés à l'autorité comme absolument incapables de lire sans danger autre chose que le Petit Poucet. Néanmoins, comme il faut passer par vos mains pour arriver au corps législatif, je me recommande à vous en vous priant d'agréer l'assurance de mon mépris le plus distingué. »

La péroraison est ponctuée par tous les vivats. On remercie la courte République de 1848 d'avoir donné le suffrage universel. Le contradicteur à melon est très en colère :

— On vous connaît, monsieur de Rochefort : le nom seul de Napoléon vous fait enrager.

Le journaliste est l'image de la bonne foi :

— Moi ?... J'adore, je salue, je vénère le nom de Napoléon.

Il prend un temps :

— Seulement, celui que je préfère c'est Napoléon II ! Ça n'est pas ma faute.

L'hilarité est générale. On dirait que les presses s'esclaffent. Le défenseur de l'inculture se retire sous les quolibets. Florentin regarde Margalide. Il prend à son compte les inventions de Rochefort, la joie des spectateurs.

L'illustre pamphlétaire avise Margalide. Une seconde, la bienveillance passe sur ce visage sans tendresse :

— Pour vous, jolie jeune fille, quelle est la conclusion de ce débat ?

Désignée à tous les regards, la Perlote rougit comme jamais encore elle n'avait rougi.

Elle baisse les yeux. S'encourage. Elle murmure :

— Oh ! C'est simple, monsieur. Angèle et vous me donnez envie de lire.

Pour ce mot, la nuit dans le couloir de l'imprimerie, Florentin serre la Perlote plus fort. Il l'embrasse plus fort. L'aime. Voilà le mot : il l'aime plus fort. Sa voix est assurée et tremblante :

— Margalide... Il me semble que nous nous marions...

Margalide est saisie. Transie :

— Nous marier ?

Il l'écrase contre lui :

— Chaque jour, il me semble que nous nous marions.

Elle ne comprend pas. Vraiment. Quand vous n'avez, dès votre jeune âge, appris que le mariage fait des chants d'église et du cortège des amis, des « honneurs » rendus autour de la jonchée à coups de fusil par la jeunesse unie, quand l'union de deux êtres fut toujours pour vous la fête du village et la sardane pour tous, vous ne pouvez pas comprendre un mot devenant furtif, des épousailles sans cloches, sans témoins, sans voisinage. Sans *pépi*.

Florentin chuchote :

— J'en suis sûr, chaque jour nous nous pénétrons.

La Perlote est un peu perdue.

Il souffle :

— On va dans ta chambre...

Elle sent le danger. Le bonheur proche. Les lèvres de Florentin sur sa poitrine dénudée.

Elle résiste. Craint. Veut aimer. Le dire et le ressentir. Donner et recevoir. Se livrer et se conserver.

— Jure-moi de ne pas aller trop loin.

Il jure.

Ils ne font pas de bruit.

L'escalier craque.

Angèle et Maxime doivent dormir.

Voici le bonheur jamais égalé d'un garçon et d'une fille se retrouvant dans la même chambre. Le même baiser. Le même lit aux mêmes douceurs.

Margalide gémit :
— Non !
— Je t'aime.
Elle se redresse :
— Tu m'as juré.
Il l'embrasse.
Elle voudrait dire : « La parole vaut l'homme ou l'homme ne vaut rien. » Elle se rend compte du ridicule. Elle ordonne :
— Va-t'en.
Il reste. Contre elle. Sur elle. Qui se défend. Il veut la convaincre. Dit :
— Tu ne sauras jamais ce que j'ai fait pour nous.
— Pour nous ?
— Pour que nous soyons là ce soir. Hier. Demain. Tu ne sauras jamais ce que j'ai fait pour que, toute la vie, nous soyons ensemble.
Elle est sceptique. Intriguée. Elle veut savoir :
— Qu'est-ce que tu as fait ?
Il hésite longtemps.
— Qu'est-ce que tu as fait ?
Il affirme :
— Je ne mens jamais.
Elle le croit. Ne voit pas ce qu'il…
— Je ne mens jamais et pour nous, j'ai menti.
Elle ferme les yeux. Veut savoir.
Il l'attire à lui. Ne la regarde pas. Parle sur son épaule :
— J'ai menti à ton cousin.
Elle est inquiète :
— Lary ?
— Le colporteur, oui.

Le matin où il devait venir la prendre, Florentin avait dit ne pas vouloir la voir partir. C'était vrai. Ce qui ne l'était pas, c'était la livraison qu'il avait affirmé avoir à faire. Il était sorti, avait attendu sur le trottoir…

— … Ton cousin est arrivé… avec l'âne, les commis du colportage… leurs caisses remplies pour le chemin du retour…

Elle est pâle. Voudrait ne pas comprendre :

— Alors ?

— … Je lui ai dit que tu n'étais pas venue travailler… que tu ne voulais pas le voir… pas rentrer… que tu m'avais chargé de l'attendre pour l'en informer.

Il lui semble qu'un ogre l'a prise à la gorge. Elle ne pourra plus parler.

Elle hurle.

Elle recule. A peur de ce garçon qui est devant elle. Un inconnu. Capable de tous les crimes. Et du premier d'entre eux :

— Ce n'est pas à Lary que tu as menti : c'est à moi.

— C'était pour te garder. Parce que toi et moi, ça ne pouvait pas finir. Si vite. Si mal. J'avais trop de choses à te dire. A te montrer. Trop de choses à vivre avec toi. J'en aurai toujours… Tu ne comprends pas que c'était pour nous aimer ?

Elle ne peut pas comprendre : elle n'entend pas. Elle le chasse. Il résiste. Elle le pousse. Déchaînée.

Du bruit parvient de la chambre d'Angèle. Elle va peut-être venir. Ou Maxime.

Florentin tente encore d'expliquer. De justifier. Il tend ses bras vers la Perlote. Il voudrait l'étreindre. Peut-être lui demander pardon.

Angèle s'est levée, c'est sûr.

Florentin reviendra demain. Tout à l'heure. Bien avant l'heure du travail. Il se glissera dans cette chambre. Dira des mots heureux à l'oreille de l'endormie. La tendresse la réveillera. La fera sourire. Ils échangeront le plus long baiser du monde.

Il descend l'escalier.

La rue Saint-André-des-Arts est faite de pavés trop ronds, maladroits, d'ombres épaisses, d'une inquiétude que la marche n'apaise pas.

Margalide a roulé son linge en bouchon. Sa couverture. Elle la met à sa place : haut sur ses épaules.

A son tour, elle descend.

Jamais elle ne reverra Florentin.

12

Bêtes et gens n'avaient pas eu besoin de regarder le ciel pour dire le temps venant au-dessus des Trois-Seigneurs. Par là-bas, l'orage « se forgeait ». On le comprenait au vol écrasé des hirondelles, au premier souffle chaud du printemps ici balayant les maigres pacages, là faisant siffler les hêtres. Les moutons se pressaient de rentrer, heureux de mettre à l'abri leurs frissons de laine. Les chiens trottinants n'avaient pas à les pousser. Ayant enfoui sa quenouille dans la poche profonde de sa vaste jupe de cadis, la bergère suivant son troupeau se retournait fréquemment, craignant le maléfice.

Bartholomé s'était lancé sur le sentier, descendant vers le village avec toute son énergie. La nuit était loin d'arriver et pourtant en moins de cinq minutes il s'était retrouvé dans la nuit. Une nuit pas comme les autres : le ciel était plus noir que la terre. Il semblait vouloir tomber de toute sa masse, écraser la vie sous sa mitraille de grêle, de grêlons, un déluge de glace dont les blocs frappaient les branches, les cassaient, brisaient les pierres des murets.

Bartholomé s'était jeté à terre, de peur d'y être jeté par la foudre, le roc, la montagne capable de tous les forfaits pour imposer sa loi. On l'avait vu dix jours auparavant lorsque, l'orage passé, on avait retrouvé Frumence Lamourous mort dans son champ, son corps brûlé contre la roue ferrée de sa charrette.

Le *pépi* y pensait en se relevant, en courant vers l'église.

Sous le porche, soutenus par le sourire fielleux de Victor Dufourq lui-même soutenu par le sourire nigue-douille de la Veuve, le grand Pomarède et quelques rudes amis bousculaient monsieur le curé Lahondes. Ils lui reprochaient sa lenteur à gagner l'église, à dire les prières. Ils l'insultaient. Sans le tambour des escargots arrivant sur le village ils l'auraient peut-être frappé.

Bartholomé avait ébranlé la cloche. Sans ébranler le ciel dont les menaces tenaient du gigantisme. Vraiment : on pouvait croire que, là-haut, les Géants se battaient contre les dieux.

Cela donnait aux dévotions une ferveur profonde. Silencieuse. Qui, pour autant, ne comblait pas le prêtre. Il officiait, implorait, bénissait avec des gestes brusques. Son latin tremblait avec les vitraux battus par la pluie. Sa voix fléchissait en même temps que la flamme des cierges bousculée par le vent se glissant sous la grand-porte.

Les femmes s'étaient agenouillées. Là-haut, les hommes montraient une inhabituelle piété.

C'est cela peut-être, cette foi nouvelle, ostentatoire, qui avait inspiré au prêtre son geste, ses mots, ce sermon rageur dont l'ironie au goût de revanche ne parvenait pas à cacher qu'il était une plainte, la douleur du berger n'étant pas parvenue à protéger ses brebis :

— Priez, mes frères ! Priez, mes sœurs ! Ah ! Comme vous savez prier lorsque la peur vous tient au ventre ! Sur tout le pays, l'orage se fait entendre. Il monte, gronde. Il va frapper. Vous pensez : « Mon blé sera cassé » et encore : « Ma grange va prendre feu. » Alors vous courez vers l'église, vous vous inclinez devant ce Dieu dont quotidiennement vous bafouez le grand commandement, vous lui demandez pardon des fautes d'hier que vous renouvellerez demain, vous vous prosternez, vous vous allongeriez, vous vous coucheriez si vous le pouviez pour conclure avec lui ce marché : « Seigneur, je t'envoie dix Ave. En échange, sauve mes haricots ! »

Une émotion intense parcourait l'assistance : la plupart des fidèles avaient, cette semaine, semé leurs haricots. Profitant de son avantage, le prêtre évoquait le visage de Frumence Lamourous mort dans son champ sans avoir reçu les sacrements et donc enterré sans croix ni ostensoir, sans ces prières assurant au défunt le soutien de ses frères à l'heure du Jugement.

— Dieu ne frappe pas au hasard : il châtie l'impie ! assurait monsieur le curé Lahondes en regardant vers les Lamourous où fils, filles et gendre baissaient la tête sachant bien que, depuis son veuvage, leur père vivait un peu avec la Françoise Mauvezin.

Le missionnaire était lancé. La voix tremblant plus que jamais, il en était venu à cette famille chrétienne qui, pour n'avoir pas su garder sa brebis au troupeau, la voyait aujourd'hui perdue dans les tempêtes de la ville, subissant toutes les foudres de la perversion qui brûlent les âmes pures aussi sûrement que les orages en montagne brûlent les arbres, les hommes et les troupeaux.

Quittant les Lamourous, les regards s'étaient unanimement posés sur la Fourmigo, sur Bertrande et Lary qui, quoi qu'il en dît, se sentait responsable. Il aurait voulu fuir cet accusateur public qui parlait du loup dévorant les agneaux, du bouc insatiable, des colporteurs marchands de tentations, véritables créateurs de la fille fardée, libertine qui préfère les jeux de la galanterie aux rudes satisfactions du travail.

— Ton Lahondes, ce n'est plus un curé : c'est un gendarme ! lance Bertrande sur le chemin du retour.

Elle est très en colère.

— Un gendarme ne monte pas en chaire pour faire honte aux chrétiens ! observe la Fourmigo, blessée par l'outrage qu'elle vient de subir.

— La honte, c'est un sentiment funeste ! rétorque Bertrande.

— Je sais, toi, tu n'as jamais honte.

— Quand j'ai honte, je ne le montre pas. Ni à toi ni au curé : il serait trop content.

Humilier le pauvre monde pour mieux le dominer, voilà ce que veut le Lahondes, Bertrande Morère en est sûre :

— On le dit bien : « Ombre de curé : ombre de noyer. »

La Fourmigo est choquée :

— Ce n'est pas près d'un prêtre qu'on prend le mal.

La marraine s'est arrêtée :

— Mais où il est le mal de la Perlote ? Tu le sais, toi, le mal qu'elle fait ?

— Je sais ce qu'a dit Lary, grommelle la Fourmigo.

Percevant cela, Lary hâte le pas.

Peine inutile. Sa femme le rattrape :

— Eh ! Mon mari, ne t'enfuis pas comme un lapin ! C'est la Perlote qui t'a dit qu'elle ne voulait pas rentrer ou c'est le garçon ?... Réponds.

Le colporteur préférerait être ailleurs, on le voit bien :

— C'est... elle.

— Tu m'as dit que c'était le garçon.

— ... Le jour du départ, c'était le garçon mais... la veille, c'était elle.

Là-haut, le *pépi* poursuit sa marche, rabâchant, comme il le fait depuis le retour du colportage, des petits « Non ! » qui sont des révoltes. Des douleurs. Un refus. Les yeux voient des souvenirs. La voix sourde s'adresse à des fantômes.

Elle ne risque pas de couvrir les glapissements de Bertrande :

— Et parce qu'elle t'a dit qu'elle ne voulait pas rentrer, le curé est en droit de parler de fille fardée, de... Elle était fardée la Perlote ?

— Elle n'était pas fardée, consent Lary.

— Elle t'a dit qu'elle pratiquait la galanterie ?... Elle te l'a dit ?

— Elle a dit qu'elle écoutait la musique... dans les cafés chantants...

Pour la Fourmigo, cela est suffisant : une femme ne rentre pas au cabaret. Pour Bertrande, habituée au colportage, s'asseoir à la table d'auberge n'est pas une infamie. Pour Bartholomé Hourcade, ce vacarme n'a que trop duré. Les Morère ne parlent pas devant lui comme ils parlent dans le village, il le sait. Du côté de la franchise, Lary a toujours été droit comme une corne de bélier. Bertrande est plus ouverte. Ce sont ses idées qui la perdent. Non qu'elle ait tort mais elle est comme les chèvres de Loubajac : elle bêle avant qu'on lui ait fait mal. Avec ça, elle sait faire mal aux autres. La Fourmigo en sait quelque chose. Depuis cette affaire de filles dans la montagne où Bertrande n'avait pas eu le beau rôle, le torchon brûle entre les deux cousines. Encore heureux d'avoir pu arrêter la flambée. Il est vrai que, quand la chose avait eu ses conséquences, Bertrande avait su se racheter. Chaque jour, elle était à la maison. Elle évitait à la Fourmigo les travaux. Elle veillait sur son ventre. Et quand le petit était venu, trop avant qu'on l'attende, on aurait dit que plus il était chétif plus elle voulait l'aimer. Elle le serrait, l'embrassait, le berçait et tout de suite elle avait envoyé Lary sortir deux tuiles de leur toit. Il les avait apportées, propres, bien choisies. Bertrande les avait mises dans l'âtre et quand elles avaient été chaudes, roulant le bébé dans un gros drap, elle l'avait couché : une tuile dessus, une tuile dessous. Pour le sauver par la chaleur et l'immobilité. Ça n'avait pas réussi. Là encore, c'est Bertrande qui avait tout fait : avec deux tiges de saule, elle avait lié les deux tuiles. Lary avait creusé le trou. Ainsi, une nuit, était parti le nourrisson qui n'avait pas eu la force de se nourrir, le bébé sans père qui, deux fois, méritait le nom d'enfant du clair de lune.

Elle est ainsi Bertrande, pense le pâtre Hourcade Bartholomé dans la chaleur du cimetière : un mélange.

Comme tout un chacun. Avec, dans le cœur, des mots énormes et contradictoires comme *famille* et *liberté*.

Le soleil de midi tape sur les tombes et les tombeaux. Les fleurs. Sur les noms incrustés dans la pierre comme ceux qui les portaient étaient incrustés dans le pays.

Les deux genoux en terre, les deux mains jointes avec toute la force de la ferveur, le chef de famille est venu demander à ses morts de l'aider à défendre l'honneur des vivants.

Il murmure les petits : « Non ! » répétés depuis le retour de Lary :

— Ce n'est pas possible. Pas la Perlote. Non.

Sous les doigts, l'osier jeune prend sa forme. Sous l'amour, l'enfant tendre a pris le bon pli.

Bartholomé Hourcade, vannier d'enfant, ne peut plus entendre médire sur la Perlote.

Il se lève.

Contournant le mur du cimetière, il parvient à la cure.

Le prêtre est surpris de le voir :

— Toi ? A cette heure ? Qu'est-ce qui t'arrive ?

— Je viens me confesser.

Le prêtre s'étonne un peu plus : on ne se confesse guère à l'improviste. Le discipliné Bartholomé Hourcade moins que quiconque.

— Tu veux entrer ?

— Non. Je préfère... à l'église.

Au ton, le curé Lahondes pressent une gravité. Il met son béret et, précédant son paroissien, le conduit au confessionnal.

— *Domine Deus, Pater Omnipotens...*

Bartholomé se signe. Il s'est agenouillé sur la minuscule planchette, la tête penchée en avant, priant.

Le confesseur respecte ce silence.

Puis :

— Dis après moi : « Mon père, pardonnez-moi parce que j'ai péché... »

Il a l'habitude des aveux difficiles. Il affirme pouvoir tout entendre. Intimement, il se demande quelle faute a pu commettre un homme tel que Bartholomé Hourcade, son paroissien le plus respectable. Respecté.

— Mon père, ce que je vais vous conter s'est passé il y aura bientôt quarante ans.

« Et c'est maintenant que tu viens demander ton pardon ? » a failli s'exclamer le prêtre.

Il sait le danger des interruptions, laisse le pécheur prendre son temps. Dans la pénombre, il le voit soufflant, cherchant ses mots. Le visage est raidi dans sa décision mais les yeux évitent les croisillons.

— Je gardais sur des terres que je ne veux pas dire... par discrétion. A cet endroit, ce n'est pas un gros labeur : les murets sont dominés par des ronces, des pieds d'aubépines, de prunelliers avec des épines énormes. Ça décourage les bêtes de s'enfuir.

Le prêtre se demande si ces détails sont bien utiles.

Ils le sont :

— C'est à cause de cette haie que... le quelqu'un qui passait sur le chemin ne m'a pas vu.

— ... Quelqu'un ?

— ... Une femme, souffle Bartholomé.

Nous y voilà ! pense le confesseur.

Il demande :

— Tu la connaissais ?

— Je connais tout le monde. Et… je ne connaissais pas à celle-là beaucoup de raisons de venir dans ces parages. C'est pour ça que…

Il y a un petit temps. Une petite pudeur :

— … Je l'ai suivie.

— … Suivie ou… rejointe ?

— Suivie. Elle est allée droit à une grange. Que je ne veux pas dire non plus… Elle y est entrée.

— Et toi ?

— Moi ?

Le confesseur voit la tête de son paroissien balançant, hésitant…

— Tu es entré après elle ?…

— Non !… Oh ! Non ! se récrie Bartholomé. Je ne suis pas rentré… mais…

Au bout du muret, il avait mis la barrière de frêne et de noisetier : les brebis ne pouvaient pas s'en aller…

— … De ce côté-là, j'étais tranquille… C'est pour ça que… je me suis caché. J'ai attendu. Et… j'ai vu l'homme.

— L'homme ?

Bartholomé Hourcade baisse la tête :

— Oui. Un homme. Il est entré dans la grange. Et… il a fermé la porte.

Le prêtre se demande où va cette confession. Il devient soupçonneux :

— Pourquoi me racontes-tu ça ?… Tu n'as pas péché…

— Non mais…

— Tu veux t'accuser de ta curiosité ?

— Non… Oui… Non…

Bartholomé balbutie. Il marmonne. Se trouble. De ses bredouillements se dégage une certitude :

— C'est surtout cet homme… Je voudrais qu'il comprenne que je ne l'ai jamais dénoncé.

Dans son cagibi, le curé Lahondes s'agite. Bartholomé Hourcade n'en tient pas compte. Il est lancé :

— Je voudrais qu'il comprenne que s'il peut dire des menteries sur les miens, je peux dire une vérité sur lui que j'ai vu dans la grange des Ricaud.

De son gros soulier ferré, le curé Lahondes a donné un coup de pied énorme dans la paroi du confessionnal :

— Misérable !

Il jaillit. Rouge. Congestionné.

— Va-t'en ! Sors d'ici, Bartholomé Hourcade ! Sors de ce saint lieu ! Fuis cette église qui va te tomber sur la tête.

Bartholomé n'a pas bougé.

Le prêtre l'empoigne. Violent.

Bartholomé est pâle :

— Ne vous fâchez pas, monsieur le curé. Je ne veux pas faire de bruit, vous le savez bien.

Il voudrait s'expliquer. Transiger.

De son bras tendu, Lahondes lui montre la porte :

— Disparais ! Fous le camp ! Ne reste pas devant mes yeux !

Il le chasse. Déchaîné. Appelant sur lui la malédiction du ciel et de l'enfer.

Le pâtre finit par s'en aller. Aussi indécis dans sa marche que dans ses pensées, son chapeau froissé entre ses doigts.

Le soleil l'éblouit.

Il fait quelques pas sur le chemin.

La voix du prêtre le rattrape :

— Bartholomé !

Il s'arrête. Se retourne.

Le curé est sous le porche. Impérieux :

— Reviens !

Bartholomé hésite à comprendre...

Le ton est sans réplique :

— Reviens !... Tout de suite.

Il voudrait être sûr que, derrière les volets de midi, les yeux du village ne sont pas braqués sur lui.

Il se décide. A petits pas.

A peine est-il sous le porche que le prêtre l'entraîne :

— Suis-moi.

Ils sont devant le confessionnal :

— Entre.

Bartholomé avance.

Le prêtre le bouscule :

— Pas là !...

Il désigne le compartiment central :

— Entre, je te dis !

Bartholomé recule.

Lahondes le pousse, le fait asseoir à la place qu'il occupait il y a un instant.

Cela est à peine fait qu'il est, lui l'habituel confesseur, à la place du pénitent, à genoux, les mains jointes, la gorge en feu :

— Mon père, pardonnez-moi parce que j'ai péché.

Bartholomé est effrayé.

Il veut partir.

Le curé Lahondes le retient. Il s'accroche aux croisillons comme à une planche de salut. Parle vite. Brusque :

— Mon père, vous avez surpris le secret de ce qui, dans ma jeunesse, fut ma faute et qui, depuis, est mon remords. Ce péché que je croyais devoir payer à l'heure du dernier Jugement, vous choisissez de me le faire expier dès aujourd'hui où je dois m'en confesser devant l'un de mes paroissiens…

Epouvanté, Bartholomé dit qu'il n'écoutera rien.

Lahondes ne l'entend pas. Il se frappe la poitrine. Les mots viennent en rang et en désordre, par bouffées, préparés sans doute depuis des décades dans la douleur de ses nuits de contrition, la solitude de sa cure, l'isolement d'une foi que les êtres rocailleux de la rocailleuse montagne ne savaient pas partager. On l'accuse d'avoir transformé les menhirs en oratoires, les grottes en chapelles, d'avoir mis des croix sur les sources. Pouvait-il faire autrement devant des hommes et des femmes ne voulant croire qu'aux miracles guérisseurs des pâtres et des troupeaux ? Devait-il, pour s'approcher de ces barbares, se comporter comme ses frères en sacerdoce, les curés chasseurs d'isards, videurs de pintes, batailleurs de cabarets, trousseurs de jupons dont on ne sait plus si, dans le troupeau, ils sont la bête ou le berger ?

— Tu crois, Bartholomé Hourcade, que j'ai commis ce péché-là ? Détrompe-toi : mon péché véritable a commencé avec la tendresse qu'une femme me donnait. C'est la tendresse qui, tous les deux, nous a entraînés vers l'égarement que tu as surpris. Mes fautes sont d'avoir cru, en mon âme de séminariste, que je pouvais vivre sans les douceurs du sentiment, d'avoir cru, en mon existence de desservant, que le sentiment toujours se satisferait du sentiment.

Bartholomé est bouleversé. Il voudrait arrêter cette confession. Chaque fois que le pénitent l'appelle

« mon père », il se recroqueville. Il aimerait disparaître.

Lahondes l'interroge :

— Toi, Bartholomé Hourcade, lorsque tu tires sur la cloche, crois-tu vraiment qu'elle va détourner le tonnerre ? Non, n'est-ce pas ? Mais tu tires quand même, accroché à ta corde comme, depuis quarante ans, je suis accroché à la mienne : la cloche ne repousse pas la foudre mais elle appelle les fidèles. La soutane ne me protège pas du péché mais elle dit : « Dieu existe. Aimez-le. »

Il transpire. Dans la soumission, il a retrouvé des forces. A l'autorité du ministre du culte, il joint le désarroi du pécheur. Il veut convaincre et n'est pas convaincu. Il ordonne et il implore :

— Bénissez-moi, mon père, parce que j'ai péché.

Bartholomé sent sa gorge éteinte. Etreinte.

Le prêtre se méprend. Il croit son péché impardonnable par l'âme noble du pâtre :

— Dis-moi, Bartholomé Hourcade, dis-moi ce que tu penses. C'est moi qui t'en adjure.

Bartholomé finit par murmurer :

— Monsieur le curé, je vous ai plaint souvent.

— Plaint ?

Le pâtre prend un temps :

— Ayant vu ce que j'avais vu, lorsque je vous entendais, depuis la chaire, condamner le pécheur… je me disais…

— Tu te disais ?

— Je me disais : je ne voudrais pas être à sa place.

Le curé Lahondes a fermé les yeux. La colère un instant a marqué son visage. Des pleurs envahissent sa voix :

— Crois-tu que j'aurais eu tant de véhémence si je n'avais eu tant de douleur ?

Cette douleur montant du remords, il la subissait trop pour ne pas vouloir l'épargner à ses paroissiens.

Il se frappe la poitrine :

— *Mea culpa, mea culpa...*

Ses lèvres chuchotent une sourde prière. Fervente.

Ses yeux bientôt se lèvent.

Il implore :

— Bénissez-moi, mon père, parce que j'ai péché.

Bartholomé refuse.

Ils étaient restés longtemps ainsi. Le prêtre-pécheur quémandant une absolution que le pâtre-paroissien ne se sentait pas le droit de lui donner.

La détresse était des deux côtés des croisillons. Silencieuse. Ecrasante.

Il fallait pour la vaincre la sage puissance d'un ami des montagnes... Incapable de dire un mot, d'un geste large qu'on aurait dit porteur de toute la paix des cimes, devant le curé Lahondes le berger Hourcade avait dessiné un fraternel signe de croix.

Il était sorti du confessionnal. Précipitamment. Sorti de l'église sans se retourner.

Il allait sur le chemin en craignant d'être rappelé. Par Lahondes. Par quelqu'un d'autre. Une voix plus grande. Coléreuse.

Le soleil frappait son visage.

A son tour, il avait envie de pleurer.

Il avait osé prendre la place de Dieu.

13

Margalide est assise dans son compartiment.

Hier soir, elle s'était installée dans une pièce qui, dans la moiteur de la crasse, sentait le tabac froid. A minuit, un employé l'en avait chassée, fermant les portes :

« Vous comprenez bien que si on laissait les salles ouvertes, on en verrait des dormeurs !... Et de toutes sortes. »

Au bout de la plate-forme que plus tard on nommera les quais, elle avait trouvé une brouette marquée Paris-Orléans. Elle s'était allongée.

Elle s'était réveillée un fanal devant les yeux :

« C'est pas pour te déranger, ma petite, mais j'ai besoin de la brouette pour charger les paquets. »

La gare prenait vie. Les chevaux amenaient le premier wagon, bientôt rejoint par le deuxième, poussé à l'épaule par une demi-douzaine d'hommes d'équipe. Pendant cette manœuvre, on attelait à nouveau les chevaux au troisième wagon.

Au bout de la plate-forme, loin, des charbonniers soignaient la locomotive. Margalide pensait à Crassou qu'elle ne reverrait plus. Le chauffeur piochait dans le tender pour alimenter la chaudière. Les aides piochaient dans le tas de charbon pour alimenter le tender. Enfin sous pression, son ventre de fer comme gonflé par l'eau et le feu, la déesse s'était placée en tête du train. Le mécanicien montrait dans son regard toute la fierté des hommes nouveaux chargés des machines nouvelles. Malgré la perte de son sabre dont Napoléon III avait craint qu'il ne servît la cause des cheminots ayant la tête près du bonnet phrygien, le chef de gare avait belle allure dans son uniforme rutilant, les feuilles de chêne de sa casquette coiffant ce général des temps modernes.

Un à un ou en famille les voyageurs embarquaient. Le moment devenait grave. On le comprenait à la voix barytonnante de l'aboyeur allant de la queue à la tête, de la tête à la queue du train :

— Mesdames et messieurs les voyageurs sont priés d'entrer dans leurs compartiments. Le train pour Ablon, Etrechy, Etampes, Angerville, Orléans, Issoudun, Châteauroux, Argenton, Limoges, Périgueux, Agen, Toulouse est en chauffe. Dans quelques minutes, le départ.

Accoudée à la portière de son compartiment dont elle a baissé la vitre, Margalide remarque l'habileté de l'employé : il attend d'être devant un pilier pour faire son annonce. Sa voix alors est répercutée dans toute la gare. Margalide pense à l'église Sainte-Quitterie d'où montait la voix angoissante de Victor Dufourcq. Elle pense à Cantopeire, à Fernand…

Le chef de gare siffle. Le chef de train souffle dans sa corne. Agitées au bras des hommes d'équipe, les lanternes répondent aux ordres des uns, des autres, de l'horaire.

Les roues tournent dans un grincement pénible, comme si toute la vapeur envahissant les voies ne pourrait jamais venir à bout de ce convoi long de cinq wagons.

Le fourgon de queue quitte la gare.

Un homme court le long de ce démarrage. Il est jeune, porte sa bannette sur le dos. Il bouscule les familles attardées dans leurs adieux de la main, du mouchoir. Margalide le reconnaît. Elle ne peut pas croire ce qu'elle voit. Florentin court. Encore. Il s'essouffle. Il crie :

— Perlote !

Elle tremble.

Il parvient à sauter sur le long marchepied du dernier wagon. A s'accrocher à une poignée.

Elle n'ose plus regarder.

Se tenant au montant de cuivre qui borde chaque portière, il étreint le montant suivant, passe devant la portière suivante, parvient au wagon suivant, enjambe, glisse sur le marchepied. Son chapeau s'envole. Prise par le déplacement d'air sa bannette le tire en arrière. Le train siffle comme pour annoncer un danger. Florentin avance toujours. Le vent, la fumée du charbon, les escarbilles volant en tourbillons lui font fermer les yeux. Margalide craint qu'il ne les ouvre plus. Il la regarde. Il n'a plus qu'un mètre à parcourir. Son visage dit : « Tu vois bien que je t'aime. » Il y a un cahot. Sa main se crispe sur la barre de cuivre. L'autre main saisit la poignée de la portière, la fait tourner. Il ouvre. Pétrie de peur, Margalide s'est reculée. Il entre. Elle croit qu'elle va défaillir et voilà cet imbécile qui, suant, transpirant, empoussiéré, s'écrie :

— Vous ici ? Par exemple ! Quelle bonne surprise !

14

Hier, la grave *bourroumbo* a retenti dans toutes les traversées de villages, de hameaux.

Dominant les sonnailles grêles des brebis, les mille frappements des sabots, sa grosse note de cuivre chantait : « C'est l'heure de transhumance. J'appartiens à Bartholomé Hourcade, fier berger des Pyrénées. »

Il marchait derrière ses bêtes, Bartholomé. Comme toujours mais avec des idées nouvelles :

— A la précédente fête des Germs, Margalide était là. Hier, le garçon qui, l'an dernier, l'avait enlevée sur son palefroi de bois m'a regardé longtemps. Il s'est approché, m'a demandé si elle ne viendrait pas. Je lui ai répondu : « Je ne l'attends pas. » C'est faux : je l'attends toujours.

— Pour chaque montée à l'estive, la Fourmigo ma fille se montrait sur le pas de la porte. Elle me remettait une dernière provision accompagnée d'un dernier mot de bonne chance. Ce matin, elle n'a pas paru. A cause des voisins, peut-être. Ou à cause d'elle-même.

— Chez l'Antonia non plus, il n'y avait personne. On m'a dit que Fernand maintenant porte la soutane.

Lahondes en est fier. Il m'a dit : « Fernand Sajus est un pur garçon. Il réussira ce que j'ai manqué. »

— Victor Dufourcq m'a demandé de le faire berger. Je ne veux pas le voir près de moi. A tort, peut-être. L'ourson élevé par le père Courbas a bien grandi. On dit que Victor va partir avec lui : il le fera danser sur les places publiques.

— C'est Lahondes qui a voulu mon pardon. Je le lui ai donné. Je ne me le pardonne pas.

Ces idées ne brouillent pas les sommeils de Bartholomé Hourcade. Quand, après avoir dit au ciel sa confiance et sa soumission, il allonge dans l'*orri* sa lourde carcasse, il semble que, avec sa veste, son pantalon, il ait mis au repos ses hantises.

Il les retrouve au matin comme il retrouve ses bêtes, ses habitudes, la montagne : toutes choses vers lesquelles il va sans un mot, le geste rare. La quiétude des nuits et le silence des jours donnent au berger la force majeure de la solitude. L'homme fort est seul à entendre ses plaintes.

L'aube monte.

Bartholomé sort de l'*orri*.

Ailleurs, un quidam allume sa première cigarette.

Dégageant sa poitrine, Bartholomé Hourcade aspire sa première bouffée d'air pur.

Deux voix sortent des hêtres, précédant les silhouettes habituelles des Soum-Petit. L'oncle et le neveu ont quitté leur maison après minuit. Pendant trois heures, ils ont monté. L'annonce de l'aurore éclairait à peine leurs gestes lorsqu'ils ont détaché du glacier les deux blocs que maintenant ils portent dans un sac, sur leur dos, la glace appuyée à leur tête coiffée d'une serpillière, courant presque pour arriver avant le soleil qui ferait fondre leur charge. Ainsi l'auberge pourra conserver ses viandes et ses poissons ; ainsi, de ce froid du retour confronté sur l'échine à la transpiration de la montée, est mort voici un an Estienne Soum-Petit dont le fils aujourd'hui a pris la place dans le métier.

Bartholomé les salue de son bâton de berger. Les porteurs répondent à peine, passant le gué en sautant sur les pierres, pressés de descendre pour sauver leur marchandise.

Les apprentis libèrent les moutons. Ce matin, ils les conduisent à la lisière du bois. A l'herbe s'ajoutera la feuille.

Où est Margalide ?

Aquèros mou-ountanios
Qué tant hautes soun
M'empatchou dé bére
Mies amours ount soun...

Sont-ce les montagnes qui l'empêchent de voir Margalide ? Ou les brumes montant de la vallée ?

Dans les hêtres, un bruit se fait entendre.

Ce n'est pas l'isard et c'est encore moins le sanglier au lourd remue-ménage. Un tétras va-t-il sortir du buisson pour fièrement redresser le plumet de sa queue ?

Margalide est devant Bartholomé.

Ayant elle aussi gravi la montagne à la nuit pour, semble-t-il, dire ce simple mot :

— Le bonjour, mon *pépi*.

Le pâtre ne peut répondre.

Ses yeux sont figés sur cette silhouette d'enfant qu'il avait peur de ne plus revoir. Elle aussi porte un sac sur son dos. Comme elle l'avait en partant. Et encore cette couverture fixée haut sur les épaules.

Il ouvre ses bras.

Les referme sur ce bonheur vivant :

— Ma Perlote !

Il sent sous sa main la fièvre, les soubresauts de tous les muscles, de toutes les joies.

Ils restent ainsi.

Les jeunes bergers les regardent. Loin. N'osant pas s'approcher du sentiment.

Bartholomé Hourcade finit par demander :

— Tu as vu ta *tatéi* ?

— Non.

— Tu n'es pas passée à la maison ?

— Non.

Il va demander pourquoi. Il sait que la pudeur étoufferait la réponse : « Je voulais te voir en premier. » La pudeur arrête la question.

Il se penche. Cueille un aconit au bleu superbe. Elle croit qu'il va le lui offrir. Il met la fleur à son chapeau. Elle comprend : c'est jour de fête.

Les oiseaux le disent. Les clarines le chantent.

Il convient de partager :

— Ta *tatéi*... il faut aller l'embrasser.

— Oui.

— Tu vas descendre ?

— Oui.

Il pense à la soirée à vivre devant l'*orri*. Au chant devant la vallée. Aux contes. Aux souvenirs. A tout ce qu'il attend.

Il pense à la *tatéi* qui serait contente de garder la Perlote. A la Perlote qui s'est déjà fatiguée en montant…

— … Tu n'auras qu'à coucher là-bas. Tu remonteras demain.

— Je remonterai demain. Mais je ne coucherai pas à la maison.

La montagne est plus silencieuse que jamais. Les oiseaux ont-ils suspendu leur ramage ? Le torrent sa chanson ? Les vaches paissent sans bruit. Loin. Les brebis sont parties dans le bois.

Bartholomé Hourcade marche près de la Perlote.

Il finit par souffler :

— Demain… tu remonteras ?

— Oui.

Il se tait.

Il va vivre ce jour en espérant demain.

Margalide va vivre la nuit qu'elle a choisie.

Au cimetière, elle s'est agenouillée. Elle parle à sa mère.

Ce sont des mots que personne ne peut entendre.

Florentin l'attend.

Elle le rejoint, le conduit comme, dans la nuit du serment, elle avait conduit son *pépi* : en le tenant par la main. Elle ne sait pas si quelqu'un les voit. Elle n'y pense pas.

Elle pense à Florentin.

Ils sont dans la forêt.

Il la prend dans ses bras.

Elle se dégage, met un doigt sur sa bouche. Il croit à une demande de sagesse : depuis leur départ, chaque soir elle en a eu. Il insistait. La sagesse devenait plus résolue, comme montant avec leurs plaisirs mêlés.

Le petit « Chut ! » aujourd'hui n'implore pas la réserve. Il dit : « Ecoute la nuit de mon pays. »

Elle chante profond la nuit de haute vallée. Les arbres à tête faible fredonnent au vent léger. Près de la cascatelle à musique éternelle, la feuille de hêtre n'est qu'un chuchotement. Il faut les grandes ailes de l'engoulevent pour battre le silence d'un roulement de plumes lourdes : Tête-chèvre [1] part pour la chasse. La paix revient lorsque, invisible, le chasseur monte vers les étoiles.

Comme pour emplir tout son être de bonheur, Margalide respire à pleines forces. Un parfum mauve vient du haut bosquet de lilas. Il l'emplit.

Elle est belle. Rayonnante.

Elle montre le chêne. L'enlace de ses deux bras.

Elle se tourne. Murmure :

— C'est mon témoin.

Florentin ne comprend pas.

Elle n'a pas l'intention d'expliquer.

Sur les feuilles et les branchettes, sur la mousse s'écrasant, elle étend sa couverture.

Florentin pense : elle va s'enrouler, comme les autres soirs.

Elle s'allonge, ne bouge pas, laissant, auprès d'elle, une place.

Il a une voix étrange, le ton un peu bête du garçon qui, croyant mener les choses, maintenant s'assure qu'elles le dépassent :

1. L'engoulevent est accusé de téter les chèvres. En vérité, il les débarrasse de leurs insectes, dont il se nourrit.

— Un témoin… c'est pour un mariage…

Elle a envie de rire.

Il la rejoint. L'embrasse. Elle l'attire.

Encore, elle met son doigt sur ses lèvres :

— Ecoute.

Du fond du bois monte un dialogue d'oiseaux.

La Perlote dit :

— Madoli répond à Godolic.

Comment comprendrait-il que, en cette nuit des Pyrénées, Rossignole répond à Rossignol ?

15

Ils sont roulés ensemble, lèvres contre lèvres, comme si aucune heure, aucun sommeil ne pouvaient les séparer.

La nuit s'en va. Réveillée peut-être par Cogne-bois [1] déjà à son poste, invisible au flanc de l'écorce. Son tac-tac est trop régulier pour troubler un repos d'amour. Le coucou lointain semble se moquer.

Un bruissement aux pieds-nus fait lever la tête de Florentin. Un lapinot est là, se demandant quels sont ces gens qui dorment sur sa propriété. Jugeant la situation sans danger, cul en terre, tête en l'air, il se met en devoir de faire sa toilette, lissant et relissant sa moustache, abaissant tour à tour ses oreilles qu'il prend par derrière de sa patte de velours.

Margalide sourit.

Elle embrasse Florentin. Son doigt passé sur la couverture revient taché de sang. Florentin ressent une joie qui n'est pas de fierté. Il pense : j'ai reçu.

Elle s'est levée.

Sans le regarder, elle dit :

1. Le pivert.

— Il faut que tu partes.
Il ne comprend pas.
Elle répète.
Il se lève, croit à une pudeur, à un retour, l'émotion de la fille un soir devenue femme.
Il veut la prendre dans ses bras.
Elle le repousse.
Elle explique qu'elle est de ce pays, qu'elle ne vivra pas ailleurs. Il dit : « Je t'aime. » Elle se redresse, montre l'invisible souvenir de la nuit :
— Et moi peut-être je ne t'aime pas ?
Il est désemparé.
Elle ramasse la couverture. La roule :
— Nos routes se séparent.
— Non.
— Elles étaient belles et j'aimais marcher avec toi.
— Toute la vie, nos routes seront les mêmes.
Elle désigne une cabane, un champ, un cheval. Elle dit : « C'est à Elie », « C'est la terre de chez Mauvoisin. » Elle montre le clocher :
— C'est mon enfance.
Il pense : à Paris, je lui disais : « C'est la rue de l'Epée-de-Bois », ou « Voici le Panthéon ». Il lui donnait sa jeunesse aux pavés. Ses secrets, ses combats, l'imprimerie, Victor Hugo, son passé allant vers le futur.
Elle s'échappe :
— Tu défendras la liberté, Florentin : je vais la vivre.
Elle court. Pieds nus. Le ferait-elle à Paris ? Il croit la retenir :
— Tu voulais ressembler à ma mère !
Le mot l'a arrêtée :

— Madame Angèle, il est vrai, est une chère personne…

La Perlote paraît hésiter.

Elle lance :

— Tu lui diras ma gratitude.

Elle est partie.

A toutes jambes, elle monte vers l'estive où l'attend son *pépi*.

Florentin la suit du regard.

De ses ailes d'envergure, un vautour caresse le soleil. Son vol patient semble dire la paix du monde.

Margalide court sur les cailloux, escalade un muret, retrouve le chemin vagabond où sautent sa jupe légère, la couverture qu'elle n'a pas pris le temps de fixer sur ses épaules : elle balaie les pierres et frappe ses mollets nus.

Florentin, désemparé, pense : ce n'est pas possible. Je dois la rattraper.

A l'aube le *pépi* s'était dit : je ne sais pas à quelle heure remontera la Perlote. Je ne veux pas passer le jour à l'attendre en me faisant mille idées.

Il avait soufflé dans sa conque. C'était un appel :

« Je veux te voir, ami. »

Venant du versant *souleilho*, la conque de Léonce répondait :

« Marchons l'un vers l'autre et trouvons-nous en chemin. »

Ils sont près de la source, partageant un morceau de fromage, un bout de pain et l'eau claire qui, pour les rafraîchir, semble venir au monde. Là-haut le vautour, pour eux, fait sa ronde : si une bête se blessait, prisonnière de branches ou patte cassée sur les pierres, les yeux aigus auraient vite fait de se figer, le vol de se suspendre. Vautour : donneur d'alerte, ami du berger.

Si Bartholomé m'a demandé de venir, c'est qu'il a quelque chose à me dire, pense Léonce.

Mâchant calmement son pain, il pense encore : s'il ne le dit pas, c'est qu'il n'a pas envie de parler.

Le silence, l'amitié, c'est tout un. Qui mérite respect.

Bartholomé regarde Léonce :

— Bientôt, je te dirai.

Léonce a compris : il y a du nouveau. Et du bon. Puisque c'est du bon ça vient de Margalide.

Quand le fruit sera mûr, Bartholomé le partagera, Léonce n'a pas d'inquiétude.

Ils passent deux heures ainsi. Ecoutant la source et regardant le vautour. Disant un mot encore de ce pauvre Frumence mort sous l'orage et dont le fils et le gendre déjà lui font dire des messes à deux sous le pichet [1].

— Quand l'arbre est tombé, chacun vient y prendre son copeau, soupire Bartholomé.

Il regarde la montagne qui est devant lui. Pense à la vie qui commence à être derrière.

Léonce appelle son chien.

Les deux hommes s'en vont, chacun sur son versant, chacun dans ses idées.

1. Boire, faire la fête, dilapider un héritage.

De loin, Bartholomé découvre l'insolite. Il s'interroge : aurait-on fermé l'*orri* ? Il plisse les yeux. Cherche à mieux voir.

Il s'approche.

L'apercevant, un apprenti sort, fait quelques pas, s'écartant. Mi-gêné, mi-curieux.

La couverture est pendue aux pierres, tendue devant la porte, une tache brune au milieu, que la laine veut boire.

Le *pépi* ne bouge plus.

L'apprenti guettait un signe. Une colère ou un sourire. Une explication.

Il a devant lui l'impassible visage d'un homme cachant au plus profond son inquiétude. Et sa fierté.

Il y a, épinglé à la couverture, un papier : « Je reviendrai pour la veillée, les contes et les étoiles. »

Les bergers se sont approchés.

Ils écoutent.

Dans le silence des cimes, Cantopeire a pris la voix de Margalide :

— Tu veux bien faire des plaisanteries aux autres mais tu ne comprends pas celles qu'on te fait !... C'était pour rire... Je te dis que c'était pour rire !

L'écho confirme :

— Rire... Rire... Rire...

Cantopeire a maintenant l'accent boudeur de Florentin :

— Tu as de ces façons de rire !

L'écho reste dans sa gaieté : rire... rire...

— ... Moi tu m'as fait peur.

L'écho a peur... peur... peur...

Margalide le rassure :

— Je pars avec toi... Toi... Toi...

Elle murmure :

— Tu sais bien que je t'aime.

L'écho ne sait pas garder le secret.

Florentin répond :

— Je t'aimerai toujours.

L'écho s'y engage :

— Toujours... toujours...

On arrive bientôt à ce miracle : une fille et un garçon font rire la montagne.

Bartholomé Hourcade a sur les lèvres le bonheur rare de ceux qui aiment le bonheur des autres.

Imprimé en France par

CPI
BUSSIÈRE

à Saint-Amand-Montrond (Cher)
en mai 2012

POCKET – 12, avenue d'Italie – 75627 Paris Cedex 13

N° d'impression : 121636
Dépôt légal : avril 2009
Suite du premier tirage : mai 2012
S16208/03